Der Beamte Wieler

Die Deutsche Nationalbibliothek verzeichnet diese Publikation in der Deutschen Nationalbibliografie; detaillierte bibliografische Daten sind im Internet über http://dnb.ddb.de abrufbar.

Renz, Gabriele
Der Beamte Wieler
Protokoll einer Karriere
Roman
ISBN 978-3-948696-72-6

Satz und Gestaltung: Molino Verlag GmbH
Printed in Germany
© 2024 Molino Verlag GmbH, Schwäbisch Hall und Sindelfingen
Alle Rechte vorbehalten.

GABRIELE RENZ

Der Beamte Wieler
Protokoll einer Karriere

Roman

Wieler, der Neue

Wieler konnte seine Art nicht verbergen. Nach vorne gebogen wie das Obere eines Kleiderbügels, rannte er hinter seiner Chefin her. Das Nacheilen folgte einer Choreografie, von der manche annahmen, dafür gebe es eine Vorschrift, ja es sei im Protokoll geregelt. Was die Leute sich so vorstellten, hoheitliche Sphären betreffend.

Wieler dagegen meinte, ein Laufen und Hetzen vorgeben zu müssen als Ausweis seiner Beflissenheit, indem er den Kopf weit vorstreckte und den Allerwertesten mit einigem Abstand nachfolgen ließ. Vermeinte er Augen auf sich gerichtet, konnte der Winkel, den sein Körper formte, an eine chinesische Dreiviertelverbeugung heranreichen. Aber wir wollen nicht übertreiben, es reicht zu wissen: Jener Wieler beeilte sich unter fremdem Blick doppelt, seine Chefin einzuholen, um wichtige Geschäfte vorzuschützen.

Der Anzug, in dem er steckte, glich dem Zweiteiler seiner politischen Anfänge – das war gerade zwei Jahre her – wirklich nur in diesem dunkelgrauen, für lange Tragestrecken angelegten Farbton. Aber die Passform! Welten! Obwohl Wieler gut gebaut war und in jungen Jahren sicher etwas hergemacht hatte mit seinem Körper: einem V aus breiten Schultern und schmalem Becken, waren Hose und Jackett, in denen er seine neue Arbeitsstelle angetreten hatte, mehr schlecht als recht an ihm gehangen. Der Anzug, den er in die ersten Wochen seines neuen Lebens hinüberrettete, war entschieden zu weit, zu schlabberig, der Stoff zudem ohne Qualität, an manchen Stellen mehr Netz als Gewebe, was darauf schließen ließ, dass er ursprünglich dazu auserwählt war, seinem löchrigen Ende auf dem alten Stuhl in Zimmer RB II 3.4 entgegenzuwetzen.

Doch nun war Wieler in der politischen Institution angekommen. Und mit ihm ein neuer Zweiteiler, der trefflich seine Dienstbarkeit und sein Bestreben im Hohen Haus anzeigte, denn der nicht mehr ganz junge Mann hatte Fährte aufgenommen und steuerte auf ein Ziel zu, das höchstens er selbst kannte. Vielleicht nicht einmal das.

Doch wen interessierte schon die Karriere eines x-beliebigen Beamten, der die Stufen zur Pension nimmt, so sicher wie das Amen in der Kirche? Im Laufe dieser Geschichte werden sich manche zuerst wundern und sich am Ende vielleicht mit der flachen Hand auf die Stirn schlagen vor Erstaunen, denn der Neuzugang überraschte sie alle.

Wieler war von einem Tag auf den anderen da. Woher er kam, was ihn angetrieben hatte, den Schritt zu wagen ins Gefolge der Chefin, blieb für die meisten Kollegen im Unklaren. Wir können jedoch auf allerhand Unterlagen und Materialsammlungen zurückgreifen, die belegen, dass es Wieler ziemlich genau zwei Wochen nach der Wahl herausdrängte aus der geschützten Stube des alten Amtes, wo die Pflanze neben dem Heizkörper gleichsam mit ihm, seinem Besitzer, Jahr für Jahr, ein wenig mehr eintrocknete.

Mehr als zwanzig Jahre tippte Wieler in einer Regionalbehörde am Rande der Stadt nach, was andere errechnet hatten, er war, ohne ihm zu nahe treten zu wollen, kaum mehr als ein Zahlenkolonnenprüfer. Man konnte nicht sagen, dass seine Verrichtungen überflüssig gewesen wären, aber keine zwei, drei Jahre später und jede bierdeckelgroße Lötplatte hätte seine Arbeit ohne Urlaubsanspruch und Krankenbeihilfe, sogar ohne ein eigenes Zimmer übernommen. Es wurde also, wie man so sagt, höchste Eisenbahn, sich etwas zu suchen. Und wie er es fand! Dass Wieler einmal ein solcher Glücksritter werden sollte, war einfach zu unwahrscheinlich.

Niemals wäre zum Beispiel sein alter Nachbar Konzmann, der einen guten Riecher für Menschen auf der Überholspur hatte, auf die Idee gekommen, dass dieser Wieler einmal mit Präsidenten und Schriftstellern, mit den bekanntesten Menschen überhaupt an einem Tisch sitzen oder ein schnelles Telefonat führen würde. In der Waisenstraße 13, wo die Wielers eine recht komfortable Altbauwohnung zur Miete ergattern konnten, war ihm der freundliche Nachbar aus Etage drei nicht einmal im Hausbeirat aufgefallen, obwohl er ihn selbst aus Mangel an Alternativen hineingewählt hatte. Einer wie Konzmann konnte durch einen solchen Menschen geradezu hindurchsehen.

Wieler war es nur recht, denn jeder Gang nach außen erforderte von ihm Überwindung, zu groß war die in ihm lauernde Vorahnung einer Blamage. Den meisten Menschen, die Wieler begegneten, war er ein Rätsel, als Individuum schwer zu fassen. Deshalb wohl hatte niemand die zarten Anfänge seiner Sichtbarwerdung auch nur im Geringsten wahrgenommen.

Als Held unserer Zeit war der Knabe wahrlich nicht angelegt. Und doch: Die Sensiblen unter den neuen Kollegen schnupperten den würzigen Geruch des Ehrgeizes an ihm, einen zarten Hauch nur, aber er lag in der Luft, wenn Wieler vorbeieilte.

Keine sechs Monate zuvor, an einem Abend im Oktober oder November, war Wieler völlig unvermittelt in der Stadtgruppenversammlung der Ökopartei gesessen. Lange stand er an der Wand neben der Garderobe, ein Bein ans Mauerwerk gestützt, die Arme wie zum Schutz verschränkt. Dann rückte er unbemerkt, wie auch sonst, an den Tisch zu den Repräsentanten der Siegerstraßenpartei vor, zuerst drei Stühle, dann zwei, dann bis direkt neben die Vorsteherin.

Wieler hatte sich eine Taktik zugelegt, auf die man erst einmal kommen musste: Wenn einer nach zwei Bieren aufs Örtchen ging, eine andere zum Stillen des Kindes schnell den gewärmten Sitz verließ, schob sich Wieler weiter, einen Platz nur, gerade so viel, dass die Wiederkehrenden eine kurze Irritation verspürten, aber wegen Wielers freundlicher

Unscheinbarkeit an eine Erinnerungsschwäche glaubten. So bewegte sich Wieler seitlich in Krebsmanier immer näher zum Zirkel der Macht, um genau zu sein: Allein Wielers Gesäß brachte diese Leistung zustande.

Wieler mied so gut es eben ging das öffentliche Wort, aber als die Servicekraft seine Getränkewünsche abfragte, konnte er natürlich nicht vermeiden, einen Ton von sich zu geben. Da drehte die Vorsteherin ihren Kopf und erkundigte sich nach seinem Namen.

»Wühler?«, stutzte sie im Glauben, er schriebe sich wie das Antiatomdorf Wyhl, und schob einen Satz nach, der ihn kurz elektrisierte, wiewohl er nicht genau wusste, warum.

»Bei den Name mussd du ja was werden bei uns! Wir sind die Heimat der Widerständigen«, lachte sie nach der Abstimmung beim Sauvignon Blanc, an dem es freilich nicht lag, dass sie sön sagte.

Obwohl sie schon lange im deutschen Süden lebte, bekam sie den hohen Norden, aus dem sie stammte, nicht aus ihren Wörtern. Nach kurzem betretenem Schweigen schwenkte man auf ein anderes Thema, weil der, der die Vorlage hätte nutzen können, um sich mit einigen wenigen Aperçus bekannt zu machen, nur stumm am Glas nippte. Von Politik verstand Wieler recht wenig. Mit den Optionen der Macht, von der auch an diesem Abend ständig die Rede war, konnte er ebenfalls wenig anfangen. Und doch ging Wieler an jenem Abend verstört nach Hause, von dem Gedanken durchströmt, dieser Wieler müsse eine große

Gestalt gewesen sein. Seine Frau, wer sonst, kam ihm zu Hilfe: »Die Vorsteherin konnte ja nicht wissen, dass man dich anders schreibt.«

Es folgte eine kleine Geschichtsstunde über den Kampf von Bürgern gegen ein geplantes Atomkraftwerk im Badischen. Man sollte meinen, Wieler sei damit aufgewachsen, dass Leute, die den Namen zum ersten Mal hörten, reagierten wie die Vorsteherin.

Aber im Wieler'schen Elternhaus war Ahnenforschung der anderen Art betrieben worden: Dem Vater genügte die Feststellung, die Vorfahren seien in den Adelsstand erhobene Radmacher gewesen, um in der Familie den Ehrgeiz zum Standesmerkmal auszurufen. Wieler Junior litt schwer unter dem dominanten Mann, der den verkümmerten Willen seines Sohnes, ein berufliches Fortkommen in Aussicht zu nehmen, bis zu seinem letzten, röchelnden Atemzug als Schmach empfand.

Doch jetzt, da seine Frau über die von der Polizei weggetragenen Bauersfrauen und Winzer erzählte und von dem Ministerpräsidenten der Beharrlichen, dessen größte Blamage keineswegs die Prophezeiung war, ohne die Atomspaltung werde bald das Licht ausgehen im Land, jetzt stiegen in ihm nach und nach Erinnerungen auf, die er am liebsten in der Versenkung gelassen hätte. Sein Sprössling trage seinen Namen, aber nicht sein Skelett, pflegte der Vater zu sagen, wenn er die Vorstandskollegen privatissime in seiner Jagdhütte um sich scharte und sich einer unvorsichtigerweise nach dem Herrn Sohnemann erkundigte.

Und wenn sich einmal im Jahr die weitläufige Verwandtschaft traf, dröhnte der Vater nach dem zweiten Cointreau, ein Wieler gebe nicht klein bei.

»Wir sind Kämpfer – mit Ypsilon oder ohne!«

Die Idee, sich auf der Stadtteilversammlung sehen zu lassen, stammte selbstredend von Wielers Frau. Sie überhörte sein kleinlaut geäußertes Bedenken und blieb stur. Wenn er je auf eine Liste gewählt werden wolle als Kandidat, schade es gewiss nicht, wenn die Leute von der Siegerstraßenpartei sein Gesicht wenigstens einmal gesehen hätten, oder, dachte er bescheiden, wenigstens seine Brille.

Wieler selbst glaubte nicht daran, dass sie ihn bemerken würden. Hatte man ihn etwa die zwanzig Jahre im Regionalamt gesehen? Hatte ihn Konzmann auch nur einmal zur Kenntnis genommen? Mit den Machthungrigen konnte er sowieso nicht mithalten, denen die Hormonschübe den Schritt breit und die Stimme laut machten. Wielers Drang in die Sichtbarkeit glich eher nanogroßen Stupsern eines mit weniger als 2.000 Volt durchströmten Koppelzauns. Tick, tick, tick.

Aber es war ein Anfang. Wieler hatte es tatsächlich geschafft, neben der Stadtteilvorsitzenden auf der Bank zu sitzen. Ohne sein Zutun stellte sie ihn der kandidierenden Parteikollegin vor, die nicht lange fackelte und Wieler –

ausgerechnet einen, der drei Anläufe brauchte, um ins kleine Gespräch zu kommen – für den Straßenwahlkampf rekrutierte. Wieder wirkte seine Frau segensreich. Schon bald stand Wieler an Wochenenden zwischen Kirche und Karstadt vor dem Flagshipstore mit französischen Taschen, deren Kauf sein verfügbares Monatseinkommen auf null gesetzt hätte, und verteilte Rosen und Sonnenblumen. Man wächst mit den Aufgaben, hämmerte Frau Wieler ihrem Gatten ein, wobei genau dieses, wie wir inzwischen wissen, keineswegs für alle gelten musste.

Das alles ist unerheblich. Wichtig ist nur zu wissen, dass Wieler seine alte Trägheit überwand und eine Stelle im Hohen Haus antrat, deren exaktes Aufgabentableau diffus blieb, ihn jedoch diensteifrig hinter der Vorgesetzten herrennen ließ. Erkundigten sich die angestammten Kollegen bei ihren Vorgesetzten, um welche Stelle es sich genau handelte und was das Profil sei, stießen sie auf Achselzucken. Im angestaubten Organisationsplan standen Namen längst Verblichener. Also einigten sich die Etablierten kurzerhand darauf, ihm den Status eines Assistenten zuzuweisen.

Dann saß Wieler in ihren Besprechungen mit der Chefin, das Bein übergeschlagen, Stift und Notizbuch in der Hand für spontane Aufschriebe. Die Halb- und der Oberleiter redeten über ihn hinweg, trugen Vermerke vor und berieten wichtige Ersturteile und Klagewege.

Als sich Wieler erstmals zu Wort meldete, brachte er einen Paragrafen zur Kenntnis, denn das Rechtswesen war auch Wielers Metier, aber bei ihm von einer Leidenschaft zu sprechen, wie er sie als junger Mann für die niedrigen Motorräder aufbrachte, wäre in gröbstem Maße übertrieben.

Der junge Wieler

Der Juristerei war die Nummer sicher, auf die die Wieler-Eltern gepocht hatten.

»Juristen werden immer gebraucht!« tönte der Erzeuger nicht nur einmal und zwinkerte mit seinem rechten Auge bei dem Hinweis, damit könne der Junior auch »auf Frauenfang« gehen.

Doch die Direttissima zum Karrieregipfel war nichts für den jungen Wieler. Er verließ die Schule ohne Ambition. Ihn zog es zu den Schraubern und Drehern der nahen Mopedfabrik, zu jenen, auf deren Haut sich im Sommer glänzende Perlen legten und denen die Mädchen trotz der schwarzen Ölreste unter den Fingernägeln nie abgeneigt waren.

Wielers Sohn sah sich in den kühnsten Träumen, zu denen er fähig war, in Jeans mit angerissenen Shirts und einer Sozia, der das lange Haar aus dem Helm wehte. Also schrieb er sich ein als Lehrling auf drei Jahre.

Wenn der Patriarch wieder anhob, vom Ehrgeiz zu schwadronieren, der als Grundlage einer jeden Karriere angesehen werden sollte, auch vom lieben Herrn Sohn, stellte Wieler Junior sich taub und aß ungerührt weiter. Einmal ließ er sich gehen und murmelte etwas von den vielen

Wegen nach Rom, was ihm nicht guttat, weil der Vater die naiv gewählte Vorlage zu nutzen wusste, indem er ihn zuerst mit lateinischer Grammatik traktierte, ihm dann das Bekenntnis abrang, die Hochschule im Blick zu behalten als fernes Ziel und schließlich wutschnaubend, oder eher: angewidert den Raum verließ.

Aber auch in der großen Motorradfabrik lief es nicht wie geschmiert. An den Stammtischen, das hatte Wieler zuvor nur gehört, aber nie leibhaftig erfahren, wurden die Vorurteile gegenüber den Studierten mit großen Schlucken weggesoffen. Jurist und auch sonst von mäßigem Verstand, dichteten sie in den Brezelpausen, da hatte Wieler längst dem Vater, unter dem Eindruck eines kleinen Schlaganfalls, versprochen, einmal an die Hochschule und in seine Stapfen zu treten. Es gab keinen in der Maloche, dem er das anvertraut hätte, ohne dauerhaft Gefahr zu laufen, abgedrängt zu werden aus dem verschworenen Kreis der Muskelshirts.

So begann Wielers Laufbahn als gedoppelter Mensch, der nach verschiedenen Seiten hin ein anderes Gesicht zeigen konnte und in höchstem Ausmaß verträglich war mit den unterschiedlichsten Sphären. Weil er eine Seite in sich immer verleugnen musste, verkümmerten seine Äußerungen zum Notwendigsten.

Wieler wurde ein Adabei, wie er im Buche stand: einer, der überall dabei, aber selten mittendrin war. Wielers nacheilender Charakter galt nicht wenigen als sonniges Gemüt: Er lachte, wenn die anderen lachten, und schwieg, wenn sich hergemacht wurde über die da oben oder die da drüben oder wen auch immer. Es fanden sich immer welche, die nicht hineinpassten in das Schema F der Kollegen, die sich für einen Logenzirkel hielten, der über Wohl und Wehe eines ganzen Landes bestimmte.

»Schrauberkönig« nannten sie den obersten Chef. Zu jener Zeit, als Wieler sich anschickte, den Ruß der Rohre zu schnuppern, wurden die Bizeps und Schenkel aufgepumpt wie Baumstämme. So viel Kraft! Im Windschatten der Männer, die die Politik der Straßen diktierten, tankten auch die Werkskollegen Bedeutsamkeit und führten das große Wort. Wieler schlüpfte durch die Lästereien und Schmähgesänge hindurch wie ein kleines Silberfischchen durch die Fliesenfugen. Er hatte nun zwar auch das schwarze Schmierfett unter den Nägeln, hatte Jeans an und Shirts ohne Ärmel, aber die Ernte blieb aus. Die dicken Rohre der Auspuffe und seine Scheu lebten als Gegensatzpaare vor sich hin wie ein altes Ehepaar.

Wieler saß allein auf dem Bock. Wenn sich alle aufmachten für die große Wochenend- oder Feierabendausfahrt, wagte auch er es, sich zu den auf Hochglanz polierten Motorrädern zu stellen, doch auf der Ausfahrt bog er in die erstbeste Straße ab, um aus dem Blickfeld der Schraubenkollegen zu kommen.

Einmal, ein einziges Mal, nahm er eine junge Frau mit. Als er ihr den Helm überstreifte, stellte er sich vor, es sei sein

Mädchen – eine blumige Wunschvorstellung, von der er noch lange zehren musste, denn die junge Frau saß hinter ihm in Ermangelung einer Alternative. Wieler war als Lenker nützlich.

In diesem Moment dräute ihm, dass es wohl nichts mehr werden würde mit dem wilden Biker-Leben. Aus Enttäuschung legte er den Kippschalter seines Lebensplans um und erwog, was sein Senior gepredigt hatte, ja, er begann sich sogar von der Idee eines Berufs mit Pensionsanspruch zu nähren. Die Kollegen wiederum schienen, wiewohl erst das zweite Lehrjahr beendet war, Wielers Planänderung zu riechen.

Noch musste er das schmierige schwarze Öl auf der Haut mit einer Bürste abschmirgeln in der Sanitärflucht seiner Fabrik, einem kahlen Raum mit Duschkopfreihen. Jeden Tag versuchte er, seine Nachmittags- und Schichtendetoilette nach den anderen zu machen, um in der Nasszelle allein zu sein mit Deo und Kamm, am Schluss kurz mit Klopapier über die Schuhspitzen zu wischen und mit der Pilotensonnenbrille auf der Nase das Werksgelände unbemerkt und unbehelligt zu verlassen. Aber einer kam immer.

»Ach, der Wieler, will was werden. Wieler! Wie sieht's aus? Schon eine Boss-Tochter angewärmt? Wie riechen die? Immer Chanel zwischen den Lippen?« Da lachten sie, im Kreis stehend, und Wieler stand dazu und lachte mit.

Ein Jahr darauf überreichte ihm der Meister das Blatt mit seinem Namen und der Überschrift »Urkunde«. Als der Vater den Sohn mit dem gerahmten Zeugnis des berühmten Zweiradherstellers durch die Haustüre kommen sah, nickte er in Richtung des Stammhalters, was weit mehr war, als er die Jahre zuvor an Anerkennung zu geben bereit war. Der junge Wieler, an homöopathische Dosen von Zuneigung gewöhnt, beendete schon ein Jahr darauf die Zeit der glänzenden Haut unter Schweißperlen. Er schrieb sich an der Hochschule zur quälenden Rechtslehre ein.

Der Vater sollte recht behalten mit seiner Auffassung eines »Studiums als Allzweckwaffe«: Obschon sein Abschluss viele Meilen von einem Summa-Lob entfernt war, ermöglichte er Wieler Wege, die seine Begabung nicht unbedingt vorgesehen hätte. Die Mutter und die Verwandtschaft gratulierten herzlich – er hatte die Formalanforderung bestanden. Wieler hatte gehofft, die letzte Wendung seines Lebens, das juristische Examen, dem harschen Erzeuger noch vorführen zu können in der Vorstadtstraße, die einmal sein Zuhause war. Doch der Vater war nicht mehr, und Wieler suchte sich alsbald eine Ersatzinstanz, die ihm streng und gut bedacht den Weg wies: seine Frau.

Dr. Kalbmayer, Halbleiter

K albmayer stand auch heute wieder oben am Fenster und amüsierte sich über Wielers Beuge. Wie in einer Prozession eilte die Chefin mit ihrem Tross in die Kantine gegenüber.

Wieler kam als letzter aus der Türe und musste sich deshalb ausnahmsweise wirklich etwas sputen. Mit fliegenden Jackettschößen, den Mantel über dem einen Arm, die braunen Aktenschober unter der Achsel des anderen, wieselte er hinterher.

Eine arme Wurst, dachte Kalbmayer – ein hoch gewachsener Mann mit Fuchsaugen und schmalen Lippen, der so schallend lachen konnte, dass es bis zur Pforte ein Stockwerk darunter zu hören war. Aber jetzt lachte er nicht, sondern zog die Augenbrauen in die Höhe. Wie kann ein Mann, nein, ein Mensch nur so servil sein? Irgendetwas machte ihn misstrauisch.

Kalbmayer war Jurist. Ein echter, betonte er bisweilen in den Sitzungen, was auf Neue in der Institution völlig unmotiviert gewirkt hätte, in den kleinen Zirkeln aber wusste jeder, worauf der gewiefte und in den schwarzen Jahren auf dem Hügel abgehärtete Kalbmayer anspielte. Nur einer wusste es nicht – einer, der im Fall der Fälle die Lage für sich entschärfte, indem er einfach mal die Mundwinkel zu einem Lächeln hochzog, dazu ein knappes Nicken, zuerst zu Kalbmayer, dann in alle Richtungen, als sei er der Schiedsrichter, der die Punktetafel hochhielt. Dieser eine war Wieler.

Kalbmayer war eine Institution im Hohen Haus nicht etwa, weil er mit den Paragrafen auf du und du stand, dafür war er gar nicht zuständig, sondern weil er eine ganze Batterie Chefs überlebt hatte und jeden Winkelzug der Beamten kannte, und selbst solche Manöver, die noch der Umsetzung harrten.

Sein Halbleiterkollege Eckstein trat aus seinem Büro mit einem Packen Unterlagen, darunter auch der schwarze Juristenwälzer mit einschlägigen Paragrafen aus dem öffentlichen Sektor. Er hätte ihn auch im Büro stehen lassen können neben dem Schönfelder und einer Batterie Gesetzesauslegungen durch das Bundesverfassungsgericht.

Es schien ihm jedoch angezeigt, die Papierstöße als sichtbare Argumentationshilfe dabei zu haben in dem Besprechungstermin bei der Vorgesetzten. Das schiere Volumen an Sekundärliteratur musste herhalten, Eindruck zu schinden, denn wieder einmal sollte es nicht darum gehen, was Recht ist, sondern, wer den Sieg davontragen würde.

Eckstein war willens, der Chefin die Flausen auszureden, zwei Mitarbeitern zu kündigen, weil sie auf der Website »Neger« geschrieben hatten, genauer: »Macht euch nicht zum Neger!«

Eckstein hatte die Rechtsauffassung in wenigen Minuten auf ein Blatt geschrieben, freie Meinungsäußerung, Artikel soundso, Satz 1, in Verbindung mit Artikel soundso. Rassismus greife nicht, weil der Begriff »Neger« eine Metapher und keine persönliche, schon gar keine gruppenbezogene Beleidigung darstelle.

»Wir kommen in Teufels Küche«, würde er seinen Kurzvortrag abschließen. Eckstein war gerüstet und bog in diesem Bewusstsein ab in den Flur, wo das Büro der Chefin lag.

Als er um die Ecke bog, stieß er mit Wieler zusammen, was ungewöhnlich war, denn Wieler erwartete die Vorgeladenen meist nur wenige Zentimeter neben der Chefin stehend.

»Na, läuft's?«, versuchte Wieler den kleinen Schwatz, worauf Eckstein nicht weniger ambitioniert mit »muss ja« antwortete und man zusammen das Besprechungszimmer betrat.

Mehr mochte Eckstein nicht loswerden, denn seit Monaten hatte sich das Gerücht bis in den letzten Winkel der Postverteilungsstelle vorgearbeitet, Wieler trage alles Gesagte weiter zur Chefin, mehr noch, er berichte nicht etwa nur haarklein, sondern gebe unter Hinzufügen kleiner Beiwörter oder Nachsätze dem berichteten Inhalt jene Färbung, die den Zitierten nicht eben glanzvoll aussehen ließen.

Wieler, mit einem Wort, frisiere alles ihm Anvertraute auf derart perfide Weise, dass sich bei der Chefin langsam, aber sicher der Eindruck verdichtete, von einem wachsenden Heer Minderbegabter umgeben zu sein.

So kam es, dass sich die Kollegen auf den Fluren, in den Stuben, bei Sitzungen und auf den wenigen Festivitäten in »Soso« und »Ach, was« flüchteten, sobald sie Wielers Rockschoßes angesichtig wurden.

Herr und Frau Wieler

Zwanzig Jahre später war Wieler zwar noch immer ein Mensch, der in seinen gesetzten Grenzen lebte. Doch der Anzug, den er sich für den neuen Job zugelegt hatte, war erheblich an der Taille geschrumpft wie auf der anderen Seite sein Selbstbewusstsein Woche für Woche zu wachsen schien.

Ungezählte Abende hatte er mit seiner geliebten Frau am Küchentisch verbracht, der zum Reißbrett wurde für seinen Weg nach oben. Viele Male übermalten und radierten sie auf den Transparentpapieren der Planer, zogen mal mit grünem, mal mit rotem Stift mögliche Linien zum Ziel, und mit jeder Sitzung in der Küchenzentrale wuchs in Wieler die – vornehmlich von seiner Gattin vorangetriebene – Zuversicht, es vielleicht sogar bis ganz nach oben zu schaffen, wenn er es nur geschickt anstellte.

Des Nachts ertappte sich Wieler sogar bei dem einlullenden Gedanken, wie es wohl wäre, beim großen Vorsitzenden selbst ein warmes Stühlchen für seine berufliche Restlaufzeit zu ergattern.

Die Idee, bald auch tags geträumt, brachte ihn auf Trab. Mens sana ..., ein bisschen Latein war hängengeblieben.

Wieler trieb nun Sport, aß zu Mittag Salat mit Eiweißgabe und abends nichts mehr. Unter seinen Hemden, die auffallend dunkler und schmaler wurden, zeichnete sich nicht das kleinste Rund ab. Wieler trug nur mehr schwarze Modelle aus matt glänzendem Baumwollchintz, die Schuhe waren handgenäht. Die Anzüge hatten eine zweite Steppnaht am Revers, die speckige Aktentasche des alten Amtes wurde durch eine Henkeltasche aus Straußenleder ersetzt.

Seine neue Optik wurde in den Kaffeeecken der Institution bald als deutliches Zeichen einer Wesensveränderung diskutiert. Aber keine – es waren fast nur Frauen – konnte Konkretes anführen, vielmehr ergingen sich die Kolleginnen in dem typischen Mix aus Vermutung und anekdotischer Beweisführung.

»Sieht so aus, als hätte...«, sagte die eine. »Habt ihr gesehen ...?«, die andere.

Doch in welcher Zusammensetzung man sich auch traf, es herrschte große Einigkeit, dass Wieler irgendetwas im Schilde führe. Die einen spekulierten ernsthaft, Wieler werde es mit seiner Besoldungsstufe nicht bewenden lassen. Andere machten sich einen Spaß daraus, in Anspielung auf das ehemalige Grandhotel im Schwarzwald zu spotten, bald sei »Wieler-Höhe« erklommen. Sie konnten ja nicht wissen, wie recht sie hatten.

Wie es dazu kam, ist nicht mehr nachvollziehbar, aber schon in den ersten Wochen erkundigte sich ein Journalist bei Rosalind Weller nach dem Werdegang Wielers, denn der nacheilende Schatten der Chefin fiel offenbar auf. Bald wurden die Gerüchte angereichert um Details, nach allem, was die vorliegenden Aufzeichnungen hergeben, gut möglich, dass Wieler sie selbst in die Welt setzte, jedenfalls wurde erzählt, es handle sich bei dem völlig unbekannten Neuzugang um einen von der Chefin speziell rekrutierten Fachmann fürs politische Säbelfechten, vielleicht sogar für Duelle mit dem Florett.

Er stamme aus der Hauptstadt, habe dort am Aufstieg eines gewissen Politikers mitgearbeitet, hieß es. Wieler verfüge über ein Riesennetzwerk, sei sogar bei Gerhard Schröder in der sogenannten Bier-und-Stumpen-Runde gesessen.

In Wahrheit wusste niemand etwas über den Beamtenneuzugang. Er war im politischen Zirkus der Landeshauptstadt unbekannt, was nichts heißen musste. Die Stadt war groß. Doch gerade, weil ihn niemand kannte und das politische Biotop doch sehr zu Geschwätzigkeit neigte, konnte jeder etwas anderes in seine Person hineingeheimnissen: Einer, der in einem anderen Gebäude untergebracht war und Wieler noch nie begegnet war, wollte erfahren haben, dass er mit dem großen Vorsitzenden ein Bier trinken gewesen sei in einer, naja, etwas zwielichtigen Pinte im Rotlichtviertel.

Sofort ging die Saga, er stehe ganz oben auf der Anwärterliste für ein Staatssekretärsposten oder gar ein Ministeramt, weil er von den Leichen im Keller des politischen

Zwölfenders wisse und deshalb mit manchem zu drohen imstande war. Aber das vermuteten solche, die in den Mustern der alten Machtausübung dachten. Wer wollte es ihnen übelnehmen?

Eine andere, die ihn wenigstens einmal kurz gegrüßt hatte vor dem Fahrstuhl, berichtete von klugen Aufsätzen Wielers für das Magazin der Siegerstraßenpartei. Auch meinte sie von einem Intellektuellennetzwerk zu wissen, dem Wieler vorgestanden haben solle, eine Runde in Art der Literatengruppe 47. Wieder andere nannten ihn tatsächlich graue Eminenz und meinten damit keineswegs sein mit silbernen Fäden durchwirktes Haar. Kurz und gut: Wieler konnte rundum zufrieden sein.

Obwohl er kein anderer war wie der, den seine Frau im Studentenclub der Universität aus der Schüchternheit auf die Tanzfläche gezogen hatte, gab seine Person nach allen Seiten hin eine prima Projektionsfläche ab. Zwar gab es auch welche, denen Wieler nicht ganz geheuer vorkam und die ihrerseits früh Warnungen formulierten, man werde schon sehen, aber Genaues dann doch nicht benennen konnten. Ein Ort in der Bauchgegend sprach zum Zweifler. Dann wieder: Vielleicht täusche ich mich. Nur Wieler selbst wusste, wie wenig an den Ausdeutungen wahr war.

Hinweise auf den Menschen im Beamten fanden sich spärlich. Aber es gab ihn, den privaten Wieler. Ein paar Freunde waren aus der Schulzeit, andere aus dem Studium in seinem Dunstkreis hängengeblieben, allesamt weit weg von Politik und Amtsstuben. Es waren honorige Menschen, die ihr Urteil allerdings bevorzugt aus eigenem Erleben und Vorurteil speisten. Nicht wenige von ihnen hielten auf Festen beschwipste Schmähreden auf die fehleranfälligen Gestalter des Staatswesens, gern auch über die Krötentunnelprediger der Siegerstraßenpartei, die – so dröhnte einmal ein Bauingenieur aus Wielers Clique – »uns demnächst sicher auch noch das Furzen verbieten ohne CO_2-Filter«.

Wieler war umgeben von Menschen, die immer eine Meinung hatten, sich aber der Mühe verschlossen, auch nur eine Zeile über den Sachverhalt zu diesem oder jenem Thema zu lesen. Das war, bevor Wieler seine Zuneigung zur Siegerstraßenpartei entdeckte und die Person fand, die ihm den Marsch durch die Institutionen ersparen konnte.

Wenn in den privaten Runden hergezogen wurde über die Stadtplaner, über die Politiker, über Abgase, Traktordiesel und allgemeine Unfähigkeit einer als amorph begriffenen Masse in Behörden und Ämtern, staunte Wieler über die meinungsstarken Weggefährten. Sie galten ihm als Bestätigung eines gelingenden Lebens. Wenn es hoch her ging, hoffte er, etwas von deren Beherztheit und der Fähigkeit zur pointierten Darstellung abzubekommen. Aber nie hätte er selbst sich so weit aus dem Fenster gelehnt, mit einer eigenen Meinung womöglich auch mal dagegenzuhalten.

Seine Einlassungen verließen selten das Terrain des Allgemeinen, waren mal auf das Wetter, mal auf das Essen bezogen, sodass sie im Moment des Aussprechens bereits ohne Nachhall verpufften. Von den Teilnehmern der gemütlichen Runden würde sich keiner auch nur an ein – es wurde vielleicht schon erwähnt – einziges inspirierendes Wort Wielers erinnern können, das ein Gespräch in Gang gebracht oder gar einen Reigen leidenschaftlicher Bekenntnisse ausgelöst hätte. Gleichwohl erfreute sich Wieler einer gewissen Beliebtheit.

Der Grund war den Gästen mindestens so viel wert wie ein zündender Gedanke: Wieler konnte an solchen Abenden seiner Neigung als Mundschenk nachgehen, eilte von Glas zu Glas, transportierte die Biere und das Wasser an den Tisch, goss Weine in die Kelche. Manchem fiel auf, wie sehr das Dienende seine zweite Haut war, wie Wieler aufging im Holen und Bringen: Noch Erdnüsse oder einen doppelten Verkürzten? Den Rest besprachen sie mit seiner Frau.

Seit Wieler mit rundem Rückenbogen hinter der Hoffnungsträgerin herrannte, verkniffen sich die Freunde ihre Wutbürgersprüche, sie wollten – man wusste ja nie – in nichts hineinkommen, denn im Amt mochte er der scheue Lächler sein und sich nie auf eine Haltung festlegen lassen, die Bekannten vermochte er durchaus zu beeindrucken durch ein, zwei Nennungen von Namen, mit denen er nun durch seine Stellung in der Institution verkehrte.

Und nicht nur sie. Sogar seine Frau fiel jedes Mal, sobald ihr Mann einen illustren Namen fallenließ, eine

kribbelnde Erregung an und sie träumte sich weg: In ihr
stiegen dann Bilder vom Leben an der Seite der Reichen
und Mächtigen auf wie kleine Baiserwolken, von denen
sie in ihren Tagträumen anfangs wie ein Mäuschen mit
den Schneidezähnen kleinste Stückchen Zukunft ab-
knabberte, schließlich aber immer größere Stücke her-
ausriss und mit dem Ausdruck größter Zufriedenheit am
Auxerrois nippte.

Ihre Bekannten bekamen davon nichts mit. Sie strebten
nicht mehr, sie hatten schon. Der Freundeskreis der Wielers hatte sich über die Jahre zu einem stabilen, engma-
schigen Gewebe der Möglichkeiten geflochten.

Wie sein Notizbuch Schwarz auf Weiß belegt, bevorzug-
ten die Wielers solche, die materiell gut gebettet waren und
etwas anzubieten hatten. Im Wesentlichen Frau Wieler
hatte – das war im Hohen Haus weitgehend unbekannt –
die unentgeltliche Zweitverwertung des Eigentums anderer
schon früh zur Perfektion gebracht. Hier ein Wochenende
in der Jagdhütte von Jugendfreunden, zu denen das Paar
über die Jahre absichtsvoll Kontakt gehalten hatte, dort ein
Chalet im Elsass von neuen Bekannten.

Im Portfolio fehlte nur noch eine attraktive Großstadtre-
sidenz. Wieler und seine Frau drängte es, selbst etwas anbieten zu können. Mit dem Wechsel ins Hohe Haus erreichten die verblüfften Freunde plötzlich Gratiseinladungen in
die Institution oder in die Regierungsburg. Es schadet nie,
einen zu kennen, der einen kennt. So ist es ja angelegt in

unserem Land. Wieler jedenfalls kam montags gut gelaunt in die Besprechungen.

Wenn die höheren Dienstränge Sätze wie »Wir waren in Berchtesgaden bei Freunden« oder »Es war schön in Düsseldorf!« fallen ließen, konnte das vielleicht im Heer der Niederen Neid und Bewunderung hervorrufen, nicht so bei Wieler, der nach einem langen Wochenende strahlenden Gesichts mithalten konnte.

Wer ihn nur oberflächlich kannte, musste annehmen, die Wielers seien umgeben von Schönen und Reichen. Ja, doller: als buhlten die Schönen und Reichen geradezu um die Gesellschaft der Wielers. Ein Glückspilz, dachten manche Kollegen dann. Wie macht der das nur?

Der Beamte Wieler

Auf seiner letzten Stelle in der unteren Regionalbehörde war Wieler wenig aufgefallen, was beinahe untertrieben scheint. In Wahrheit blieb er fast unsichtbar. Wann immer einer einen Platz in der Hierarchie freimachte: Wieler stand nicht zur Debatte.

Für den schon gärend lange vakanten Posten des Viertelleiters nicht, auch nicht für den des Halbleiters, schon gar nicht für die Stelle des Oberleiters. Wäre ein Beobachter beauftragt worden, gegen Geld die Entwicklung zu betrachten und alles haarklein niederzuschreiben, hätte er melden müssen, die Karrierebewegungen seien nach den Regeln eines jeden Amtes im Land, wonach die Herren und Damen Beamten nur eine Weile sitzen mussten, um wieder einen Stuhl höher gesetzt zu werden und wieder ein paar Taler mehr zu bekommen.

Es sei nachgerade unverständlich, geradezu mysteriös, wie um Wieler herum eine Art Beförderungsbannmeile gezogen worden sei, hätte der Beobachter erstaunt zu Protokoll gegeben. Natürlich handle es sich offenbar um einen nicht sichtbaren, eher um einen gläsernen Zaun, der es nicht erlaube, Wielers Stuhl auch nur einen Zentimeter zu verrücken. Ja, mehr noch, es scheine dem Beobachter, der Beamte werde bewusst übersehen für höhere Weihen, obwohl er seine Aufgaben, nach allem, was der Ämterbeobachter kenne, sehr passabel erledige. Die Kladde Wieler wäre von ihm, hätte er einen Auftrag gehabt, geschlossen worden mit einem Fragezeichen.

So war es um Wielers Fortkommen im alten Regionalamt gestanden: Es war ein Auf-der-Stelle-treten. Wieler erledigte die Dinge ordentlich, aber in gemäßigter Eile. Nie wäre er auf den Gedanken gekommen, ein Mittagessen zu verschieben, weil die Akte Bauernfeind oder der Fall Moser, nur zum Beispiel, der Fertigstellung harrte. Sprachlich konnte er zudem keine Sprünge machen. Wer seine Akten auf Fehler hin las, das traf meistens seine nur zur Hälfte für ihn tätige Vorzimmerfrau, gab häufig schon nach der dritten Seite seinem Drang zu gähnen hemmungslos nach. Die Sätze verloren sich in schöner Regelmäßigkeit in einer Anhäufung behördlich genormter Substantive, die von Wieler nie, auch nicht ein einziges Mal, durch leichtfällige Wörter umkränzt worden wären, einfach nur um des Gefallens willen.

Nein, auch ein Romancier war an Wieler nicht verloren gegangen. Aber das störte nicht nur niemanden in seinem alten Amt, es war vielen gerade recht. Da trat einer auf der Stelle wie die Winzerin im Traubenfass – der war keine Gefahr. In schleppender Regelmäßigkeit wurde er mit ein oder zwei Dienstreisen ans andere Ende der Republik belohnt. So interpretierte Wieler die Gaben von oben. Die geschenkten Bahnfahrkarten und Hotelübernachtungen fütterten in ihm die Gewissheit, dass die Superleiter schon noch auf ihn schauen würden, ihn auserwählen würden für eine herausragende Position. Hatte er nicht die Hotelbuchung als deutlichen Hinweis?

Nie durchschaute Wieler, dass Bonusgaben, wie er sie erhielt, nicht wenigen seiner Kollegen – zwei allein in seinem Flur – ebenfalls zugestanden wurden.

In der staubigen Hierarchienschmiede waren Brot und Spiele angesagt. Um alle Münder feucht zu halten, aber nicht allzu durstig werden zu lassen, hielten die Oberoberleiter nasse, mit Versprechungen getränkte Schwämme vor die Ausgedörrten, die ihre Hände nach einer Beförderung wie nach einem Wasserloch in der Wüste ausstreckten.

Doch da war nur eine Fata Morgana – das spiegelnde Flirren der in Wahrheit von Staubmäusen getrübten Behördenluft. Jeder und jede sollte sich laben an dem süßen Wahn der Hoffnung.

Während die anderen das Ziel der Billigspeisung längst durchschauten und trotzdem die Montage krankmachten, wartete Wieler geduldig auf das Eintreffen seiner Karriere. Er erschien Tag für Tag, erledigte ein oder zwei Akten, keine großen Sachen, und machte sich wieder nach Hause auf, wo ihn seine Frau in Erwartung einer Nachricht von Relevanz mit großen Augen ansah – und sich ein ums andere Mal voller Enttäuschung abwandte.

Sie brühte den Kaffee stark und doppelt, es roch verbrannt in der Küche, wohin Wieler immer zuerst kam. Der starke und verkürzte Kaffee galt in seinem Haushalt als Designmerkmal des guten Lebens, wobei es nicht Wieler selbst drängte, es war seine Frau, die solche und andere Rituale, den obligaten Dry Martini freddo als Apéro zum Beispiel, eingeführt hatte und ihren Mann mitriss mit ihren Vorstellungen von Stil und Geschmack.

Die Bohnen wurden gekauft in der kleinen Rösterei in der Altstadtmetropole, wo man ins Gespräch kam mit anderen, die ebenfalls auf ihren Bedeutungsaufschwung warteten und auf die wirklich Wichtigen lauerten.

Ganze Samstage konnten so verbracht werden, wie beiläufig Espressi probierend, aber mit den Augen hin und her schielend nach selbstbewussten Menschen, derer man habhaft werden konnte und, wer weiß, vielleicht konnte die Familie schon nach wenigen Monaten deren erhofft mondänes, zumindest aber durch seine ungewöhnlichen Grundrisse, Farben oder die Einrichtung aufschneidendes Domizil auf einer unbekannten Insel bewohnen.

Vielleicht war bald schon der Status als neue Freunde erreicht, um ungeniert die Tassen und Teller, die Stühle und die gute Aussicht benutzen und sich nah fühlen zu können am großen Durchbruch. Frau Wieler hatte ihre Sammlung schon gut aufgefüllt, man kannte nun auch Leute aus dem Dunstkreis des Hochmögenden auf dem Hügel, man hatte Juristen, Ärzte, Piloten, Architekten,

34

aber die großen Brocken unter den Fischen im Netz blieben aus. Es fehlten noch die riesigen Mondfische mit ihren Goldflossen, die in goldenen Muscheln lebten und in goldenen Wagen durch ihr goldenes Leben fuhren. Was fehlte, waren die High End-Bekannten.

Die Ingredienzien des besseren Lebens nutzte Wielers Frau wie zur Bestrafung, dass es beim Gatten so zäh aufwärts ging, schon etwas lieblos. Das Freudige des Anfangs, als etwa die teure Zuckerdose dieses einen Ladens mit den guten Dingen ins Haus kam, das innere Jauchzen, wenn sie das glatte, matt gebürstete Metall in die Hand nahm, war einem abgestumpften Berühren gewichen. Die Stahldose war eine Investition in die Zukunft, doch eine ganze lange Weile litt Wielers Gattin unter der bösen Ahnung, womöglich fehlinvestiert zu haben. Sie hatte alles Rot auf Sieg gesetzt, warum nur ließ der Gewinn so lange auf sich warten?

Wieler hatte zwanzig Jahre wenig zu berichten, was ihr Anlass gegeben hätte zu anderen, zu weiterreichenden Planungen, zum Beispiel des Erwerbs eines Häuschens am Hang bei den Juristen, Ärzten und Firmenchefs, deren Frauen sie in dem Café neben der Kirche kennengelernt hatte, das sich gab wie ein Dekorgeschäft und grob gewebte Leinenkissenhüllen für fünfzig Euro verkaufte.

Frau Wieler hätte sich auch mit einem großzügigen Eigentum in Etage zufriedengegeben, etwa an dem kleinen

Plätzchen mit dem Kopfsteinpflaster, wo sich unweit zwei Schriftsteller niedergelassen hatten, oder gleich am Wielandshügel. Die Schreibenden lebten ein Leben, wie sie es sich ersehnte, ein Leben des Geistes, der wilden Unabhängigkeit und der exotischen Reputation, des Zugangs in Kreise.

In dem kleinen Ort, wo sie aufgewachsen war, keine dreißig Kilometer von der französischen Grenze, hatte sie sich das Städtische so vorgestellt: Edelstahl- oder Silberzuckerdose mit einer Prise Bohemien. Nur, dass die anderen dieses kreative, ausgebüxte Leben lebten. Dass die anderen die Filme drehten und die Bücher schrieben, dass die anderen den Weinberg in Südafrika hatten oder das Hüttchen in den französischen Alpen. Sie wärmte sich in dunklen Stunden an deren beneidetem Dasein.

Es mussten andere Wege gefunden werden, endlich den rosigen Möglichkeiten des Lebens nahe zu kommen, ohne selbst in der ersten Reihe zu stehen und Reden zu schwingen, ohne gute und gefällige Sätze selbst basteln zu müssen, ohne Fronteinsatz. Das, sagte Wielers Frau, sei das Fernziel.

Mit dem Umsatteln ins Hohe Haus sollte dies gelingen. Die neue Stelle gab endlich Anlass zur Hoffnung. Kinder zu bekommen, hatte das Paar auf diese Weise immer weiter nach hinten geschoben. Es war keineswegs so, dass Frau Wieler seine Gene nicht gerne komplettiert hätte zu zwei oder drei Menschenwundern. Machten das die Reichen nicht alle so? Aber ohne die weiche Absicherung von Immobilieneigentum mochte sie keine Familie gründen.

Als sie dreißig war, sagte sie zu Wieler: »Wenn wir uns ein Haus kaufen, bekommen wir Kinder und die heißen wie du!«

Auch sie selbst wolle dann seinen Namen annehmen, hatte sie ihren Mann versucht zu locken. Darüber vergingen die Jahre.

Wenn seine Hände nur nicht so schön wären, so groß und stark, dachte Wielers Frau, wenn sie die Ernüchterung wieder einmal heimsuchte wie ein lästiger Schnupfen. Die starken Hände waren es, in die sie sich verliebt hatte, diese proletarischen Hände, auch wenn sie nicht versprachen, was sie vorgaben, zu sein.

Wieler bekam keinen Nagel gerade in die Wand, das musste sie übernehmen. Die Hände waren es und seine Kurzsichtigkeit, die seine haselnussbraunen Augen hinter dickes Glas verbannte. Wieler trug Brille. Auch hier kam es zu einer Investition in die mächtig verheißungsvolle Zukunft, womöglich am Platz mit dem Kopfstein. Die feinste Goldeinfassung wurde gewählt, was Wieler die Anmutung eines Fernsehmoderators aus den 50er-Jahren gab.

Hinter den Brillengläsern sah man lustige Fältchen, die sich wie asiatische Fächer um die Augenwinkel legten. Wem er mit seinem üblichen »So, wie geht's?«

entgegenkam, konnte sie gar nicht anders, als ihm entgegenzulächeln.

Bald hieß es: »Wieler, der Sonnenschein«.

Es war keineswegs so, dass Wieler nur stramm nach oben zur Beförderung durchstapfen wollte, sein bedürftiges Wesen verlangte mindestens ebenso nach Gemochtwerden, weshalb er manche Reaktion auf seine Person völlig unzutreffend als wohlwollende Nähe interpretierte.

Schon nach wenigen Monaten kniff er die Kollegen in die Seiten und zwinkerte den Damen zu. Mit der Zeit fiel den Kollegen allerdings auf, wie wenig Wieler zu sagen hatte und als er an einem vielversprechenden Montag zur Begrüßung sein »Ja, schön war's« vom Stapel ließ, schnurrten die Umstehenden aus Mitleid ein »Ja, wirklich«, um sogleich dringende Erledigungen vorzutäuschen, die keine Sekunde länger Aufschub duldeten.

Wielers Gegenüber wandten, wie mehrere Quellen belegen, oftmals doppelt so viel Zeit auf, ihre Flucht vorzubereiten als etwas zu entgegnen, denn Wielers Bemerkungen waren nicht geeignet, den Geist zu erweitern, sie waren trockene Verlegenheit, die er selbst aber weder spürte noch sich vorstellte.

Seine Frau hatte alles drangesetzt, dass Wieler sich als dynamischer Mann, sportlich und mit Intellekt fühlte, als einen, der wegweisend sein konnte und inspirierend, nein, nicht dieses Wort, Wieler war, um es kurz zu sagen, von sich in aller Bescheidenheit angetan. Nur geschulte Augen sahen, wie sein Oberkörper jeden Monat ein winziges Stückchen mehr vornüberkippte, als lasse die Aufhängung nach.

Eckstein, Halbleiter

Eckstein machte sich schon wieder auf den Weg mit der Karaffe, um Wasser zu holen. Trinken war wichtig, wie das Gesundheitsmanagement der Behörde einbläute. Der Halbleiter machte sich nicht gerade lustig über solche übergriffigen Hinweise, aber als er neulich im Büro bei Kalbmayer saß, hatten sie die Rechnung aufgemacht, welche Summen die viele Trinkerei den Steuerzahler für die Stunden kostete, in denen das Wasser zuerst einverleibt, dann auf das Örtchen gelassen und die Arbeit nicht getan wurde.

Eckstein ging es wahrlich nicht um die regelmäßige Wasserzufuhr. Er bevorzugte grünen Tee mit Dattelsirup. Kalbmayer, mit seinem Näschen für kleine Unebenheiten, hatte kürzlich erst gestichelt, Eckstein trinke sich wohl in eine Vertrauensstellung, woraufhin dieser in eher seltener Aufwallung konterte: »Ich kann doch nicht jeden Tee parteipolitisch umfärben! Und wenn die nächsten kommen? Übrigens, Kollege Kalbmayer: Schwarztee ist braun.«

Wenn Eckstein also seine Gänge machte, ging es nicht ums Trinken. Er nutzte die Gelegenheit, gesehen zu werden.

Mit leicht gebogenen Beinen eines schon in der F-Jugend bolzenden Fußballspielers schlurfte er über die Auslegeware an den Büros vorbei, die wie Hasenställe angeordnet waren in dem würfelförmigen Bau, der aber gewiss nicht deshalb einen Architekturpreis nach dem anderen bekam.

Eckstein hielt absolut nichts von dem Neuen, den die Chefin ins Haus geschleppt hatte. Was sich heute so alles Jurist nannte! Eckstein untersuchte und interpretierte das Recht in dritter Generation, der Großvater stand noch dem Großherzog zur Seite! Das waren Juristen!

Die Chefin lobte gern und reichlich, aber nur Wieler war ihrer Gnade gewiss, während sich auf die Gesichter der Zeugen solchen Lobes Betretenheit und Befremden legte, vielleicht sogar stille Wut.

Wieler lobte, umgekehrt, von der ersten Sekunde seiner Tätigkeit an in ihre Richtung, garnierte den guten Tag mit der Beachtung des Lippenstifts oder mit der Erwähnung des Taubenblaus im Anzug, das so gut harmoniere mit den weizenhellen, geraden Haaren, wiewohl die Chefin vom Weiblichen her nicht sein Geschmack war. Er war aufs Genaueste eingestellt, wie ein Patient mit einer exakten Dosis Pillen eingestellt war. Nichts wurde dem Zufall überlassen, das Drehbuch war verfasst – und Wieler bekam von seiner Frau eine Checkliste.

Seiner Frau hatte Wieler versprechen müssen, sie immer mit sich zu führen. In der rechten Hosentasche steckte sodann eine kaum streichholzschachtelgroße, verstärkte

Pappe, eng beschrieben, jede Zeile mit vorangesetzten kleinen Spiegelstrichen.

Ganz oben stand »Lob: Haare (Farbe/Schnitt), Lippenstift, Schuhe, Anzug (Farbe/Material), Kleid gesondert, Kombination, erst dann: Rede, Auftritt, Performance (locker/charmant).«

Wieler schaute schon nach den ersten Tagen nicht mehr darauf, denn es wurde seine Morgenroutine, die Chefin zu flattieren. Trotzdem behielt er die Spickpappe in der Hosentasche. An manchem Wochenende ertappte er sich sogar dabei, den Inhalt der rechten Anzugtasche umzuladen in die rechte Hosentasche der Trainingshose. Die strenge Kante drohte sich, sobald er sich bückte oder etwas aufnahm, in den Oberschenkel zu drücken, weshalb man Wieler etwas steif durch die Gegend laufen sah. Trotzdem ließ er den Spickzettel, der in Wahrheit ein vulgärer brauner Recyclingkarton war, nie auf dem Nachttisch liegen. Er gab ihm Kraft und Sicherheit wie die Schmusedecke dem kleinen Linus im Peanuts-Comic. Vor allem aber war er erinnert an seine Frau und das große gemeinsame Ziel.

Wieler mochte das Leben in den Koordinaten kleiner Regieanweisungen. Er lebte mit Netz und doppeltem Boden, wobei das Netz niemals zum Einsatz kommen würde. Wieler hatte noch nie abgehoben, nicht einmal als junger Mann hatte sich seine Fantasie hochgeschraubt zur Vorstellung, er sei ein beliebter Sänger oder umschwärmter

Schauspieler wie es Millionen Teenager taten. Nein, Wieler war eigentlich zufrieden, wie es war, denn die jungen Frauen fanden irgendwann auch so Gefallen an ihm.

Nach allem, was zu erfahren war über diesen Beamten, schätzten sie an Wieler vornehmlich sein pflegeleichtes, zuvorkommendes Wesen: Bat ihn eine um einen Prosecco, eilte er schon davon. Wurde er geheißen, Brötchen zu kaufen, um dem sonntäglichen Frühstück etwas Feierlichkeit zu verleihen, hastete er durchs Treppenhaus hinunter auf die Straße zum Bäcker und ebenso schnell zurück.

Seine Frau nannte sich Feministin und es gibt keinen Zweifel, dass sie das war. Doch interpretierte sie das gleiche Recht der Geschlechter, indem sie statt des Mannes die Abteilung Law & Order übernahm. Hieß sie ihn einen blauen Anzug zu tragen, trug er blau, war ihr nach Anthrazit ... Kurz: Wielers Attraktivität als Mann speiste sich zu einem guten Teil aus seiner bequemen Handhabbarkeit.

Wieler gehörte überdies zu jenem Menschentypus, dem stumpfe Nervenenden gegeben waren. Kleinste Abwertungen oder gewöhnliche Beleidigungen, sagen wir durch die Chefin oder die Gemahlin, drangen nicht zu ihm durch. Er hörte wohl, wenn sie ihn, was durchaus vorkam, »begriffsstutzig« nannten, aber sein Puls ging deshalb keinen Achteltakt schneller. Ja, er musste, so war es durchaus geschehen, sogar eigens darauf aufmerksam gemacht werden, wenn er mit Anreden belegt wurde, die jeder andere als unverzeihliche Grenzüberschreitung empfunden hätte.

Nicht, dass eine Entgleisung besser gewesen wäre, keineswegs, aber in den Körpern der meisten Männer hätten sich in einem Fall dreister Übergriffigkeit, sagen wir: am Tresen eines Gastlokals, umgehend die neuronalen Befehlsketten in Gang gesetzt, um die Faust in die Gesichtsmitte des Gegenübers auszufahren oder wenigstens ein herzhaftes »blöde Sau« oder ein abgedroschenes »altes Arschloch« herauszuschleudern.

Nicht so Wieler. Sein Testosteron konnte sich, jedenfalls theoretisch, in den Dienst der Fortpflanzung stellen, der Bart wuchs vor sich hin, die Haare an Beinen und Armen waren standesgemäß. Alles in allem schoss das Hormon jedoch nicht über das Notwendige hinaus. Wer den jungen wie den alten Wieler erlebte, meinte, es mit einem besonders entspannten Menschen zu tun zu haben, vielleicht einem, der die asiatischen Entspannungstechniken zur Stilllegung der leicht erregbaren Nerven ausübt oder dem der religiöse Glaube die Liebe selbst des Beleidigers vorgab. Wieler tat nichts dergleichen, er war vom lieben Gott einfach nur empfindungstaub angelegt.

Erst in jüngster Zeit gestattete er sich verwegene Gedanken. Einmal träumte er des Nachts, wie er sich im Anzug und mit seinem Notizblock auf dem Knie auf einer Abflugrampe schräg nach oben bewegte. Man darf sich das nicht vorstellen wie bei einem ehrgeizigen Menschen, der vielleicht schon in der Mittelschule Professor für Luft- und Raumfahrttechnik werden wollte und eilig die Hochschule durchlief, um das anvisierte Ziel zu erreichen. Oder einer, der Kanzler werden will und, ermutigt von ein paar Gläsern Destilliertem »Ich will da rein« vor dem Regierungssitz skandiert. Es soll solches ja durchaus gegeben haben.

Wieler dagegen erträumte sich sein Emporkommen eher wie das sanfte Abheben einer Feder, die von einem kleinen Lüftchen erfasst und getragen wird. Mochte der Traum also noch so bescheiden daherkommen, es gab ihn und er machte Wieler zum ersten Mal in seinem Leben unruhig.

Rebmann-Klopfer, Protokoll

Das Drehkreuz blockierte wieder einmal. So oft Frau Zeller auch ihre Codekarte davorhielt, es piepste im gellenden Ton eines Tinnitus.

Die Sekretärin hatte schon jenen Ausdruck im Gesicht, der von aufsteigender Verzweiflung kündete. Verdenken konnte man es der armen Frau nicht, sie war bereits viereinhalb Minuten zwischen den Glasscheiben gefangen und, weiß Gott warum, es kam niemand, ihr herauszuhelfen.

»Ich weiß auch nicht, was das ist, ich weiß nicht, was das sein kann«, jammerte die Zeller, was freilich sinnfrei war, denn niemand hätte von Frau Zeller je eine Analyse der Störungsursache erwartet.

Es hatte sich bereits eine kleine Schlange hinter ihr gebildet, angeführt vom stoischen Wieler.

»So, jetzt ist es bald Wochenende«, wandte Wieler sich in Verlegenheit an seinen Schlangenhintermann. Es war Rebmann-Klopfer vom Protokoll, der seine höfliche Gelassenheit, wiewohl sie der Wielers sehr ähnelte, nur zur Schau trug und den lächelnden Viertelleiter am liebsten angeraunzt hätte, ob das alles sei, was er dazu zu sagen habe: Wochenende! Wochenende!

Nach dem ganzen Schlamassel beim Festakt, zu dem die Unterlagen aus Wielers Büro wieder mal viel zu spät kamen, die richtigen Namen der Teilnehmer fehlten und die Moderatorin des Podiums null gebrieft worden war: Wochenende! Aber die Hierarchie verhinderte Ehrlichkeit schon an dieser niedrigen Schwelle zur Behörde.

Rebmann-Klopfer, der Schöngeist, dachte sich seinen Teil, der allerdings wenig schmeichelhaft war. Wenigstens konnte er, was in seinem Gehirn herumschwirrte an Bezeichnungen für den Vordermann, in drei Sprachen fließend durchdeklinieren. Das tat er nun auch, um sich die Zeit zu vertreiben, bis Hilfe kam, und es tat ihm gut.

Rebmann-Klopfer schaute in Wielers Gesicht, das noch immer oder schon wieder lächelte, bis sich die Augenfalten wölbten und diesen Menschen so bedingungslos heiter erscheinen ließen, dass sich der Protokollzuständige abwenden musste. Wieler war sein Chef, irgendwie jedenfalls.

Die neue Struktur im Haus, von der Chefin in ein ab Mai gültiges Organigramm gepresst, hatte er noch nicht durchdrungen, aber es war auch gleichgültig, denn jeder wusste, selbst Rebmann-Klopfer im ausgelagerten Bürotrakt jenseits der Stadtautobahn: Hinter Wieler steckte die Chefin. Da durfte er sich nicht zu fahrlässiger Offenheit hinreißen lassen, wie er es gegenüber einem Kollegen im Schutze des Fahrstuhls oder auch ohne die Anwesenheit Wielers vielleicht der sympathischen Frau Zeller gegenüber getan hätte. Doch nun dachte er: Der Feind hört mit.

Erst am Vortag hatte seine Vorgesetzte lange aus einer Sitzung berichtet, in der der Oberleiter Dr. Bernauer wieder einmal einen Kopf kürzer gemacht worden sei, weil die Honorarkonsulin der Malediven auf dem Abendempfang der Bischöfe nicht begrüßt worden war.

»Wieler kann nicht alles machen«, soll die Chefin gestöhnt und sein Referat zur Anfertigung eines Rechtfertigungsvermerkes genötigt haben.

Von solchen Gedanken umflort, ja nahezu benebelt, wandte sich Rebmann-Klopfer ab und simulierte, statt in einen unbeholfenen Smalltalk einzusteigen, ein Telefonat mit einem beruflich verbundenen Finnen, den er wenige Tage zuvor tatsächlich getroffen hatte.

»Hei Effe«, lachte er und tat gerade so, als habe sein Gesprächspartner, der ja keine Erfindung war, sondern eine zeitverzögerte Erscheinung wie bei den Interviews mit der Besatzung einer ISS-Weltraumkapsel, einen Scherz gemacht. Rebmann-Klopfer nutzte die Gelegenheit, seine geheime Schauspielleidenschaft auszuleben – alles im Bemühen, nicht mehr ansprechbar zu sein durch seinen Vordermann.

Also wandte er den Kopf leicht schräg nach unten wie zur besseren Hörbarkeit: »Ja, ich verstehe Sie gut. Alles ist vorbereitet: Die Gastgeschenke sind rechtzeitig angekommen, ich schlage vor, dass wir die Übergabe statt in der Behörde auf dem Weindorf machen. Wenn Sie wollen, reserviere ich für die Delegation eine Weinlaube. Die Dolmetscherin würde dann dazukommen.« Wenn Rebmann-Klopfer seinen Redefluss unterbrach, tat er dies nur, um kurz darauf umso mehr zu lachen oder ein finnisches Wort, wenn nicht eine längere Phrase zu platzieren mit dem Ziel, Eindruck zu schinden – einzig und ausschließlich bei Wieler, den er inzwischen abgrundtief verachtete und sich mit diesen Etüden vom Leib halten wollte.

Endlich ruckelte Frau Zeller einen halben Meter weiter und die Drehtüre entließ die inzwischen rotwangige Sekretärin in das Haus. Die Nachfolgenden waren erleichtert und hatten es so eilig hineinzukommen, dass sie vereinbarten, sich zu zweit in die Schleuse zu stellen. Rebmann-Klopfer mit Wieler, der, wie gewohnt, in Startposition mit nach vorn gebeugtem Oberkörper, freundlich einen schönen Tag wünschte.

Völlig erschöpft erreichte Frau Zeller ihr Büro, kleine Schweißtropfen rannen ihr die Schläfen hinab, was wirklich nie vorkam. Frau Zeller war eine elegante Erscheinung, die zu anderen Zeiten respektvoll Dame genannt worden wäre, lange bevor man anfing, auch Nutten mit dieser Bezeichnung als Liebesdienerinnen aufzuwerten.

Frau Zeller jedenfalls wäre grobes Unrecht widerfahren, hätte man sie Dame genannt, also verwenden wir das Wort in alter Manier voller Bewunderung für ihre zurückhaltende Grandezza. Allmorgendlich aufgetragene Lidschminke ließ ihre hellblauen Augen strahlen, selbst hinter den Gläsern ihrer Brille, die sie allein zur Verrichtung ihrer Schreibarbeiten für Kalbmayer aufsetzte. Das Rouge keine Spur zu viel, die Lippen konturiert mit dem gleichen, wenn überhaupt, einen Hauch helleren Farbton des Lippenstiftes.

Ihre Kleidung verriet die Eleganz einer Frau, die sich nicht alles leisten konnte, die aber das, was sie sich aus den monatlichen 1.400 Euro netto gönnte, ausgesprochen geschmackvoll wählte. Kurz: Frau Zeller war eine Vorzimmerzierde. Dazu mit der Fähigkeit zu wortlosem Übereinkommen ausgestattet, was eine gewisse Denkpotenz voraussetzte.

Kalbmayer hatte keine Sekunde gezögert, als ihm sein Vorgänger Frau Zeller wärmstens ans Herz legte, was, wenn er ehrlich war, weniger an deren tadelloser Optik lag als an der Tatsache, dass sie schon drei Herren des Ancien Régime gedient hatte – Männern, mit denen Kalbmayer die Parteimitgliedschaft teilte, mehr aber auch nicht.

Sie hatten einer Generation von Führungskräften angehört, die beim Thema flache Hierarchien eher geneigter war, an die auf ihrem Schreibtisch absolvierten Liebesakte mit der einen oder anderen Referentin zu denken als an moderne Managementstruktur.

Die Parteifreunde, Männer allesamt, hatten in der Behörde Angst und Schrecken verbreitet zu einer Zeit, da das Land ihnen zu gehören schien. Dank Frau Zeller – die Arme wusste nicht, dass sie ausgehorcht wurde – kannte Kalbmayer auch eine stattliche Liste wenig ruhmreicher

Episoden, unter denen die durch das Vorzimmer wie Wurfgeschosse geschleuderten Leitzordner noch die unschuldigen Anekdoten darstellten.

Da war, um nur ein Beispiel zu geben, die Geschichte von der Gruppenvorsitzenden der Beharrlichen, die von einem Kollegen zur vorgerückten Stunde unter der voll behängten Garderobe in Begleitung entdeckt wurde, weil sein am Haken aufgehängter Mantel und die Mäntel daneben so sehr ruckelten, dass er gezwungenermaßen nach unten sehen musste. Für eine lange Sekunde sah er in das Gesicht des Mannes, der die Ursache für die trunkene Leidenschaft der Vize gewesen sein musste. Bald darauf verließ die Vize das hohe Haus. Nur die Ahnungslosesten gingen von einem reinen Zufall aus, dass der Kollege ab dieser Nacht einen steilen Aufstieg nahm.

Kalbmayer genoss es, solche etwas schlüpfrigen Details zu kennen, die er als früherer Mann der nationalen Verteidigung nur »Munition« nannte.

Erst neulich hatte er nach dem Hausfest, auf dem er sich sehr nett mit einem Personenschützer unterhielt, einen Nachtrag einzufügen. Zu gut war die Geschichte vom Minister, dessen Fahrer nach einem halben Jahr, seiner Nerven beraubt, gekündigt hatte. Das dem Beerengärsaft in olympischer Menge zusprechende Regierungsmitglied wollte Nacht für Nacht partout nicht von der Rückbank weichen und immer, wenn der arme Fahrer die hintere Türe öffnete, um seinen Chef aussteigen zu lassen, zog dieser die Türe wieder zu, ließ sich auf die Seite fallen und zersägte unter grunzenden Lauten die von seinen scharfen Ausdünstungen stechende Luft im Innenraum der Dienstkarosse.

Bis zu sechs Versuche wurde erzählt, habe der Fahrer manches Mal unternehmen müssen, bis der Minister beliebte, den Wagen zu verlassen, um den kurzen Weg zur Haustüre wie auf schwankenden Planken hinter sich zu bringen. Derart verkürzte sich der nächtliche Schlaf um ein Vielfaches und der Fahrer, anders als das auf diese Weise ausgeschlafene Regierungsmitglied nach nicht einmal einem Jahr am Ende seiner Kräfte, musste die Reißleine ziehen. Seither lenkte er nur noch Taxis.

Kalbmayer führte, was niemand im Haus wusste, ein bunt gespicktes Dossier, weil er der Auffassung war, die verlotternden Sitten in der Landesinstitution am ehesten beeinflussen zu können, indem er die neue, von der Siegerstraßenpartei gestellte Hausspitze bei passender Gelegenheit auf die Sünden der Vergangenheit hinwies. Spürte er im Büro der Chefin Übermut, stellte er, seinen Mund zu spitzem Grinsen schürzend, die rhetorische Frage in den Raum, die neuen Damen und Herren wollten ganz bestimmt nicht dem Alten Régime nacheifern mit seinem menschenverachtenden Stil. So lange, wie sie auf die Übernahme der Macht gewartet hätten, wäre es doch zu bedauerlich, wenn die Presse Wind von bestimmten Vorhaben bekäme.

Kalbmayer wählte bewusst das altmodische Wort »Presse«, sollten sie doch denken, er sei von gestern.

Besser, sie unterschätzten ihn und überschätzten sich. Als die Chefin die Order ausgab, künftig alle Referatsleiter von den Sitzungen der Hausspitze auszuladen, sah man Kalbmayers Blick sich mit dem von Eckstein kreuzen. Er kenne da eine Geschichte aus der alten Zeit, die sei für sage und schreibe acht Wochen in der Zeitung gewesen, der Anlass ganz ähnlich deren Vorhaben. Mehr musste Kalbmayer meist nicht andeuten.

Wieler, dem es ja sowohl an Wissen über die alten als auch über die neuen Abläufe im Haus gebrach, der aber feine Antennen hatte, wann der Chefin Ungemach und in Folge auch die Durchkreuzung seiner eigenen Pläne drohte, leitete dann in der Regel den Rückzug ein mit den Worten: »Ich finde, da müssen wir noch grundsätzlich darüber reden.«

Das fand freilich nie statt – zu viele Themen tummelten sich, von Wieler in seiner Not hineingestopft, bereits in der Unterrubrik »Grundsätzliches«. Doch nach einem solchen Wieler-Satz hieß die Chefin, endlich zum nächsten Punkt zu kommen, und in Kalbmayers Gesicht verriet nur das feine Zucken der Mundwinkel die ungeheure Anspannung, die er aufwenden musste, um nicht schallend loszulachen.

Frau Zeller wusste davon nichts, wiewohl sie eine intelligente Frau war, die morgens im Bad nicht etwa Schlager hörte, sondern das »Interview am Morgen«.

Und doch war ihr der Chef manchmal ein Rätsel, wenn er daherredete, als wäre er in den Sitzungen, aus denen er kam, geradewegs gewendet worden. Gut gelaunt, bisweilen zu Albernheiten aufgekratzt, wippte er dann in sein Büro und pfiff alte Udo Jürgens-Schlager.

Sobald Frau Zeller unter schleifendem Geräusch die Schiebetüre zu ihrem Schrank aufmachte, hörte sie, wie der Bürostuhl im Raum nebenan zurückgerollt wurde und die Federn bei Entlastung leise quietschten.

»Guten Morgen, verschlafen?«, rief es aus Kalbmayers Büro, die Tonlage gerade so freundlich, um von Frau Zeller nicht als Vorwurf verstanden zu werden.

»Die Drehtür wieder mal!«, sagte sie nur und drehte sich sofort zum Kaffeeautomaten.

Frau Zeller schielte auf die Digitaluhr über der Türe. Kalbmayer wartete seit zehn Minuten auf seinen Morgenkaffee, der so stark sein musste, dass Frau Zeller ihn kaum als Flüssigkeit einstufte.

»Kommt gleich!«, beschied sie knapp.

Doch Kalbmayer hatte sich, von ihr unbemerkt, im Vorzimmer neben den fruchtbaren Gummibaum gestellt und blickte aus dem Fenster. Da sah er Wieler davoneilen, in einer Hand eine große Einkaufstasche, in der anderen den Übergangsmantel.

»Wieder wichtige Termine in der Penny-Zentrale für Hochgenuss und Bildung, nehme ich an«, murmelte er.

Frau Zeller versorgte ihren Vorgesetzten mit dem dringend angezeigten Ristretto und schielte ebenfalls durch das Glas, um zu sehen, was Kalbmayer sah.

»Herr Wieler ist doch gerade erst mit mir reingekommen, jetzt geht er schon wieder«, sagte sie.

Kalbmayer tat abwesend. Kommt alles ins Buch, dachte er, kritzelte 10 auf eine leere Seite und lief zu seinem Schreibtisch, um den Telefonhörer abzunehmen.

»Hier Kalbmayer. Danke für den Rückruf. Ich hätte da etwas Delikates, das sich besser bei einem schönen Abendessen besprechen ließe.«

Weller, Redenschreiberin

Rosalind Weller stand vor der geschlossenen Türe, was sie wenig überraschte. Warum sich über Dinge wundern, die die Regel sind, sagte sie sich.

Rosalind Weller begab sich seit bald 20 Monaten allein der Form halber zu Wielers Bürotür, um bestätigt zu werden in ihrer Annahme, die Türe werde wie immer abgeschlossen sein und der Büroinhaber sei nicht anwesend. Sie hätte ihren Dienstgang auch im Geiste durchspielen können, die Schritte zählen, kleine Pausen einplanen für die Treppe oder das schlurfende Schließen der Aufzugtüre, wie es üblich war in Hörspielen.

Sie hatte begonnen, eine Strichliste zu führen – zuerst aus Amüsement, doch bald gestand sie sich ehrlich ein, Material zu sammeln für den Fall der Fälle.

Die Redenschreiberin war auch im zweiten Jahr im Hohen Haus etwas blauäugig, denn sie hielt für möglich, dass bekannt wurde, welch freie Auslegung von Arbeitszeit Wieler sich zu eigen machte und wie er seine Tage zubrachte. Rosalind Weller wusste nur zu gut, wo er sich aufhielt, wenn er es bis in die Behörde geschafft hatte, dann aber verschluckt wurde.

Auf den Fluren wurde geredet und getuschelt. Bald lachten die ersten über die Bemerkung, der Schatten der Chefin brauche eigentlich kein eigenes Büro. Wann immer die Vorgesetzte im Haus war, wich er nicht von ihrer Seite.

Rosalind Weller hatte zu Beginn ihrer Tätigkeit ernst genommen, was die Hausherrin in herzlichem Ton zu ihr sagte: »Kommen Sie jederzeit, die Tür steht immer offen.«

Doch sie hatte es nicht ein einziges Mal geschafft, die Chefin allein anzutreffen, was ihr, als sie darüber nachdachte, zuerst seltsam, dann unheimlich und schließlich lächerlich vorkam.

Mit den Monaten verschob sie das Bild des am Rocksaum der Chefin kauernden Wieler in den Ordner »Realsatire«, natürlich nicht real, denn es war, wie gesagt, nur ihre Vorstellung, eine freilich, die, je länger Rosalind Weller dieses Bild in ihrem inneren Auge entstehen ließ, umso realer wurde. Gemalt würde die Szene ausschauen wie Bassanos »Anbetung der Hirten«, jedenfalls was den Krümmungsgrad des Rückens betraf. Sie kam darauf, weil sie das Bild neulich im Stadtmuseum gesehen und gerätselt hatte, woran diese Szene sie erinnerte. Die Wirklichkeit, so sagte es neulich auch Kalbmayer in seiner trockenen Art, die Wirklichkeit sei besser als jede Erfindung. Wieler war also wieder bei der Chefin. Rosalind Weller drehte ab, ein paar Schritte taten ihr gut.

In den schmalen Bürozimmern trafen sich regelmäßig Grüppchen, um dieses Thema intensiver Besprechung zu unterziehen. Was macht Wieler? So sehr Rosalind Weller auch versuchte, sich an solchen Schnattereien nicht zu beteiligen, sie schaffte es nicht nur nicht, ihre Neugierde zu unterdrücken, sie entwickelte ein geradezu brennendes Interesse. Sie hatte ein Näschen für Menschen, die etwas zu verbergen hatten.

Schon ihre früheren Arbeitskollegen hatten ihr diese Begabung attestiert, bereits am Lächeln das Falsche zu sehen und am Lachen zu hören wes Geistes Kind da vor ihr stand. Bei Wieler war sie zum ersten Mal unsicher, ob er naiv oder doch durchtrieben war, denn dass es beides miteinander geben konnte, hatte sie in den jetzt schon mehr als zwei Jahrzehnten noch nie erlebt.

Sie hatte als Redenschreiberin schon in anderen »Häusern« gedient, wie die Ministerien oder Behörden intern genannt wurden. Ihre Reden waren solide aufgebaute Kompositionen, nach den alten Regeln konstruiert. Auf ihrer letzten Stelle waren ihr die Themen vorgegeben worden. Im Hohen Haus war sie vom ersten Tag an auf sich verwiesen. Zu ihrem Verdruss blieb die Inventio sämtlich an ihr hängen.

Rosalind Weller wählte lustvoll aus Geschichte und Tagespolitik, was sich einfügte in ein stimmiges Gebinde: Frauen, Demokratie, bunte Gesellschaft im Einklang mit der Verfassung des Landes. Sie formulierte aufs Feinste kräftige Hypothesen, auf die die Chefin vermutlich selbst im wachsten Zustand nicht gekommen wäre, drehte die

Sätze so lange durch die Mangel, bis sie als authentisch gelten konnten, gliederte, schob These und Antithese hin und her, würzte mit gewichtigen Argumenten, baute Metaphern und Hyperbeln und Chiasmen ein, schliff und polierte. Sechs Jahre Latein in der Schule, ein Studium der Rhetorik.

Früher hatte sie sich den Spaß gemacht, den Chefs – wie gesagt: nur Männer – nach Lust und Laune Schiller, Goethe oder Kant in die Münder zu legen, winzige Subtexte in Ansprachen und Grußworte hineinmontiert oder Anspielungen auf Essensvorlieben des prominenten Redners: Habe Mut, dich deines eigenen Wurstsalats zu bedienen, oder auf dessen alternde Beutelust: »Sind gleich die Haare weiß/ Doch wirst du lieben.«

Selten stutzte einer, sie lasen doch meist brav vom Blatt, was notiert war. Das Auditorium dämmerte ohnehin über das Gesagte hinweg.

Rosalind Weller war also alles andere als unerfahren darin, mit staatlichen Hierarchien umzugehen. Auf eine Konstellation wie diese war sie jedoch noch nie getroffen. Nach manchem Telefonat und fast jeder Besprechung in dem mit großen, honigfarbenen Holzplatten verkleideten Dienstzimmer ging sie in sich. Sie musste herauszufinden, was sie genau störte: War sie irritiert, weil sie zum ersten Mal eine Chefin hatte? Zum ersten Mal bastelte sie Sätze für eine Frau an der Spitze eines Hauses, die ihr naturgemäß näher lagen, wenn auch nicht nah. Waren ihre Erwartungen deshalb besonders hoch?

Als sie anfing in der Institution, ließ sie in ihren Texten auf jedes böse ein gutes Argument folgen. So hatte sie es immer gehalten und war gut gefahren. Ein Pro, ein Contra.

Auch die Chefin lobte ihre Balance. Seit Wieler auf der Bühne des Hauses erschienen war – da glaubte sie an einen eindeutigen Zusammenhang – war Ende mit Ausgleich.

»Die Präsidentin wünscht es mehr zugespitzt auf das Argument ...«

Wenn der Viertelleiter so dastand mit seinem Büchlein und wieder einmal Wünsche der Chefin vortrug oder, doch eher, vorzutragen vorgab, dachte sich Rosalind Weller das geliehene Hermelin der Wichtigkeit im Geiste dazu und musste lächeln – was bei Wieler zu einem großen Missverständnis des Einvernehmens führte. Nach kürzester Zeit folgte auch in ihren Reden auf ein Pro kein Contra, sondern ein doppelt verstärktes Pro.

Rosalind Weller missfiel die Entwicklung. Jeder Depp konnte schließlich Proklamationen schreiben. Die hohe Kunst der Rhetorik bestand aus ihrer bescheidenen Sicht gerade darin, nah an der Redenden zu bleiben und mit deren rhetorischen Mitteln – je nach Sprachgewalt – grobe oder filigranere Erörterungen zu fabrizieren. Solche Reden nach klassischem Vorbild verglich Rosalind mit den geflochtenen Mädchenzöpfen der Tante, weil sie die Argumente durch Zitate, Anekdoten und Zahlen hin und her bogen, bis nur noch ausgedünnte Haarspitzen übrig waren und alles gesagt war. Das waren Reden!

Was die Chefin einforderte, tat sie das wirklich?, war dagegen wie ein dicker Pferdeschwanz, nur Aussagesätze, Wörter mit Ausrufungszeichen. Am besten Einsilber. Rosalind Weller leistete Vollzug, aber tief in ihr reifte mit jedem Monat die Neigung, sich nun doch bald einen neuen Job zu suchen.

»Mit Vorsicht zu genießen«, war die einzige Äußerung, die sie sich in den Schnatterräumchen mit den Kolleginnen gestattete. Und schon darüber ärgerte sie sich. Sie hielt auf Distanz, weil die Redenschreiber immer unter Verdacht standen, ganz eng mit der Person zu sein, für die sie Sprache formten.

Rosalind Weller hatte es aufgegeben, solche Klischees klarzustellen. Im ersten Jahr hatte sie noch viele Stunden damit zugebracht, zu erklären, dass das auch nicht mehr als ein Handwerk sei, dass es darauf ankomme, eine Diktion zu finden, die der Rednerin entsprach, die aber eine Spur gehobener sein musste und nicht in Umgangssprache abgleiten durfte.

Sie konnte schlechterdings keine Wörter wie »irre« und »Wahnsinn« in den Reden der Chefin platzieren, nur weil sie das unentwegt sagte. Ebenso wenig eignete sich die Lieblingsphrase der Vorgesetzten: «Ich mein' halt«, doch solche Eigenheiten saßen tief und schafften es regelmäßig in die Reden, einfach, weil die Phrasen aus ihr herausdrückten, wenn sie sich verlesen hatte und die Suchzeit überbrücken musste. Rosalind Weller hatte in ihrem Büro im zweiten Stock ein Zitat rahmen lassen, statt sich ein buntes Bild aus der staatlichen Bilderkammer auszusuchen: »Glaubwürdigkeit ist doch eine einfache Sache: Man sagt, was man tut, und man tut, was man sagt.«

Der Urheber, ein israelischer Journalist, war nicht notiert. Ihr Kollege Wieler hing einer anderen Überzeugung an. Aber an ihn wollte sie nun nicht denken. Wenn sich Rosalind Weller an ihre Redetexte setzte, blickte sie auf die in schmalem Silberrahmen gefassten Leitsätze und hielt sich strikt daran: Die Zuhörer nicht überfordern, aber sich selbst auch nicht. Ihnen nichts vortäuschen und am besten sich selbst ebenso wenig.

Aus ihrem Philosophie- und Germanistikstudium hatte Rosalind Weller die Erkenntnis mitgenommen, dass nur authentische Redner überzeugen können.

Wie oft war sie versucht, Wieler anzuherrschen, wenn dieser wieder einmal die angeblichen Wünsche der Vorgesetzten vortrug. Rosalind Weller hatte ihn lange schon im Verdacht, eigene Vorstellungen, oder gar solche, die ihm selbst aufgetragen waren, zu formulieren. Aber sie konnte ihm das nicht sagen, ohne Umstände zu riskieren. Sollte Wieler doch die Zeche zahlen, wenn die Vorgesetzte immer mehr zur Schauspielerin wurde. Ihre Berufsehre ließ sie strikt darauf achten, keine allzu große Glaubwürdigkeitslücke entstehen zu lassen. Sie hatte ihren Aristoteles gelernt. Gedankt wurde es ihr nicht.

Wieler schob ihr ein ums andere Mal Artikel aus Fachzeitschriften über den Schreibtisch, die sie einarbeiten sollte in die nächste Rede der Chefin. Rosalind Weller pulste das Herz im Hals, wenn Wieler das Essay eines amerikanischen Politologen oder den Aufsatz eines norwegischen Psychopathologen vor ihr ausbreitete, und musste sich zwingen, ruhig zu bleiben. Aber das war längst nicht alles. Es schien ihr, als verwebe sich dieser Wieler mit allem, was ihm zur Verfügung stand, immer stärker mit dem Hohen Haus.

In der Kantine war sie wenige Wochen zuvor auf Weckesser gestoßen, der, noch in der Ausgabeschlange für Rostbraten mit Bratkartoffeln und umringt von Kolleginnen, zum Besten gab, zum wievielten Male Frau Wieler ihre Bekanntschaften als Gastredner einschleuste. In regelmäßigen Abständen müsse er diese blonde Autorin auf die Bühne setzen, die mit Büchern über Laugengebäck und gelangweilte Hausfrauen reich wurde, inzwischen habe sogar schon deren Mann, ein Meereswissenschaftler, Auftritte.

»Ozeanologie!«, stieß Weckesser voller Missbilligung, ja geradezu Verachtung aus, sodass sich die Umstehenden schon nach Ohrenzeugen umsahen. »Nur, weil die den von werweißwo kennen, muss er einen Impuls halten. Gott, ist das peinlich. Rosalind, schreib einfach ›Danke für den wunderbaren Vortrag‹ ins Grußwort. Ihr wollt es doch immer authentisch. Nein, doch lieber ›toll‹! Nein danke, keine Sauce«, drehte sich Weckesser zum Kantinenkoch.

Rosalind Weller hatte, was diese lächerlichen Kopienreingaben anging, eine Lernkurve hinter sich. Zu Anfang bedankte sie sich bei Wieler vorsichtig für die gute Idee, inzwischen kostete sie es Mühe, die Contenance zu wahren. »Lesen kann ich selbst, aber hat sich die Chefin je mit dem Thema befasst?«

Darauf kam keine Antwort, niemals, denn Wieler eilte, Kopf und Schultern nach vorn gekippt, längst davon, anderen im Hohen Haus weitere Aufträge im Namen der Herrin zu erteilen. Und jedes Mal sah Rosalind Weller dem Viertelleiter nachdenklich hinterher. Irgendetwas stimmte nicht.

Ein einziges Mal in zwei Jahren gelang es ihr, das Vorzimmer der Chefin zu überwinden. Sie trat in den Raum, der mindestens dreimal so groß war wie ihrer, hatte die Türe schon von innen geschlossen und gerade die Klinke losgelassen, da sprang sie wieder auf mit ganzer Wucht und Wieler stand im Raum, nicht auch nur ansatzweise die Frage planend, ob er störe oder ob er noch einmal später kommen solle. Nichts von alledem, was in ihrer Welt die Höflichkeit geboten oder zumindest angeraten hätte, war ihm eigen.

Aus seinem Mund kam allenfalls ein »So, guten Morgen!«

Rosalind Weller dachte bei sich, damals wahrhaftig zum ersten Mal: Wieler war die Chefin und die Chefin war Wieler. Hier wedelte eindeutig der Schwanz mit dem Hund.

Rosalind Weller musste durch eine Person hindurch mit ihrer Vorgesetzten kommunizieren: Wollte sie mit der Chefin eine Redepassage besprechen, saßen sie zu dritt.

Wollte sie einleitende Worte für eine wichtige Sitzung abklären, wurden diese zwischen drei Personen besprochen. Inhaltlich kamen von Wieler selten mehr als winzige redaktionelle Anmerkungen, die ihr erschienen wie kleinste Urintröpfchen eines Hundes, der so viele Male am Tag sein Terrain markieren zu müssen meint, dass schon am frühen Nachmittag die Quelle zu versiegen drohte.

Anmerkungen, die in Rosalind Weller regelmäßig Fremdscham hervorriefen.

»Müsste es hier nicht auch heißen?« oder »Ich würde hier einen Punkt setzen.«

Das war Wieler. Die Chefin nickte. Und Rosalind Weller schrieb ein »auch« und setzte den Punkt. Sie kniff sich in den Daumen, bis es wehtat, allein um sich abzulenken, um nicht aufzubrausen oder in hysterisches Lachen zu verfallen. Es stimmte: Wieler war die Chefin und die Chefin war Wieler. Sie hielt still. Vorerst.

Fußball-Allianz

Dr. Bernauer, der Oberleiter, hatte einen Riecher für Rosalind Wellers Gemütszustand nach solchen »Kurzabstimmungen«, selbst den kürzesten, und sollte es kein Gespür sein, so war es doch treffsicherer Zufall, dass er just in dem Moment auftauchte, wenn sie aus der Tür der Chefin kam.

»Müssen Sie wieder ein Komma versetzen im Grußwort?«, wandte er sich an Weller. Solche Vertrautheit legte er erst in jüngster Zeit an den Tag.

Immerhin leitete dieser Mann die gesamte Verwaltung, so jedenfalls stand es im Organigramm des Hohen Hauses, das allerdings eine Funktion sträflich ausließ: die Wielers.

Rosalind Weller ließ sich nur zu einem gebremsten Grinsen hinreißen, sie war vorsichtig geworden. In der Institution gab es einfach zu viele undurchsichtige Allianzen. Irgendwann entschied sie zu schweigen, selbst gegenüber dem aufrechten Dr. Bernauer gegenüber, der seit einer Weile zum Zynismus neigte. Aber jetzt war er guter Laune.

»Ich sehe schon, Ihnen ist der Spaß vergangen. Was anderes: Herr Eckstein hat Karten für den Club, das Spiel am

Montagabend. Wir könnten zusammen hingehen, na, was halten sie davon?«

Rosalind Weller war nicht nach Fußball und wusste doch, dass Verbündete nicht schaden können. Sie erkundigte sich, ob Herr Kalbmayer auch gefragt worden sei und wie groß die Runde insgesamt werden solle.

Es hatte eine Zeit gegeben, da wären die Chefin und Wieler mit von der Partie gewesen. Nach dem großen Wahlerfolg der Siegerstraßenpartei musste das Langzeitpersonal des Ancien Régime ein paar Stühle räumen. Die meisten Mitarbeiter im Hohen Haus blieben jedoch auf der Position, die sie schon immer ausgefüllt oder, wenn weniger Leidenschaft im Spiel war, wenigstens besetzt hatten. Der Machtwechsel hatte Aufruhr verursacht. Die einen fürchteten das Schlimmste, weil zum ersten Mal eine Partei ans Ruder gekommen war, die sich rächen könnte für Jahrzehnte der Schmach im Ancien Régime, denn die Gestrigen hatten sie deutlich spüren lassen, wie wenig sie von der Siegerstraßenpartei mit ihrem Gutmenschengetue hielten. Dass es einmal anders kommen könnte, war in ihrem Weltbild nicht vorgesehen.

Aber da gab es auch die anderen, die sich freuten auf eine neue Zeit. Es waren Leute wie Weckesser, die auf der schwarzen Liste standen. Seine Verfehlung bestand darin, gegenüber dem Personalleiter einmal eine Stellenbesetzung – der Neffe des Bezirksvorsitzenden war untergebracht worden in seinem Referat – kritisch kommentiert zu haben.

Wegen eines einzigen kleinen Sätzchens, dokumentiert ist allerdings nur das Wort »Günstlingswirtschaft«, wurde Weckesser aufs Abstellgleis geschoben.

So war das: Wer nicht mitzog, verwirkte den Fahrstuhl nach oben und blieb auf Jahre in derselben Besoldungsstufe hängen. Als die Chefin gewählt wurde, kam bei einem erklecklichen Teil der Beamten deshalb tatsächlich so etwas wie Erleichterung auf. Zu sehr hatten die Gestrigen mit harter Hand Loyalität und Korpsgeist eingefordert.

Die neue Ära der Siegerstraßenpartei fühlte sich für sie an wie eine Götterdämmerung. Selbst jene, die es gut getroffen und eine Viertelleiterstelle zugeschanzt bekamen, atmeten durch und hofften auf heitere Stunden im Amt. Der Siegerstraßenpartei eilte der Ruf voraus, es lockerer zu nehmen mit Befehl und Gehorsam. Eine Partei, die sich um Legalisierung von Marihuana und das Ende von industrieller Tierhaltung kümmerte, deren Personal auf dem CSD mit Regenbogenhüten und Sonnenblumen auf den Umzugswagen stand, verhieß zumindest Abwechslung. Die Chefin hätte zum Beginn ihrer Amtszeit vielleicht sogar von sich aus ins Stadion eingeladen, um im Haus den neuen Stil zu demonstrieren.

Nun hoffte Rosalind Weller inständig – und ganz bestimmt war sie nicht die einzige im Haus –, die Chefin bekomme nichts mit. Eifrig erkundigte sich Rosalind Weller deshalb, ob auch Weckesser oder Frau Lasker gefragt worden seien. Ein Besuch des Clubs im Stadion schien ihr, je länger sie nachdachte, eine hervorragende Gelegenheit, die Bande im Haus zu festigen.

»Wenn ich es mir recht überlege, finde ich die Idee richtig gut«, sagte die Redenschreiberin deshalb zu Dr. Bernauer. »Ich bin dabei.«

Weckessers Trauma

Weckesser ging noch einmal alles ab, bevor die Chefin eintreffen sollte.

Seit zwölf Jahren machte er nichts anderes, als Veranstaltungen im Hohen Haus zu organisieren, wiewohl dieses Metier nicht wirklich auf seiner Wunschliste stand. Aber noch weniger als das mochte er in seinem angestammten Beruf als Chemie- und Gemeinschaftskundelehrer arbeiten. Über Umwege kam er in die Institution und überwinterte dort viele Jahre ohne nennenswerte Hoffnung auf eine Höhergruppierung durch das Ancien Régime.

Weckesser war einer derjenigen, die aufrichtig gespannt waren, was sich wohl ändern werde durch das Regime Végétarien. Wie der Hase laufen sollte, wurde ihm in der Dimension aber erst klar an jenem Tag, als er seine Besprechungen nicht mehr mit der Chefin abhielt, sondern mit dem Neuen in ihrem Dunstkreis, einem gewissen Wieler. Der stand jetzt an der Treppe, im Gespräch mit der Chefin, die keine Anstalten machte, zu ihm herüberzukommen, um die Planung des Abends durchzugehen.

In der weitläufigen, mit dem gelben Stein der Region ausgelegten Eingangshalle des Hauses waren Stehtische aufgestellt. Auf einem Monitor liefen in Endlosschleife Ausschnitte aus der Dokumentation über einen dekorierten Kriegsveteranen, der sich im Alter von neunzig Jahren als queer geoutet hatte. Es wurden halbierte Brezeln mit und ohne Butter auf einem langen Tisch mit violetter Tischdecke angeboten, auch Bier und Wein. Das etwas bescheidene Catering folgte der Logik, halbiertes Laugengebäck künde eher von Demut und ernstem Gedenken als Crevetten auf Sauce l'Américaine.

Das Foyer füllte sich rasch. Immer mehr Gäste kamen dazu. Ganz hinten entdeckte er Wielers Frau in einem engen, mit vielfarbigen Rauten bedruckten Wickelkleid und einer Makrameestola, wie sie neuerdings in Paris Mode waren. Sie stand zusammen mit einer Frau und einem Mann, der in seinem T-Shirt, den Jeans und Sneakers aus der Menge herausstach. Alle drei hielten ein Glas Rotwein in der Hand. Frau Wieler suchte erkennbar Augenkontakt mit ihrem Mann, denn ein ums andere Mal reckte sie den Hals in seine Richtung. Aber Wieler hatte jetzt keine Zeit auch nur für nonverbale Kommunikation, obwohl er es war, der sie hergebeten hatte.

Wieler lud immer wieder einmal Bekannte ein, die im Haus nie zuvor gesehen wurden, weil sie es nicht auf Weckessers für offizielle Veranstaltungen gefertigten Einladungslisten geschafft hatten. Die Wieler'schen Gäste, angezogen von der Prominenz auf dem politischen Parkett, waren selbstredend angetan und ertrugen schon deshalb das Warten auf Wieler gelassener als beispielweise seine Frau.

Rosalind Weller und Weckesser sondierten bei dieser Gelegenheit das Motiv.

»Vielleicht braucht er Geleitschutz«, mutmaßte Weckesser. Rosalind Weller hielt es für wahrscheinlich, dass Wieler in seiner Wichtigkeit besichtigt werden wollte.

Der Oberleiter Dr. Bernauer hatte schon auf der letzten Veranstaltung mit den Ärztevertretern eine Bemerkung gemacht: Wielers Frau war wirklich die einzige Lebensgefährtin – das Haus beschäftigte immerhin mehrere hundert Kollegen –, die solche Anwesenheiten pflegte. Nun schürzte sie den Mund, überlegte wohl, ob es sich lohnen würde, weiter zu warten, oder ob ihr geliebter Mann, in den sie nun schon so viel investiert hatte, im 1:1 noch lange gebraucht würde, denn unweit von ihr tänzelte Wieler wie ein Abwehrspieler beim Basketball um die Chefin herum, breitete seine Arme aus, damit kein Zufallsbürger in die Kamera hineinlief.

Der Fotograf war eigens bestellt worden, um das gemütliche Beisammensein generalstabsmäßig zu dokumentieren. Tue Gutes und poste ein Bild, so war das heute. Also drückte er seine Vorgesetzte mal in diese, mal in eine andere Gruppe, deren Mitglieder geschoben und platziert wurden wie Pappkameraden, stets rechts und links der Chefin drapiert und abgelichtet. Darum ging es: Fotos schießen und hinauszuschicken in die Welt, die freilich, wenn sie aufmerksam alles verfolgte, was die Chefin in Umlauf schickte oder schicken ließ, sich schon sehr wundern würde über deren Leistungsfähigkeit. Beobachter kämen gar nicht umhin, den Eindruck zu gewinnen, diese Frau bespiele doppelt aufgespulte Tage, vierzig Stunden mindestens, über- und jenseitsmenschlich.

Wieler schützte nicht nur den freien Schuss der Apparatekamera, er breitete auch die Arme aus, um seiner Vorgesetzten Menschen zuzuführen, die er aus irgendeinem Grund als wichtig identifiziert hatte. Er fing sie ein mit ausgedehnten Schwingen und lenkte sie um, geradewegs auf die Chefin zu, sodass sich nicht wenige, die eigentlich die sanitären Anlagen oder einen Papierkorb gesucht hatten, unmittelbar im Gespräch mit der Hausherrin wiederfanden – wobei es um den Austausch sichtlich weniger ging als um eine Bilddokumentation, die notfalls auch ohne zu reden zustande kommt.

Die Szenen wirkten auf Weckesser und Rosalind Weller wie diese Mode gewordenen Kaufhaustermine, auf denen sich Teenager Backe an Backe an einen Influencer drücken, um schweigend eine Aufnahme zu ergattern und hernach unter Gekreisch wegzulaufen: »Schaut mal!«

Wieler selbst nutzte keine neuen Medien, aber unter tätiger Mithilfe seiner geliebten Frau hatte er gelernt, dass Bilder die neue und wichtigste Währung sind. Seine Ausbeute addierte sich schon vor dem Redebeitrag auf mehr als zehn schnelle Fotografien. Als Wieler spätnachts in das eheliche

Bett sank, konnte er seine verständlicherweise etwas verschnupfte Frau mit der Nachricht beruhigen, dass zentrale Personen der Gesellschaft kontaktiert worden seien, so zentral seien sie, dass der Dank der Chefin erneut garantiert sei und sich ganz allmählich hochaddiere zu einer neuen Besoldungsstufe. Schnurpl werde schon sehen. So rund und kugelig benannte Wieler seine hoch gewachsene Frau, wenn alle Ohren taub waren im Schutz des Schlafzimmers. Schnurpl werde es erleben, sie werde dereinst, nicht allzu lange hin, stolz auf ihn sein. Nichts, nichts, wünsche er sich sehnlicher.

Dann schlief Wieler im Schutz der langen Arme seiner Frau ein wie ein Baby, was wir nur deshalb wissen, weil er seine Angewohnheiten zu jener Zeit des Aufbruchs unter Einfluss mehrerer Spirituosen beim gemeinsamen Biergartenbesuch unvorsichtigerweise Kalbmayer erzählt hatte und dieser seinem Dossier noch in derselben Nacht eine neue Rubrik hinter seine Sammlung »Ancien Régime« hinzufügte: RV – Régime Végétarien.

Kalbmayer hatte die Vokabel aufgebracht und in der Kollegenrunde der Halbleiter wurde schallend über seinen Wortwitz gelacht. Es war sein erster »Wieler-Eintrag« in der Kladde. Am Abend des Kriegsveteranen kam nur eine kleine Notiz hinzu: »W. trifft Dramaturg O. mit Frau.« Der Satz war eigentlich zu harmlos, um sich als Material für eine Zweitnutzung zu eignen, aber sein ästhetisches

Empfinden erlaubte kein Durchstreichen. Was stand, das stand. Kalbmayer hielt sich seine Jugend in der Schreibmaschinenzeit zugute: da müsse man vorher denken, dann schreiben. Qualitativ lohnte es sich also nicht, den Vorgang einzutragen. Aber Kalbmayer war schon zu lange dabei, um nicht zu wissen, dass sich über kurz oder lang die Seiten wie von selbst mit Einträgen zur Siegerstraßenpartei füllen würden, die dereinst für eine Verwertung in Frage kämen. Die Zeit eintragungsreifer Episoden war gerade erst angebrochen.

Wieler hatte die tänzelnde Verteidigung der Chefin eingestellt und ebenfalls sein schwarzes Büchlein aus der Innentasche des Jacketts gezogen. Kalbmayer musste gar nicht raten: Der lange Strich und die Pfeilspitze zielten auf zwei mit niederen Bögen geschriebenen Namen der Hochmögenden. Wieler befand sich auf kleiner Jagd. Da würde er nachts etwas herzeigen können, bevor die Arme der Frau ihn erlösten.

Rosalind Weller beobachtete mit bewundernswerter Ausdauer die Szene an der Seite von Weckesser, der, ganz und gar unüblich, noch vor dem zweiten Bier zu lästern anfing: »Wenn nur alles so schnell produziert wäre wie so ein Foto.« Weckesser war es eine wahre Lust, von einer Andeutung zur anderen zu springen, wenn er wusste, dass sein Gegenüber seine kryptischen Anspielungen verstand. Rosalind Weller, aber das wusste wiederum Weckesser nicht, war prädestiniert für diese Rolle, denn sie dachte geraume Zeit schon darüber nach, einen Roman zu schreiben über die Metamorphosen von Macht, also das Gegenstück zu den Kalbmayer'schen Notizen. Die Sammlungen, gespickt mit allerlei Hören-Sagen und Zweite-Hand-Informationen glichen geheimen Munitionslagern – wurden sie zur Unzeit bekannt, waren sie wertlos.

»Ja, ja …« Rosalind Weller nuschelte ihr Einverständnis gedankenverloren und durchaus in doppeldeutiger Absicht und mehr zu sich selbst.

»Es reicht halt nicht, keine Idee zu haben, man muss sie auch vermarkten.«

Der Abend war ein Desaster. Weckesser hatte die Veranstaltung mit dem queeren Kriegsveteranen, der immer mehr zum Fototermin degenerierte, mit seinem kleinen Referat organisiert.
Zwei große Displaywände mit dem Porträt der Chefin, darauf hatte Wieler bestanden, mussten aufgestellt werden. Vergleichsweise kleine Fotowände thematisierten, worum es gehen sollte an diesem Abend im Hohen Haus. In der Abschlussbesprechung hatte Weckesser vergeblich vorgebracht, es müsse doch umgekehrt sein und gefragt, was das Porträt eigentlich mit dem Ganzen zu tun habe. Wieler, getreuer Knappe, hatte ihm, ohne zu zögern, vielleicht auch in Ermangelung der vagen Idee eines Argumentes, hingeworfen, die Chefin wolle es so.

Was für eine armselige Wurstsemmel, dachte da Weckesser bei sich und sagte in gerade noch freundlichem Ton: »Sie bestimmen!«

Es war vollkommen unsinnig, den Neuen zu überzeugen von der Absurdität dieser Planung.

In der Eingangshalle schien der tief stehende Mond dann aber derart glühend und gleißend durch das nach allen Seiten transparente Erdgeschoss, dass etwas geschah, was Wieler, wäre er nicht Wieler und wäre seine Verbindung zur Vorgesetzten weniger eng gewesen, die Position hätte kosten können: Die größte Displaywand wurde durch den Erdmond von hinten bestrahlt und leuchtete das Foto mit dem Gesicht der Chefin aus, als wäre sie die steinerne Wächterin einer Geisterbahn. Wielers hilfloser Protest, vorauseilend und an ihrer statt, ging ins Leere. Wie habe Weckesser nur …, ob er das als Verantwortlicher nicht gesehen …, das habe Konsequenzen.

Doch es war zu spät. Die fast hundert Kilogramm schwere Wand war unverrückbar. Das Bild der Chefin musste noch ein paar Stunden durchhalten.

»Hätten wir das übliche Gebäudefoto mit unserem Logo genommen, hätte uns der Mondschein egal sein können, aber es muss ja immer die große Personenshow sein.«

Rosalind Weller sparte sich an dieser Stelle konspirative Zustimmung. Sie wollte nichts mehr als nach Hause.

Weckesser sprach es aus: »Gehen wir.«

Wielers Liste

Kalbmayer und Eckstein stießen beinahe zusammen, als sie aus ihren Büroräumen kamen. Die beiden Halbleiter strebten ins Büro der Chefin, wo sie auf Wieler trafen, statt auf die Vorgesetzte.

»Ist die Chefin nicht da?«, erkundigte sich Eckstein.

Da erschien die kleine, etwas stämmige Person mit durchgedrückter Wirbelsäule: »Doch.«

Sie begrüßte und lobte die gute Vorbereitung eines Termins, bot Kaffee an und Kekse, rekapitulierte, ausnahmsweise wohlgestimmt, den Vorabend, um in der nächsten Sekunde ein herausgerissenes Blatt, beschrieben mit lilafarbener Tinte eines Roll-Pens über den Tisch heranzuziehen.

Wieler hatte sich und sie gut vorbereitet. Viele Stunden hatte er darauf verwendet, eine Liste für die Chefin anzufertigen mit Punkten in Ablauf und Ausführung, die aus ihrer Sicht schiefliefen, die ungut eingetütet, falsch beurteilt oder übersehen wurden, die Gefahr bedeuteten, die zu wenig oder zu viel Beachtung fanden, die die Chefin zu wenig herausstellten oder in falscher Manier.

Kurz gesagt: Die Liste war ein wahres Konvolut an Spiegelstrichen der Anklage. Namen standen keine darauf, obwohl es ein Leichtes gewesen wäre, die gesamte Riege von Angestellten und Staatsdienern in Leitungsfunktionen nach Kompetenzen oder Verantwortlichkeiten zuzuweisen. Nur einen Namen würde man nie mit einer Unterlassung oder Fehlleistung in Verbindung bringen können: den von Wieler selbst.

Eckstein und Kalbmayer traf es ein ums andere Mal, denn wiewohl die Einserjuristen fast immer richtig lagen mit ihrer Beurteilung von rechtlich uneindeutigen Vorkommnissen, vor allem solche, in die die Schmutzpartei verwickelt war, konnte es nicht angehen, dass sie recht hatten.

Nach zwei Jahren fiel Wieler noch immer durch das Fehlen nahezu jeder Sachkenntnis auf, er war vielmehr beeindruckend unbeleckt geblieben von den Untiefen des höheren, wenn gar des mittelschweren Verwaltungsrechts. In einer Disziplin, das wurde allenthalben mit Respekt anerkannt, lief der Beamte Wieler zur Höchstform auf: der Obstruktion. Wieler schien einen Riecher dafür zu haben, was zu tun war, um Sand ins Getriebe zu streuen und Dinge unmöglich zu machen. Nun traf es abermals die beiden Halbleiter.

Eckstein hatte schon vor Wochen auf ein Schreiben der Vorsitzenden der Beirätinnenvereinigung hingewiesen, die sich bedankte für den Gratulationsbrief der Chefin, aber harsch die ausschließlich männliche Form in der Anrede beklagte und auf das Gesetz verwies. Eckstein gab sich in den Runden gern als einer vom alten Schlag, aber in solchen Fragen war er der getreue Rechtsausleger. Sein Antwortentwurf strotzte vor Verfassungsbekenntnis, vom Vorzimmer mit wenigen geschmeidigen Worten garniert, hätte der Brief rausgehen können.

Die Chefin hielt sich nicht lange damit auf, Fragen zu stellen, wie es jede halbwegs den modernen Methoden zugewandte Führungskraft getan hätte: In dubio pro reo! Sie war keine Juristin, und Wieler, was soll man sagen, ein Jurist mit leidlich segmentiertem Wissen. Kaum betraten Eckstein und Kalbmayer die »Spielzeugkiste«, auch so eine Wortschöpfung des Flurfunks für das Chefbüro wegen der vielen Filzwürfelsitze (zufällig hergestellt von Bekannten der Wielers), wurde der Spieß in Windeseile umgedreht und die rein rhetorische Frage gestellt, warum sie nie etwas erfahre. Warum schon wieder alle in der Verwaltung schliefen, wahrscheinlich so lange alles verpennten, bis etwas passiere, bis etwas richtig Großes passiere. Mit den Beirätinnen fange es an. »Was kommt noch?« Das mache sie nicht mehr mit.

Kalbmayer schob seine Brauen nach oben in Erwartung des zentralen Ausspruchs, suchte Augenkontakt mit Eckstein, der sich seinerseits ein Schielen an die Decke erlaubte, weil er in einem guten Winkel saß, und dann fiel der Satz: Wieler könne schließlich nicht alles allein erledigen. Das habe Konsequenzen. Sie erwarte eine detaillierte Ausarbeitung der Entgegnung auf das Schreiben in zwei Varianten.

Anders als der durchtriebene Kalbmayer, der mit ein, zwei trockenen Sätzen den im Raum stehenden Vorwurf abgeräumt hätte, war es Eckstein nie auch nur annähernd gelungen, den Kugelhagel an sich abprallen zu lassen. Und so mühte sich, während Wieler gesenkten Kopfes auf seinem Tabloid herumschabte und die Ohren spitzte, der wackere Eckstein um Klarstellungen.

»Frau Vorgesetzte«, hob er an, da müsse ein Versehen vorliegen, er habe doch, Wieler könne das sicher bestätigen, vor drei Wochen bereits, hier …, sagte Eckstein, und wies auf das Display seines Mobiltelefons, was natürlich niemand sehen konnte, da es längst zum Bildschirmschoner verdunkelt war und das Foto der Mondoberfläche zeigte … Die Szene hatte etwas Erbarmungswürdiges. Eckstein verstrickte sich immer tiefer in seine Beweisführungen.

»Sinnlos«, durchfuhr es Kalbmayer auch dieses Mal. Wieler würde niemals irgendetwas bestätigen. Wahrscheinlich hatte dieser armselige Servant gerade in dieser Sekunde die Elektropost des eifrigen Eckstein gelöscht.

»Bursche, warte nur!«, dachte Kalbmayer, sagte aber in entschiedenem Tonfall: »Ich denke, das lässt sich nicht mehr klären, wir sollten keine unnütze Zeit mit solchen Kleinigkeiten verschwenden. Wenn sonst nichts mehr ist, habe einen Termin.«

Beim gemeinsamen Gang auf die Toilette herrschte Eckstein ihn an, warum er die Sitzung derart abrupt abgebrochen habe, er sei kurz davor gewesen, die Stimmung zu drehen und Wieler hätte bekennen müssen. Kalbmayer gab seinem Kollegen einen Klapps auf die Schulter: »Eckstein, wach auf: Die sind wie Yin und Yang, oder, noch besser, wie Mogli und Balu oder wie Susie und Strolch …«

Kalbmayer prustete noch immer, als er an Frau Zeller vorbei in seinem Zimmer verschwand und einen verdutzten Eckstein am Waschbecken zurückgelassen hatte, der sich am Kinn rieb wie einst Inspektor Columbo in der Kriminalserie.

Müller-Bleibel, Presse & ÖA

Am Mittagstisch waren nur drei Plätze ans weiße Leinentischtuch geschoben worden.

Die Chefin ließ abtragen in der Absicht, ungestört zu bleiben. Keiner sollte sich trauen, sich dazuzugesellen oder auch nur nach einem freien Stuhl zu fragen, bis auf Wieler, selbstredend.

Dieser holte sein schwarzes Büchlein hervor, den Pen aus der Manufaktur und hielt ihn verkrampft in Schreibneigung Richtung Blatt, um à point gewappnet zu sein, wenn aus dem Mund der Chefin eine Order fiel oder eine Redewendung, eine Phrase, selbst Bruchstücke eines Gedankens, und das kam nicht gerade selten vor, Gestalt annahmen.

Wieler war der Reifegrad der vorgetragenen Idee vollkommen gleichgültig, ja er prüfte nicht einmal das Mindesthaltbarkeitsdatum. Er notierte alles in sozialistischer Einheitsmanier, jede noch so hilflose Floskel mit dem gleichen Recht auf eine Zeile im kleinen, schwarzen Buch. Dann zog er den Stift übers Blatt, setzte einen Haken davor, dessen Spitze eine solche Rundung erfuhr, dass die Pfeile wie Spermien aussahen.

Aus eigenem Impuls notierte er schließlich hinter jedem Spermium einen Namen. Die Suppe war noch nicht geliefert, standen bereits vier schwarze Linien mit vier Haken auf einer Seite, dahinter die Namen Eckstein, Müller-Bleibel und zweimal Weller.

Wieler klappte sein Büchlein zu, er hatte genug notiert. Das würde für die Woche reichen, zumindest aber für die anstehende Sitzung, wohin sich das Duo nun aufmachte: sie vorn, er dahinter, die gewohnte Polonaise. Kalbmayer stand erneut nicht auf dem Blatt. Den würde die Chefin schonen müssen, weil seine Verbandelung mit dem Alten Régime ihn zum unsicheren Kantonisten machte, wie die Chefin einmal sagte. Wieler selbst war zu unerfahren, um solche Dependenzen auch nur im Entferntesten einschätzen zu können. Doch der Halbleiter Kalbmayer und auch der aufrechte Eckstein waren ohnehin keine Konkurrenz – noch nicht.

Müller-Bleibel kam eine Viertelstunde zu spät zur Sitzung. Wielers ominöses Büchlein stach ihr sogleich ins Auge, als sie, durch die Eile etwas außer Atem, das Empfangszimmer betrat und sich alle acht Augenpaare auf sie richteten. Sie sah gerade noch, wie der Viertelleiter mit einem Stift mehrfach einen Querstrich einkreiste.

Müller-Bleibel war eine Nervensäge mit ihrem Latinum und ihrem Selbstbewusstsein. Sie war eine Pressesprecherin von der heutigen Art, keine, die sich Umlaufmappen hätte über den Scheitel ziehen lassen. Obwohl ihr Name mit dem Bindestrich eine gewisse, mit Konservatismus gepaarte Modernität nahelegte, sah sich Müller-Bleibel als Feministin. Die Chefin gefiel ihr, allzu viele Frauen drangen in diese luftigen Höhen der Politik nicht vor, auch deshalb hatte sie damals den Job übernommen. Wäre Wieler keine solch armselige Gestalt gewesen, die sich – dieser derbe, ja unschickliche Vergleich erschien ihr treffend – wie ein Bandwurm ins Gedärm der Vorgesetzten einlagerte, hätte sie durchaus Sympathien für ihn aufbringen können.

Müller-Bleibel nickte kurz in alle Richtungen und setzte sich grußlos in die Runde. Wieder blieb ihr Blick auf dem aufgeschlagenen Notizbuch haften. Sie erspähte ihren Namen, eigentlich nur ihre Initialen MB, davor einen langen Pfeil. Sie glaubte schon seit einiger Zeit, Wielers Methode, wenn man davon überhaupt sprechen konnte, zu durchschauen. Irgendetwas regte sich in ihr beim Anblick dieser Striche mit Knubbel, ihr war nur noch unklar, was sie bedeuteten. Seit einigen Wochen beobachtete sie Wieler etwas genauer. Da gab es Ungereimtheiten. Aber Müller-Bleibel hatte nicht vor, sich mit dem Diener der Chefin anzulegen.

In einer Wochenzeitung war ein Artikel über den Wahlsieg der Siegerstraßenpartei, besonders aber über den steilen Aufstieg der offenbar durchsetzungsstarken Frau aus dem äußersten Südosten des Bundeslandes erschienen.

Darin fand sich in einem Berg anerkennender Attribute der Halbsatz: »Ihre Wichtigkeit scheint sie für noch stärker ausbaufähig zu halten.«

Eckstein saß steif auf einem ledernen Stuhl, während sich Kalbmayer – er war bekannt für seine Körpersprache – in seinem Sessel so weit zurücklehnte, dass man schon von Lümmeln sprechen konnte. Rosalind Weller hatte die Beine übergeschlagen, wie Wieler es tat, und schaute aus dem Fenster. Vor der Chefin auf dem Tisch lag ein Blatt, übersät mit violetten Spiegelstrichen und unleserlichen Wörtern.

»Ariane«, wandte sie sich an die irritierte Müller-Bleibel, weil das Du in solchen Runden tabu war und es, je nach Zusammensetzung, durchaus sein konnte, dass alle allen mit ihrem gespreizten »Sie« etwas vorspielten, weil jeder mit jedem per du war. »Jetzt kommst du gerade rechtzeitig, um uns zu erklären, was deine Recherche bei dem Journalisten ergeben hat – was hat er damit gemeint?«, sagte die Chefin, genauer gesagt, sagte sie nur die Hälfte des Satzes.

Ab »deine Recherche« hatte Wieler nahtlos übernommen. Unter normalen Umständen wäre Müller-Bleibel in Lachen ausgebrochen, und nicht nur sie, aber die Umstände waren schon länger nicht mehr normal. Und zum Lachen war den Wenigsten zumute. Wieler dachte die Gedanken der Chefin und er sprach die Sätze der Chefin aus. Müller-Bleibel schaute zu Eckstein, Eckstein zu Kalbmayer, Kalbmayer an die Decke. Und beide sahen dankbar zu

Natalie Charon, die sie nur Schneewittchen nannten. Ihr Erscheinen war ein Glück, denn die von ihr sanft abgestellten Kaffeetassen lenkten alle ab.

»Es ist so, dass sich bei den Medienkollegen der Eindruck breitgemacht hat, dass Sie immer weiter hoch hinauswollen, also ganz konkret, dass das Haus nur ein Sprungbrett sein soll. Der Kollege hat mit dem Satz die Gerüchte andeuten wollen, dass Sie Ministerpräsidentin werden wollen, nicht mehr und nicht weniger.«

Wieler schaute, während die Öffentlichkeitsarbeiterin das sagte, nervös zwischen den Teilnehmern der Runde hin und her, wie seine Augen immer flackerten, wenn er die schadlose Mehrheitsposition suchte. Dazwischen sah er immer wieder zur Chefin, seinem Fixstern, und wieder in die Runde, sodass, wären seine Blickbewegungen aufgezeichnet worden, ein Schnittmusterbogen wie aus einem Burda-Heft herausgekommen wäre: das eines Regenschirmtuchs mit mindestens zehn Streben.

»Der spinnt wohl«, entfuhr es der Chefin. Und nun entspann sich, wovon in der Kaffeeecke immer die Rede war. Müller-Bleibel war gewarnt und sie hatte sich vorgenommen, ruhig zu bleiben.

»Wieso schaffen Sie es nicht«, schwenkte die Chefin wieder in die Sprachdistanz zur Pressesprecherin. »Wieso schaffen Sie es nicht, so etwas zu verhindern?«

Wieler setzte erneut den Stift an, zog eine zweite Linie unter die alte, setzte eine Spitze davor und notierte die

Buchstaben MB. Ariane Müller-Bleibel musste nichts mehr ausführen.

Sie rätselte, welche Rolle Eckstein und Kalbmayer in der Runde wohl übernahmen. Juristisch werde die Chefin hoffentlich nicht vorgehen wollen gegen eine solche Lappalie, womöglich eine Gegendarstellung oder Korrektur erwirken, sagte Eckstein. Er jedenfalls rate ab. Aber möglich war inzwischen einiges. Mancher Staatsdiener, der schon etliche Epochen von Befehl und Gehorsam im Haus überstanden hatte, verglich – meist aufgebracht durch ein akutes Ärgernis – die noch junge Ära der Siegerstraßenpartei mit den alten Zeiten.

In der Kantine oder auf dem Nachhauseweg waren sich die Kollegen einig, dass die Chefin wahrlich keine Naturbegabung als Führungskraft war, was ihnen schon dadurch belegt schien, dass sie bei jeder Gelegenheit Wieler vorschickte. Andere brachten in den Pausenrunden am Kaffeevollautomaten vor, die alten Zeiten dürften auf keinen Fall verklärt werden, weil das Ancien Régime, wie Weckesser dies ausdrückte, »auch kein Zuckerschlecken« gewesen sei. Aber an dieser Wahrheit stimmte etwas ganz und gar nicht, dachte die Pressefrau, während der Hausjurist die einschlägigen Präzedenzfälle runterbetete.

Ariane Müller-Bleibel war mit ihren Gedanken längst woanders. Was wurde nicht geschwärmt von den Anfängen der Siegerstraßenzeit. Fast schwerelos habe sie begonnen, ungekannte und ungeahnte Leichtigkeit war ins Haus eingezogen. In allen Bürotrakten machte sich eine fröhliche Lässigkeit breit.

Auf den Festen sei auf einmal performt und getanzt worden und nicht nur getrunken, bis die Hemmung, sich an die Wäsche zu gehen, verdunstet war.

Wen sie auch fragte, wie es gewesen sei vor einigen Jahren, als die Chefin neu an die Hausspitze gekommen sei, gab ausgesprochen rosig gefärbte Berichte ab von einem sich aus bürokratischer Starre lösenden Apparat auf dem Weg in die Moderne. Das Miteinander habe sich angefühlt wie eine Anti-Aging-Packung. Dass diese schaumig aufgeschlagene Stimmung, dieses »Servus« zum Gruße und das schnelle Du einmal kippen könnte, hatte offenbar keiner sehen wollen, erinnerte sich Müller-Bleibel. Keiner außer Dr. Bernauer. Der Oberleiter war auch zu dieser Sitzung nicht eingeladen worden, obwohl die Frage der Außendarstellung des Hauses keine interne Petitesse war. Sie würde mit ihm sprechen müssen.

Dann riss die Stimme Wielers sie aus ihren Gedanken. Ohne die Präsidentin um das Wort zu ersuchen, aber ausnahmsweise auch, ohne deren begonnenen Satz fortzuführen, sagte er: »Das hätte man früher sehen müssen.« Nur diesen Satz, sonst nichts. Ariane Müller-Bleibel verordnete sich ein Pokerface. Wieler träufelte also wieder. Zum Glück war Dr. Bernauer nicht im Raum.

Urgestein Amann

Josef Amann stand bereits zehn Minuten in der Kälte und wurde nicht eingelassen. Sein Anorak hatte die besten Tage hinter sich, ebenso die klobigen Outdoorschuhe und vor allem der Rucksack mit der Recyclingflasche in der Seitentasche. Seine Erscheinung entsprach, um es kurz zu machen, nicht gerade dem Dresscode des Hauses, er besaß vielmehr die Eleganz einer studentischen Hilfskraft im dreißigsten Semester.

Meist wurde Amann von Menschen, die ihn nicht kannten, im Forschungsbereich verortet – irgendwas mit Pflanzen oder Nachhaltigkeit. Und damit lag man nicht weit daneben.

Amann leitete seit fast fünfundzwanzig Jahren eine Agentur für die Umsetzung ökologischer Projekte von und in Behörden. Die Firma war im Ancien Régime nicht eben zu einer Größe expandiert, die ihm erlaubt hätte, auf großem Fuß zu leben. Erst in den letzten Jahren zog die Nachfrage etwas an. Doch Amann blieb bescheiden. Seine Frau war die einzige Mitarbeiterin, die er beim Finanzamt ins Spiel bringen konnte. Amann predigte nicht nur Leitungswasser, er trank es auch.

Der studierte Biologe war schon Mitglied in der Siegerstraßenpartei, als Leute wie die Hauschefin noch orientie-
rungslos im Alpenvorland zwischen Schule, Ausbildung
und der weiten Welt schwankten.

Von Wieler wollen wir an dieser Stelle nicht reden. Die
Gründungszeit der Siegerstraßenpartei, damals freilich
von großen Siegen weit entfernt, verband ihn mit dem großen Vorsitzenden, nur, dass einer wie Amann – von der
Kleidung einmal abgesehen – zu fundiert oder eher zu ei-
gensinnig und hundertfünfzigprozentig war, um selbst in
diesem Umfeld Karriere zu machen. Hatte er sich von der
Polizei aus abgesperrtem Gelände wegtragen lassen, das
für den Bau eines Atommeilers vorgesehen war, um in Ko-
alitionen Kompromisse mit Leuten einzugehen, deren
Vorgänger die Marschbefehle gaben?

Die Erinnerung an das Dagegensein von einst wärmte
ihn wie ein Lagerfeuer. Dort hatte er seine treue Frau kennengelernt, die es nach einem gemeinsam überstandenen
Protestzug durch den Bonner Hofgarten endgültig aus dem
Rheinland in den Süden verschlug. Josef »Hummel« Amann
war also so etwas wie ein Urgestein der Siegerstraßenpartei.

Und nun hatte der Mittsechziger einen Termin im Hohen
Haus und war an der Pforte nicht angekündigt worden.

Das Organisieren scheint hier offensichtlich nicht die
Stärke zu sein, dachte Josef Amann, der selbst allergrößtes
Ansehen in diesen Dingen genoss und ein geduldiger,
durch jahrzehntelanges Qi Gong an das positive Wenden

negativer Erlebnisse gewohnter Mensch war. Selbst jetzt, da andere getobt hätten, brachte er bemerkenswerte Geduld auf, denn ihm ging immer so vieles durch den Kopf, dass er jede kleine Auszeit nutzte. Derart arrangierte sich »Hummel« Amann mit der Endstation an der tonnenschweren, braun changierenden Eingangstüre. Wer vierzig Jahre auf das Erwecken eines Bundeslandes wartete, hatte auch noch zehn Minuten Zeit.

Amann war beseelt von seiner ökologischen Partei, die er scherzhaft RV nannte – Régime Végétarien. In dieser Wahlperiode wollte er endlich ein Gesetz auf den Weg bringen, das den Bürgerinnen und Bürgern im ganzen Land die Energie aus Sonne befahl – auf ihren Dächern, Balkonen und Terrassen. Und wer im Keller wohnte, was nicht wenige mussten, weil die Habenden die Nichthabenden spüren ließen, dass sie nicht zu den Oberen gehörten, solle sich beteiligen an einem »Solarsolidar«.

Amanns Weltsicht war unverändert geblieben in all der Zeit, manche seiner Ansichten hatten sich in den Jahren der ideologischen Dürre sogar verhärtet. Doch Amann glaubte an die Kraft des Löwenzahns im aufbrechenden Asphalt, an das Aufquellen der Saat, mochte sie noch so lange eingeschlossen und ausgetrocknet gewesen sein. Seine Zuversicht, mit dem visionären Projekt durchstarten zu können, war nicht unbegründet, wenn sich auch die Hoffnung nicht wirklich erfüllt hatte, in der neuen Machtachse des Régime Végétarien gehört und erhört zu werden.

Die wissenschaftlichen Berater kannte er selbstverständlich, aber bei diesem Projekt kam es darauf an, ganz oben einzusteigen. Amann suchte das Fachgespräch im Hohen Haus – und traf nicht wie erwartet auf den Weggefährten Dr. Bernauer, sondern auf Wieler. »So schön draußen.« Die Stimme kam von der Treppe, die Wieler in diesem Moment mit dem schwarzen Büchlein in der Hand dynamisch herunterglitt.

Manche im Haus spotteten, der Adlatus der Chefin gleite über die breiten Mittelstufen wie über eine Show-Treppe, bespannt mit einem Streifen roter Auslegeware. Wahrscheinlich habe er sogar nachts geübt. Dies jedoch konnte nur die Fantasie von Menschen sein, die sonst wenig Ornament im Leben hatten.

Allerdings fielen Wielers beschwingte Schritte an diesem Tag selbst jenen auf, die ihn überhaupt nicht kannten. Wieler musste einen unmittelbaren Grund haben. Es wäre Amann viel erspart geblieben, hätte er Wielers Schrittfolge ausdeuten können als Überschwang, hätte er vergleichen können mit dem Wieler von früher, der Kopf voraus mit biegsamem Rückgrat hinter der Chefin herrannte.

Doch woher sollte er diesen Menschen kennen? Dr. Bernauer hatte ihn nie erwähnt. Er würde ihn gleich fragen müssen.

Als Amann den Kopf anhob, sah er einen gut gelaunten Menschen auf sich zukommen: »Dr. Bernauer ist leider verhindert.«

Alles auf Rot

Wieler hatte in seinem Leben nie ein Spielcasino betreten, er hatte nie Lotto gespielt oder auch nur ein Rubbellos mit dem Griffende einer Gabel aufgekratzt. Nun aber setzte er auf Rouge.

Und nicht nur dies: Sein ganzes Geld lag auf der roten 32 und er wartete mit langem Atem darauf, dass sich die Kugel nach endlos scheinendem Rollen im Rund des Kessels neben der grünen Null in die Mulde legte.

Niemand, der ihn auch nur vom beiläufigen »Grüß Gott« am Morgen kannte, hätte auf Wieler auch nur einen Kupfercent gewettet, alles auf eine Zahl zu setzen. Diejenigen, die ihm näher waren, hielten ihn für den Inbegriff eines konservativen Anlegers, dem eine Festrendite aus Bundesschatzbriefen lieber war als eine Risikoeinlage mit blumigen Aussichten. Seine Bekannten konnten deshalb kaum erahnen, welches renditeträchtige Terrain Wieler betreten hatte und was aus diesem schüchternen Menschen, rollte die Kugel tatsächlich in die Einkerbung mit der roten Ziffer, einmal werden würde.

Wielers Frau hatte mehr Gespür dafür, was gehen konnte und musste. Wiewohl keine Psychologin, las sie sich mit Geschick und Zielgenauigkeit ein, als gälte es, Pläne für einen Eroberungsfeldzug zu zeichnen, in denen Pfeile und Linien eine erfolgreiche Einkesselung des Gegners skizzierten. Das Objekt war gefunden. Wieler selbst hatte Vorarbeit geleistet, indem er auf der Ortsversammlung der Siegerpartei seitwärts rutschte und schließlich am Wahlkampfstand die Stellung hielt. Nun ging es an die Feinarbeit. Fast eineinhalb Jahre hatte Wielers Frau der einschlägigen Lektüre gewidmet.

Immer neue Methodenfibeln lagen auf ihrem Nachttischchen, die Stapel wurden höher und höher, bis sie endlich so weit war, ihrem Mann den entscheidenden Tipp zu geben, den man durchaus vergleichen konnte mit dem Umsetzungsauftrag eines Commanders: »Du musst die Lösung für die Probleme der Chefin werden. Wenn du weißt, welche Schwächen sie hat, biete dich genau da an. Hört sich blöd an, aber es ist so: Du musst in ihr ein Gefühl von Mangel herstellen, am besten wäre tatsächlich, sie hätte einen Minderwertigkeitskomplex. Siehst du da was?«

Damit war in der nachtblauen Rosenbettwäsche des Wieler'schen Doppelbettes die »Mission possible« geboren. »Du bist die Lösung! Ohne dich geht nichts! Denk dran!« Frau Wieler war ganz aufgekratzt und hing ihrem Mann schon am Hals. Das hatte es früher auch nicht gegeben, dachte Wieler müde. Und grinste.

Er war seiner Frau so unendlich dankbar, wie ein Junge nur dankbar sein konnte. Wielers Ehe darf man sich nicht

als eine ausgeglichene Waage vorstellen, das Gefälle war
für jeden – außer Wieler selbst – nicht zu übersehen. Sogar
wohlmeinende Freunde betrachteten seit Jahren mit kriti-
schem Staunen eine Konstellation, die sie sehr an eine
Mutter-Sohn-Beziehung erinnerte, mehr jedenfalls als eine
in der Waage stehende zwischen Mann und Frau, wie sie
die Siegerstraßenpartei mit dem luftigen Zitat »Die Hälfte
des Himmels« postulierte.

Wieler war so sehr geübt darin, sich im Spiegel des anderen zu sehen, dass er sich leicht tat mit den Anforderungen, die an ihn gestellt wurden. Er musste sich zur Vorgesetzten verhalten, wie seine Frau sich zum ihm verhielt –
in einer Mischung aus stiller Loyalität und strikter Domi-
nanz. Es war eine Freude, Wieler beim Erklimmen seiner
jeweiligen Lernstufe zuzusehen, denn für Wieler war das
Projekt ja nicht irgendein Rollenspiel zum Zeitvertreib, es
war die Weichenstellung seines Lebens, seine Mannwer-
dung, seine größte Emanzipationsleistung überhaupt. Leider hatte er keine Zuschauer, die ihm Applaus hätten spen-
den können. Er durfte keine Augenzeugen haben, die mo-
ralinsauer sein Hauptwerk in einem so frühen Stadium
vernichten würden. Aber Wieler hatte ja seine Frau.

Wer auch immer Wieler dem großen Vorsitzenden vorgestellt hatte, er tat sich keinen Gefallen, denn Wieler berichtete seiner Frau von der Begegnung in solch schwärme-
rischem Tonfall, als habe er einen dieser indischen Gurus
gestreift und bade noch immer in dessen Odem. Wenige

gewechselte Worte, es ging wohl um das Aufsuchen eines Örtchens, genügten und der Beamte fühlte eine innere Bestimmung. Glücklich über die Fügung, begann Frau Wieler früh, sich die Wege des Herrn auszumalen wie ein überlanges Fronleichnamsornament, fügte Farbfeld zu Farbfeld, legte Blume zu Blume.

Dem studierten Beruf nach war Frau Wieler, die vordem mit sogenanntem Mädchennamen Felgenbug hieß und es leid war, immer »Felge wie das Auto« und »Bug wie eine vor den Bug« zu sagen, Grundschullehrerin, doch sie arbeitete seit Jahren in einem Laden für zweite Wahl-Geräte. Dort verkaufte sie im Angestelltenverhältnis Waschmaschinen und Mikrowellen, Tiefkühler und Mixer mit Schönheitsmängeln, denen sie die Legende, sie seien vom Laster gefallen, nie geglaubt hatte. Dennoch widmete sie sich voller Leidenschaft einem aufstrebenden Geschäftszweig, der, seit alle über Nachhaltigkeit redeten, von dem etwas schmuddeligen Ruf eines Alteisenhandels befreit war.

Ethisch-moralisch stand Wielers Frau jeden Tag auf der richtigen Seite. Abends wühlte sie sich ins Coaching ihres Mannes, in einen weniger integren Schlachtplan, der von der Siegerstraßenpartei, wäre er ihr je bekannt geworden, schon aus moralischen Gründen hätte zerpflückt werden müssen. Doch niemand ahnte auch nur andeutungsweise, von welchem Streben die Wielers durchdrungen waren.

Wieler wurde in den wenigen Stunden zwischen Schlaf und Arbeit eingeschworen: »Du musst sehr subtil sein, so steht es in jedem Lehrbuch. Wenn du allzu unangenehm auf ihre Schwächen hinweist, wird sie dich als Miesmacher nicht mehr um sich haben wollen. Das musst du absolut«, sie wiederholte es eindringlich, ihr Gesicht so nah an Wielers, dass er ihren lauen Atem an seinen Lippen spürte, als sie fast ein wenig laut wurde.

»Ich sage: absolut vermeiden. Ich helfe dir dabei. Komm, wir üben das mal.«

Wieler brauchte erklecklich viele Anläufe, um in sein Gegenüber derart unschuldig dreinblickend eine wachsende Verunsicherung zu legen, wie es aus Sicht seiner liebenden Frau als absolutes Minimum nötig war. Am nächsten Morgen schritt er aus der Wohnung zur Arbeit, als zöge er in eine Schlacht. Fehlte nur noch, dass ihm seine Frau zur Stärkung seiner Motivation ein »Go!« hinterhergeschickt hätte.

»Hör mal: Du befindest dich in guter Gesellschaft«, rief sie eines Abends dem von der Dauerbegleitung der Chefin völlig ermatteten Gatten zu.

»Auch John F. Kennedy hat die Amerikaner damit belabert, wie schlecht, lahm und träge die 50er-Jahre gewesen seien, er wollte, dass alle Leute möglichst unzufrieden werden, um dann im Wahlkampf eine Zeit mit mehr Risiko, mehr Mut, mehr Leben zu versprechen. So wie du es auch machst. Ist das nicht Wahnsinn?«

Wieler hatte gerade seine imitierten Budapester in der kleinen Diele abgestreift und nur mit halbem Ohr zugehört.

Kalbmayers letzter Satz ging ihm noch im Kopf umher. Was hatte er bloß gemeint? Welches Régime?

Dr. Bernauer, Oberleiter

Dr. Bernauer war schon die dritte Woche im Bett. Sein Arzt ließ ihn nicht zur Arbeit. Auch seine Frau war froh, ihn aus dem Hexenkessel befreit zu wissen. Die roten Pusteln, die sich vom Hals ausgehend über den ganzen Körper ausbreiteten, sahen aus wie Masern, sie juckten wie Masern, und doch waren es keine Masern.

Dr. Bernauers Hausarzt rätselte. Das große Blutbild hatte nichts ergeben, etwas wenig Vitamin D und Folsäure, doch das hier war kein Vitaminmangel, das war Notwehr. Der Doktor vermied, Dr. Bernauer darauf anzusprechen, weil er die Psyche nicht mehr als nötig belasten wollte. Aber irgendwann würde es sein müssen, dachte er beim Blick auf die jüngsten, hoch aufgeworfenen roten Pickel, die sich sogar auf die Fußsohlen getraut hatten und dort besonders zu nässen anfingen.

»Lieber Dr. Bernauer, da haben Sie sich aber etwas ganz Besonderes einfallen lassen!«, sagte der Doktor, als er Kalkpulver auf den Flecken verteilte.

Bernauer merkte nicht, wie es seinen betagten Hausarzt mühte, seine Vermutung nicht laut zu äußern. Er tippe auf irgendeine Kontaktallergie, man suche noch.

»Sie werden es finden«, antwortete Dr. Bernauer, er spielte das Spiel mit. Im Grunde war es ihm gleichgültig, was ihn ans Bett fesselte. Er schaute die achte Staffel einer Streaming-Serie übers Weiße Haus und war dankbar, anderen bei Intrigen zuschauen zu können. Ihm war die Lust zur Arbeit schon geraume Zeit vergangen oder präziser, die Lust, ins Haus zu gehen. In der letzten Sitzung waren die Chefin und ihr Adlatus derart auf ihn losgegangen, dass Dr. Bernauer erwog, einfach aufzustehen und rauszugehen. Einmal wortlos das Holzkabinett zu verlassen, das wär's!

Doch auch dieser Tagtraum wurde von seinem Charakter verhindert. In ihm war Langmut angelegt und zu seiner Lebensspur geworden, dem berühmten roten Faden. Als studierter Ornithologe hatte es den jungen Bernauer nicht zufällig in die Siegerpartei verschlagen: Er war Warten gewohnt. Schon seine Dissertation über das »Zug- und Schlafverhalten von Singvögeln während ihrer Wanderflüge« hatte ihm Geduld abverlangt.

Nostalgisch abgelagert waren unzählige Erinnerungen an frühe, gerötete Morgenstunden im Schilf am See, besonders wenn die Nachtfröste nachließen. Um die Fasnachtszeit stand Bernauer hinter dem aufgeständerten Zoom-Spektiv, neben sich auf einem Falthöckerchen ein Fotoapparat mit einem Objektiv groß wie eine Bodenvase.

Als der junge Wissenschaftler seine Beobachtungen in Tabellen eintrug, die ihm einmal den Doktorgrad bescheren sollten, konnte man die Vögel mit dem Klicken der Linse noch erschrecken und nicht wenige Male zog er sich die genervten Blicke der Kollegen zu, wenn beim Auslösen ganze Schwärme von Staren, Feldlerchen, Kiebitzen oder, da waren alle besonders verärgert, sogar Kornweihen aufstoben. Mit den digitalen Kameras von heute ließen sich nicht einmal die scheuen Kraniche irritieren.

Dr. Bernauer kam schon lange nicht mehr dazu, stundenlang im Gebüsch zu sitzen. Ihn beengte das Gefühl, am anderen Ende des Rohres zu stehen: Heute wurde auf ihn angelegt wie auf einen verhassten Kormoran, der dem Menschen den Fisch wegfrisst. Leben und leben lassen war einmal die Devise in der Siegerpartei, sie war längst ersetzt durch Hauen und Stechen.

»Ich halte es noch gut aus, wenn das Zeug nur nicht so unverschämt jucken würde«, sagte Dr. Bernauer zum Familienarzt.

Er wollte allein sein, nachdenken.

Kleiderordnung

Was sollte sie nur anziehen zu diesem Treffen? Die Chefin war aufgeregt: Ein Essen mit der Vorsitzenden des P.E.N.-Clubs international war ein absolut herausragendes Ereignis. Sie ergötzte sich an der Vorstellung, ihre Parteifreunde staunen zu sehen. Deren Namen würde kaum einer kennen, eine Frau, die Kriminalromane schrieb, aber den Titel, diesen Titel! P.E.N. – das zog noch immer. Sie hatte bei Müller-Bleibel eine Mappe anfordern lassen, die einfach nicht kam, was bei ihr sofort diese bäurische Ungehaltenheit auslöste.

Wieler hatte dann auf die Schnelle ein paar Seiten ausgedruckt, sie dachte: der gute Wieler! Neben Lesebeispielen aus dem Werk der Schriftstellerin, die sie bald treffen würde, fand sich die Geschichte des Verbandes in Kurzfassung. Das sollte fürs Erste reichen. Zu mehr würde auf der Fahrt kaum Zeit sein.

Die Chefin wischte die Gedanken an unfähige Mitarbeiter beiseite, um sich auf die aus ihrer Sicht mindestens ebenso entscheidende Frage der Kleidung konzentrieren zu können. Man hätte meinen können, in der Siegerstraßenpartei wären solche Befassungen der oberflächlichen

Art nicht anzutreffen, weil das Volk sich immer so seine Vorstellungen macht, wenn von Moral gesprochen wird.

Aber das mit dem Verzicht war lange her. Die Chefin, die sich nun ihren gut gefüllten Schrank besah, hatte Gefallen daran gefunden, nicht mehr auf den Cent achten zu müssen und ihrer oft unterdrückten Lust am Kaufen freien Lauf zu lassen. Sie kam zwar aus einer Region, in der mehr Janker und Dirndlblusen getragen wurden als Jumpsuits oder andere modische Eintagsfliegen, aber warum sollte sie sich nicht etwas gönnen? Wenn sie an das in ihrer Jugend gängige, aber keineswegs wertschätzende Wort »Designerklamotten« dachte, musste sie schmunzeln. Erst recht, wenn sie vor den dicht an dicht hängenden Bügeln mit edelster Couture stand, die sie auch angeschafft hatte, weil die Waage allzu sprunghaft ihre Kilos anzeigte. Seit der Jugend vollführte ihr Körper wahre Jojo-Sprünge.

»Speckerl«, sagte die Oma in der ihr eigenen, eisenharten Zärtlichkeit.

Das Anhäufen von Kleidungsstücken, die auch passten, war geradezu zwingend. Ihre Parteifreunde rieben sich auch mehr an den Modellen, denn in ihrer Siegerstraßenpartei wurde alles, was in den Teppichebenen der Luxuskaufhäuser feilgeboten wurde, lange Zeit übersetzt mit Anti-Demokratie: Produktion für Eliten, unerschwinglich für Normalverdiener, nicht nachhaltig produziert und kropfunnötiges Unterdrückungs- und Abhängigkeitssymbol von Frauen. »Designerklamotten«, das klang wie

Halbtagskita oder Haushaltsgeld, es waren zwei Seiten derselben Medaille, weshalb sie noch zu Beginn ihrer Zeit als Chefin einen eigenen Schrank für unscheinbare Kleidungsstücke vorhielt: Einfache Bekleidung, Jeanshosen, Walleröcke, T-Shirts, Wollpullover, Bekleidung mithin, die wenig zu Misstrauen reizte, sie könne die politischen Anliegen der Siegerstraßenpartei nicht ernst genug nehmen. Sie nannte ihn Wurzelschrank, kaufte aber alsbald einen zweiten in doppelter Breite, der sich rasch füllte.

Im »Zonenrandgebiet«, wie sie die Gegend ihrer Herkunft mit etwas Koketterie nannte, blieben die Verhältnisse sehr lange sehr klar: Der fast an der Grenze zu Bayern liegende Bauernhof der Eltern und Großeltern, auf dem sie in den 1980er-Jahren aufwuchs, bot ihr nach der Hauptschule zwei Möglichkeiten: Heiraten oder den Hof übernehmen, am besten beides. Doch die zierliche Person, die sie in jener Zeit einmal war, kam nach der Oma und lehnte sich auf. Heimlich hatte sie die Ortsgruppe der bunten Partei in der nächstgrößeren Stadt besucht, sporadisch, wenn sich die Ausreden glaubhaft verbinden ließen.

Dort, in zugerauchten Studentenkneipen, wurde so ziemlich das Gegenteil dessen besprochen, was der Vater mit seinen rauen Händen und dem harten Dialekt des Alpenvorlandes an gesellschaftspolitischer Einmischung noch gelten ließ. Sie nahm meistens ganz hinten Platz, wo sie nur wenig verstehen konnte, zumal wenn sich Studenten aus anderen Gegenden zu Wort meldeten – Norddeutsche!

Aber was sie hörte, reichte ihr, um eine Entscheidung zu treffen. Als der Vater sie aus dem lang gezogenen weiß getünchten Haus mit wuchernden Geranien in den Balkonkästen hinauswarf, tat er dies mit dem ranzigen Spruch, »Solange du deine Füße unter meinen Tisch stellst!«

Das war der Bruch. Es reichte dann nur zur Abendschule, weil der Vater nichts dazugab. Tags verkaufte die junge Chefin unter reichlich Selbstverkostung Brezeln und Mohnbrötchen, Strudel und Wecken in einer Bäckerei, abends wurde gelernt.

Die Härte des Vaters hatte ungewollt ihren Weg in die Politik unbedingter gemacht: Frauen waren ihr Thema, »Frauen und Frösche«, wie sie heute noch in Interviews zum Besten gab. Journalisten waren geradezu vernarrt in die Geschichte des pummeligen Mädels vom Land, das in der großen Politik gelandet war. Ja, selbst seriöse Rechercheure, gemeinhin abonniert auf reflektierende Leitartikel über Abstandsgebot bei Windrädern oder die Erhöhung der Grunderwerbsteuer, hätten, um ihr Aschenputtel-Porträt zu würzen, am liebsten noch Eltern entworfen, die, des Lesens und Schreibens nicht mächtig, in einer geduckten Kate ihre vielköpfige Kinderschar durchbrachten. Journalisten waren elektrisiert von den großen Gefällstrecken eines Lebens, gleichgültig, ob diese nach oben oder nach unten gingen.

Die Chefin zierte sich nicht nur nicht, den Anforderungen des Marktes durch drastische Schilderungen einer entbehrungsreichen und frauenpolitisch zur Sackgasse verurteilten Jugend nachzukommen, sie bot der Öffentlichkeit gleich die vollständige Cinderella dar – jedenfalls solange sie in das romantische Seidenkleid mit dem mistengen Bustier hineingepasst hatte.

Nun stand sie vor mehreren Metern bunter Neuanschaffungen auf baumelnden Bügeln. Ihr Expansionsdrang erstreckte sich nicht nur auf Einflusssphäre und Gehalt, sondern auch auf die Länge der Kleiderstangen. Das Jersey-Kleid mit den schräglaufenden, schmalen Streifen in Blau und Nude, ein neuerer Kauf aus der Luxusmarkenetage, hatte sie bereits über den Körper gestreift. Was für eine Pelle, dachte sie und zog ein ebenfalls blaues Jackett aus dem Jackenschrank, drehte sich vor dem Spiegel um ihre Achse in der Manier kleiner Mädchen und war halbwegs versöhnt. Der Fahrer konnte kommen.

Wie häufig neigte ihre Stimmung auch jetzt dazu, von einem Extrem ins andere umzuschlagen. Das naive Glücksempfinden, das die edle Kleidung eben noch in ihr hervorgerufen hatte, konnte in Windeseile kippen. Hoffentlich hatte die Müller-Bleibel endlich die Unterlagenmappe gerichtet, dazu gehört ja wirklich nicht viel, dachte die Chefin. Sie lief die Treppe hinunter und die wenigen Meter zur schwarzen Dienstlimousine.

Wieler stand bereits am Wagen und hielt seiner Chefin die Türe auf. »Sagenhaftes Kostüm. Tolle Farbe. Es ist wenig los auf den Straßen. Die P.E.N.-Unterlagen habe ich

organisiert, wir haben eine Stunde, um das Gespräch vorzubereiten.«

Wieler, der doppelte Stellvertreter

Benni Wirbser hatte gerade den Hörer aufgelegt, da klingelte es erneut, das heißt, es bellte: Diese neuen Geräte sahen zwar aus wie Cockpitmonster, aber sie erlaubten den Nutzern, eigene Klingeltöne zu verwenden. Wirbser hatte mit dem Einverständnis ihres Chefs ihren »Herbert« gewählt, einen Berner Sennenhund, der zu Hause tapfer wartete und sich mit jedem Anruf in Erinnerung rief.

»Beißt der?«, hörte sie Natalie Charon sagen, die aus dem Chefinvorzimmer herübergekommen war und unvermittelt in der offenen Türe stand.

Wie die es dort aushielt, ging es Benice Wirbser durch den Kopf. Obwohl vermutlich ein ähnlicher Jahrgang, was die durch Urlaubreisen oder wahrscheinlicher durch Schwarzweißfilme inspirierten französischen Vornamen nahelegten – nah waren sie sich nicht.

Sie solle die Klageschrift gegen ein Mitglied der Schmutzigen holen, war in etwa die Botschaft aus der holperig vorgetragenen Erklärung der Charon.

»Herr Wieler meint, der Dr. Bernauer ist doch krank, und die Sache eilt, da wird er den Fall weiter behandeln. Es sind ja Fristen drin, sagt Herr Wieler ...«

Die Charon war eine erfahrene Bürokraft, doch nun stockte sie und verknotete, bevor sie weitersprach, die Finger beider Hände derart ineinander, dass es kaum zum Anschauen war. Benice Wirbser war schon lange genug dabei, um zu wissen: Es würde nicht helfen, die Charon zu fragen oder zuerst Rücksprache zu halten. Ohnehin hatte sie sich vorgenommen, den Chef nicht zu behelligen, der sich zur Genüge aufgeregt hatte in den Monaten zuvor. Also griff sie wortlos in die Schublade und übereichte der Kollegin die Akte A.5.12.

Erst vor wenigen Tagen hatte sie die Seiten auf Bitte Bernauers durchkopiert. Es sei der bislang hinterhältigste Fall von Amtsmissbrauch durch die fünfte Gruppe im Hohen Haus, hatte er am Telefon hinzugefügt, was Benice Wirbser nicht verstanden, aber abgespeichert hatte als wichtige Zusatzinformation, wie es gute Assistentinnen so machten. Die elektronische Fassung schicke sie gleich hinterher, wandte sie sich an die Kollegin. Eckstein besitze auch ein Exemplar, er habe den Fall schließlich juristisch bewertet.

»Eckstein ist im Urlaub, deshalb macht es Herr Wieler«, sagte Natalie Charon, ihre Worte sorgsam wählend, korrekt mit Höflichkeitsform und Titel, als hielten die Steckdosen neben Strom auch kleinste Abhörwanzen vor, wie weiland in den kommunistischen Regimes des Ostens. Benni Wirbser wünschte der Charon einen guten Tag und verfasste eine Gesprächsnotiz: Datum, Ort, Sache, Begründung. Sicher war sicher.

Parteifrösche

Amann fühlte sich nicht wirklich wohl. Das Gespräch zog sich zäh in die Länge. Amann hatte mehrere Anläufe gebraucht, Wieler seine Pläne zu erläutern. Doch entweder war der Mann nicht ganz bei der Sache oder er hatte null Ahnung, wovon die Rede war, worum es ihm ging – worum es mir mein ganzes Leben schon ging, dachte Amann. Zeit, sich Gedanken zu machen, hatte er in dem Gespräch reichlich, während der langen, zunehmend ungemütlichen Gesprächspausen, die sich zu Beginn noch füllen ließen mit dem Einschenken von Kaffee und dem Knabbern von Biodinkelkeksen.

Als auch die letzte der sechs kleinen Flaschen mit Wasser und Saft geleert war, wagte Amann die Frage nach der Gesundung Dr. Bernauers.

»Der wird wohl länger ausfallen«, sagte Wieler.

Er habe zu viel Stress gehabt in letzter Zeit, da mache das Immunsystem schon mal schlapp. Und, setzte Wieler nach, es seien, im Vertrauen gesagt, vom Oberleiter auch zu viele Fehler gemacht worden, die die Chefin nun ausbügeln müsse. Es verstehe sich von selbst, dass sie darüber »not amused« sei, schlug Wieler einen geradezu vertraulichen

Ton an. Amann mache sich keine Vorstellung, wie sehr man in der Institution aufpassen müsse. Amann glaubte sogar, das Wort Fehlervermeidungskultur gehört zu haben. Jedenfalls beteuerte Wieler, sein Anliegen sei bei der Vorgesetzten sicher ebenso gut aufgehoben. Frauen und Frösche, das sei schließlich ihr Kernthema.

»Frauen streichen wir, bleiben die Frösche«, versuchte sich Wieler im Scherz. Ernsthaft gesprochen, sehe er und damit auch die Chefin, eine Kooperation des Hauses mit Amanns Stiftung sehr positiv. Ihr Interesse sei deckungsgleich, gehe es schließlich um Wald und den Schutz von Vielfalt. Der Solarsolidar sei eine gute Möglichkeit, proaktiv die Energiesache zu promoten. Man werde sich melden.

Im Hinausgehen war Amann fast geneigt, sich zu kneifen, um sich das, was er gerade erlebt hatte, als wirklich und wahrhaftig zu vergegenwärtigen. Schlau wurde er aus diesem Wieler nicht. Dieser Mensch konnte nicht im Entferntesten nachvollziehen, was ihn bewegte. Er redete wie ein Marketingfuzzi.

Aber Amann tat sich grundsätzlich schwer mit Parteifreunden, die die harte Zeit der Anfänge nicht mehr kannten, sondern neuerdings mit der Siegerstraßenpartei, wie seine Frau überaus treffend sagte, »per Anhalter durch die Galaxis« flogen. Natürlich gab es solche Sauger schon immer, die, sobald der Wahlsieg in Aussicht stand, sich flugs in Stellung brachten für gehobene Stellungen. Es wurde ja so viel Personal gebraucht zum Regieren, da blickte man sich schon mal in zweiter und dritter Reihe um. Wieler war eindeutig ein Mann der letzten Reihe, dachte Amann. »Proaktiv die Energiesache promoten« – wo war der denn vorher? Bei den Steinkohleverbrechern des Rheinisch-Westfälischen Elektrizitätswerks?

Kämpen wie Josef Amann hielten den Mythos der Gründungsphase hoch, die nicht weniger war als ein permanenter Einsatz von Leib und Leben. Sie hatten sich ihren grünen Visionen und einer lauteren Moral verschrieben. Das Plakat der ersten Stunde – »Wir haben die Erde nur von unseren Kindern geborgt« – hing noch immer in Amanns Wohnzimmer, nunmehr gerahmt und mit kleinem Passepartout aus geschöpftem Japanpapier versehen, auf dem der Große Vorsitzende, ein früherer Außenminister und der Erfinder des Dosenpfandes unterschrieben hatten. Als die Landesgeschäftsstelle, der Antriebsmotor der Partei, ausgeräumt wurde, auch schon vierzig Jahre her, hatte Amann es mitgenommen. Die sogenannte Ell-Ge-Es war ein unbeheizter Schuppen zu einer Zeit, als weder Brandschutz noch kleine Käfer es in den exklusiven Status von Projektverhinderern geschafft hatten.

»Hummel« Amann, »Doc« Bernauer, Petra, Gisela und wie sie alle hießen, stellten den Bullerofen damals einfach in die Ecke, sägten ein Loch aus der Wand für das Abluftrohr und damit gut. Wer die Rußpartikel in dieser Holzhütte nie eingeatmet hatte, musste sich seine Zugehörigkeit durch besonderen Eifer in anderen Disziplinen erarbeiten, etwa beim Disput am Wahlstand oder durch Plakatekleben. Auf der Überholspur etwas werden zu wollen, so wie es bei den Beharrlichen über Jahrzehnte zugegangen war, war in der Siegerstraßenpartei fundamental verpönt. Die Partei reagierte wie ein Wesen mit empfindsamen Synapsen und Botenstoffen, das ausgesprochen menscheln und beleidigt sein konnte, wenn einer ohne den beißenden Geruch von Holzkohle im Pullover die Karriereleiter erklomm.

Natürlich waren Amann und seine Mitstreiter in der Lage, solche ehrenwerte Maxime leichten Herzens aufstellen zu können, denn es gebrach der Partei in den Jahrzehnten der Opposition schlicht an Gelegenheiten, für Trittbrettfahrer und mediokre Karrieristen attraktiv zu sein. Sie hatten nichts zu vergeben als Gunst für Überzeugungen und die Wärme des politischen Lagerfeuers.

Zähen Figuren wie Amann oder Bernauer, der mit seiner Detailverliebtheit aus demselben Holz geschnitzt war, reichte dies vollkommen aus – bis der Große Vorsitzende begann, Wahlen zu gewinnen und Stellen frei wurden in den Verwaltungen und sich sogar wenig Ambitionierte ein Herz fassten und auf Positionen bewarben, die vordem versperrt blieben durch die Putzerfische der Beharrlichen. Das hatte sich gewaltig geändert, wie Amann an dem steilen Emporkommen von Wieler hätte sehen können, wenn er es denn gewusst hätte. Ihm genügte allerdings der erste Eindruck.

Nicht wenige, die wie Amann aus der Wissenschaft kamen, voller Ambitionen, große Lösungen zu finden für die Menschheit, oder solche wie der Große Vorsitzende selbst, waren entweder abgesprungen oder hatten Karriere gemacht. Gegenüber beiden Lagern empfand Josef Amann stets eine Fremdheit, denn sein archivierter Idealismus war eingekeilt zwischen der Möglichkeit, mit seinen Erkenntnissen groß rauszukommen, und der Unmöglichkeit, für etwas Ruhm oder eine gut dotierte Stelle im Verfügungsraum der Siegerstraßenpartei seine Prinzipien aufzugeben.

Oft dachte Amann darüber nach, wie der Große Vorsitzende verkraftete, dass der Erfolg die Einsichten in das einzig wirksame Handeln abschliff wie ein Mühlstein den anderen. Aber immer, wenn er zum Telefonhörer greifen wollte, durchlief ihn das Gefühl der Unangemessenheit. Er wollte beim Regieren nicht stören, er wollte helfen. Amann war ja dabeigeblieben, er war nicht abgedreht in den ökologischen Radikalismus wie die ungeduldigen Jungen ihn lebten. Josef Amann wollte Verantwortung übernehmen, wenn die Ernte eingefahren wurde, wollte wieder das Lagerfeuer spüren, natürlich nicht buchstäblich. Ohne zertifizierten Feinstaubfilter ging da nichts mehr. Das waren Errungenschaften! Bausteine der Weltrettung!

Das Anschwärzen von »Doc« war ein grober Vertrauensbruch, da gab es für Amann kein Vertun. Ihm, einem Wildfremden gegenüber, hatte dieser Wieler einen Menschen denunziert, der sich verdient gemacht hatte um die nachhaltige Sache. Doc Bernauer hatte mit ihm und seiner späteren Frau schon aus Makramee geknüpfte Totenköpfe an kranke, von Nadelgilb befallene Schwarzwaldtannen gehängt. Sie hatten

Versammlungen in muffelnden Turnhallen organisiert und mit triefenden Pinseln Grafiken auf Großplakate gemalt, um den Menschen die Augen zu öffnen über die Zunahme des Säureeintrags im Waldboden durch Verbrennung schwefelhaltiger, fossiler Brennstoffe, als Wieler noch werweißwo war.

Josef Amann drängte es, dem alten Freund das Ungeheuerliche mitzuteilen, schon die letzten Minuten seiner Anwesenheit im Hohen Haus hatten ihm einen Kloß in den Hals gelegt, so dick und klebrig wie die Brotknödel der schlesischen Schwiegermutter. Der Drang, diesem Ort zu entfliehen, war noch mächtiger.

Kaum aus der Drehtüre entlassen, sah man Amann kraftvoll in die Pedale treten. Das Telefonat mit »Doc« Bernauer fand dann am Abend statt, doch Josef Amann brachte es, als er die brüchige Stimme seines alten Weggefährten hörte, einfach nicht übers Herz, ihm reinen Wein einzuschenken. Was sollte er sagen, ohne die Genesung zu gefährden?

Causa P.E.N.

Im Büro von Ariane Müller-Bleibel standen sie Schlange: Zwei aus dem Team wurden wegen des Jahresurlaubs vorstellig, die Kollegen aus der Planung, ihr Stellvertreter wegen was auch immer.

Müller-Bleibel konnte Trubel nicht ausstehen, trotzdem schickte sie niemanden weg, weil sie auf den abschreckenden Charakter solcher Staus hoffte. Ihre Assistentin machte, in der Tür stehend, Zeichen. Sie hob eine Hand ans Ohr, zeigte aus der Tür hinaus, formte schließlich mit beiden Händen ein großes T, was die Sache nicht leichter verständlich machte.

Rufen wäre auch keine Option gewesen für die Mitarbeiterin, die in ihrer Verzweiflung sogar versuchte, den, der sich auf ihr Büro zubewegte, durch pantomimische Grimassen in seinen Kerneigenschaften darzustellen: Sie deutete das Halten eines Stiftes mit der einen Hand an und mit der anderen, flachen Hand ein Buch. Die Pressesprecherin vermochte das Schauspiel nicht zu deuten. Und dann war es auch schon zu spät.

Mit Weckesser und seiner Mitarbeiterin hatte Ariane Müller-Bleibel soeben den Termin und das Motto des nächsten Hausfestes fixiert und beide wandten sich der offenen Tür zu, da bog Wieler aus dem Flur ab.

»Es ist eilig, der Motor läuft. Wo ist die Mappe? Die Chefin verlangt danach«, sagte er.

»Welche Mappe?«, fragte Müller-Bleibel.

»Der P.E.N. natürlich!«

»Die liegt schon seit vier Tagen in deinem Büro!«

»Die war unvollständig«, beharrte Wieler. Sie wisse doch, dass die Chefin noch Bedarf an einem Doppelinterview aus der Wiener Zeitung und einer Auflistung der Gesprächspartner der P.E.N.-Präsidentin gehabt habe.

»War alles drin, seit vier Tagen.« Jetzt wurde es der Pressesprecherin bald zu bunt und sie sagte: »Dafür, dass ihr es so eilig habt, veertändelst du jetzt aber ganz schön viel Zeit für die Recherche, wer was wann hatte. Frag Frau Charon, wenn du mir nicht glaubst. Sie hat dir die aktualisierte Mappe eigenhändig auf den Schreibtisch gelegt.«

Wieler war schon weg, wie es so seine Art war, ohne Höflichkeitsformen, ohne Danke und Auf Wiedersehen. Müller-Bleibel rief ihre Assistentin: »Sagen Sie, die neue Unterlagenmappe hat Frau Charon doch in Ihrem Beisein auf Wielers Saustall-Schreibtisch gelegt. Oder etwa nicht?«

Die Sekretärin wartete mit ihrem gewohnten Schwur auf: »Bei meiner verstorbenen Großmutter!«

Ariane Müller-Bleibel kritzelte, was gerade gesagt wurde, auf ein Blatt Papier und stopfte es in eine Kladde der Schreibtischschublade. Sie war die dritte Person im Haus, die zu Wieler eine Art Dossier angelegt hatte. Da jedoch keiner vom anderen wusste, darf dies getrost als Glücksfall der Geschichtsschreibung angesehen werden. Selten wohl gab es einen derart gut dokumentierten Fall wie den des Beamten Wieler.

Ariane Müller-Bleibel aber fühlte sich, kaum war der Viertelleiter aus der Türe, alleingelassen. Sie ahnte zwar, dass sie nichts würde ausrichten können, aber die Kladde vermittelte ihr Sicherheit wie ein sich füllendes Bankkonto. Es genügte ihr, zu wissen, dass dort schon ein kleiner Stapel Papiere lag, auf denen Sachverhalte notiert waren, mit Datum versehen, die sich schon jetzt aufaddierten. Sie wollte gewappnet sein. Bei ihrem vorigen Arbeitgeber hatte es Tricksereien, Schaumschläger und Wichtigtuer gegeben, aber keinen wie den Wieler. Keinen, der ständig lächelte und hintenrum das Messer zückte. Müller-Bleibel nahm sich vor, diesen Mann, der ihr gleich in der ersten Woche das Du angeboten hatte, zu beobachten. Inzwischen war sie gut drei Jahre in dieser Position und staunte zunehmend über die Leistungsfähigkeit des Hauses trotz solcher Exemplare wie Wieler.

»Schbrichglobbfr, ein ooz Schbrichglobbfr isch des«, hatte Eckstein neulich voller Verachtung ausgestoßen, als er, wie immer grimmig, aus einer Besprechung kam und ohne aufzusehen fast an Ariane Müller-Bleibel vorbeigehastet wäre. Der Jurist stammte aus einem Dorf bei Ulm, oder, wie Eckstein es ausgedrückt hätte, einem »kloine Neschd«. Wenn er sich besonders ärgerte, und leider muss man konstatieren, war dies in letzter Zeit doch häufiger der Fall, ging dies nur mit Kraftausdrücken aus der Heimat.

Ariane Müller-Bleibel brauchte nicht nachzufragen, wer gemeint war, als sie ihn so fluchen hörte, denn inzwischen war es in nahezu jedem Geflüster um nur ein Thema gegangen. Trotzdem zupfte sie ihn am Jackettärmel. »Worum ging es?«

Eckstein erschrak kurz, blickte nach rechts und nach links wie ein Filmspion kurz vor der Übergabe eines Dossiers, bedeutete Müller-Bleibel mit Handzeichen, in sein Vorzimmer zu kommen, und flüsterte: »Rechnungshof. Wir sollen alle beratenden Äußerungen zum Thema Artenvielfalt auflisten und juristisch bewerten. Das frisst uns wieder Tage. Dabei müssen wir Sitzungen vorbereiten.«

Müller-Bleibel rätselte über das Motiv, hielt sich aber zurück, denn sie wusste: Wenn sie in dieselbe Kerbe schlug, war Eckstein, einmal gereizt wie eine Bärin mit Jungen, nicht mehr davon abzuhalten, sich in einen Furor hineinzusteigern, in dem die Titulierung »Granateseggl« noch eine der harmlosen war. Sie kommentierte deshalb nur mit einem knappen »Au weia« und schob ein bedauerndes »Ich muss weiter« nach.

Was sollte das mit der Artenvielfalt, dachte sie beim Weggehen. Aber sie wunderte sich nicht. Seit sie für ein kurzes Gespräch der Chefin in der VIP-Lounge der Handballer des regionalen Erstligavereins eine Mappe zusammenstellen musste, rechnete sie mit jeder Absurdität. Alle Handballmannschaften des Landes bis hinunter zur dritten Liga, alle jemals in Ligen oder Pokalspielen gespielten Paarungen und Ergebnisse musste sie heraussuchen. Der Sinn erschloss sich ihr nie, sie sinnierte auch bei dieser Gelegenheit, ob die Chefin das alles brauchte oder ob dieser Wieler dahintersteckte, der ihr ja offenkundig jeden Tag einredete, was sie zu wollen habe, wie sie aus den Andeutungen von Natalie Charon zu hören glaubte.

Die Mappe zum P.E.N. fand, auf das Faltblatt der nahen Galerie notiert, als Beispiel einer absurden Fallkonstruktion einen prominenten Platz in ihrer Kladde. Beim Gespräch selbst sollte sie nicht dabei sein, anschließend jedoch eine Pressemitteilung verschicken auf Basis von Wielers Erzählungen.

Ariane Müller-Bleibel glaubte längst, das Muster dahinter durchschaut zu haben: Sie würde wieder die Hälfte der Zeit damit vertun müssen, ihm deutlich zu machen, dass »schön« und »toll« keine Adjektive sind, die sich für Pressemitteilungen eigneten. Sie würde fragen, ob er sich keine Notizen gemacht habe und, weil es nie der Fall war, würde sie ihm aus der Nase ziehen müssen, wie lange man saß, was geredet wurde, wo und warum das alles stattfand. Am Ende würde sie zwei, drei Sätze erfinden, die die Chefin zur weit entfernt residierenden P.E.N.-Vorsitzenden gesagt haben könnte.

»Nur in einer offenen Demokratie sind offene Worte möglich. Wir dürfen das Recht auf den Schutz der Kunst- und Meinungsfreiheit nicht zur Disposition stellen« oder so ähnlich. Und spätestens dann würde wieder Wielers große Stunde schlagen, spätestens dann würde er in der Abnahmesitzung den Vorschlag machen, das zweite Adjektiv »offen« durch das Wörtchen »frei« zu ersetzen. Die Chefin würde zustimmen und Müller-Bleibel würde »offen« in »frei« umändern und die Pressemitteilung, die keinen interessierte, in die Welt schicken.

Am nächsten Morgen musste sie in die obere Etage, die Chefin wartete. Natalie Charon hatte bereits zweimal angerufen, was unüblich war, denn die Assistentin simulierte doch das eine oder andere Mal den befohlenen Anruf, weil sie der Ansicht war, die Herbeizitierte komme nicht schneller, wenn sie im Sekundentakt beschallt werde. Ariane Müller-Bleibel drückte den Rücken durch, kontrollierte das Korallenrot ihrer Lippen auf Ausfransungen und stieg in den Aufzug. Ein Gedanke ließ sich ebenso wenig abschütteln wie das Vielfaltsthema: Warum fand dieses P.E.N.-Treffen überhaupt statt? Es war ihr unmöglich, alle Termine, die der Vermarktung harrten, in ihrer Bedeutsamkeit nachzuvollziehen, aber dieser erschien ihr auf besonders absurder Grundlage stattzufinden. Müller-Bleibel hatte eine vage Ahnung.

»So geht das nicht. Die Mappe war unvollständig. Das muss sich ändern.«

Die Chefin machte sich gar nicht erst die Mühe eines anwärmenden Smalltalks. Zwar war sie auf Müller-Bleibel zugekommen und hatte ihr die Hand gegeben. Doch kaum hatte die Pressesprecherin auf dem rehbraunen Lederensemble – nicht auf den Filzwürfeln – Platz genommen, prasselte ein Regen an Vorwürfen auf sie nieder. Müller-Bleibel fixierte Wieler, der mit übergeschlagenem Bein und seinem schwarzen Büchlein längst in der Ecke saß. Solange die Vorgesetzte redete, hielt er wie gewöhnlich seinen Blick gesenkt. Er wartete.

»Es ist nicht Wielers Aufgabe, Ihren Job mitzumachen«, schleuderte ihr die Vorgesetzte entgegen, dieses Mal in einem Ton, der nur ein hauchdünnes Stückchen davon entfernt war, vulgär zu sein. Na also, dachte Müller-Bleibel. Same procedure.

»Die Mappe lag seit vier Tagen auf Wielers Tisch«, versuchte sie das Gespräch auf die Sache zu bringen und wusste doch in demselben Moment, da sie den Satz aussprach, dass sie es nur der Form halber tat, für ein Protokoll, wenn es denn eines gäbe, in jedem Fall aber für sich, die im eigenen Büro wieder eine Gedächtnisnotiz anfertigen würde. Im holzgetäfelten Büro der Chefin war es Ariane Müller-Bleibel schließlich nur noch um Gesichtswahrung gegangen. Sie forderte den wie stets betont abwesend erscheinenden Wieler auf, den Sachverhalt zu bestätigen. Der dachte selbstredend nicht daran, sah nur kurz auf, schielte von unten die Chefin an, und tauchte wieder ab.

Seine Augen hinter der sich im schrägen Licht spiegelnden Brille fixierten ein Tablet, sein rechter Zeigefinger stupste lautlos auf die Glasscheibe.

»Das nächste Mal will ich die Mappe früher und vollständig haben. Und jetzt zur Pressemitteilung. Die hätte doch gestern schon verschickt werden sollen«, beschied die Chefin.

Müller-Bleibel insistierte nicht. Sie schwieg. Was folgte, fühlte sich an, als spiele es sich unter dem pludrigen Wolkenmeer einer dicken Nebelbank ab. Die Worte erreichten ihre Ohren wattig und weich gedämpft, aber Ariane Müller-Bleibel verstand, was sie hören sollte, und dachte: Er hat es wieder getan.

Wiewohl sie nicht zu Selbstgesprächen neigte, rangen nun die Stimmen um Vorherrschaft: Klarstellen, die Wahrheit ans Licht bringen. Dann wieder massive Zweifel, ob sich Gerechtigkeit durchsetzen ließe.

Müller-Bleibel sparte sich den Hinweis auf die Wiederholung als rhetorisches Stilmittel, ersetzte im Manuskript »offen« durch »frei« und eilte aus dem großen Besprechungsraum.

Er hatte es wieder getan.

Humor ist

Kalbmayer hatte seine Denkerpose eingenommen: Er stand am Fenster, die Arme verschränkt, und sah mit geschürzten Lippen auf den Eingangsbereich und die Vorfahrzone. Gerade lief Wieler, eine braune Tasche unterm Arm und, wie üblich, in abgeknickter Haltung aus dem Haus. Kalbmayers Augen suchten unbewusst nach der zweiten Person, scannten den gesamten Vorplatz bis hin zur großen Blumenwiese. Nichts.

So weit ist es schon, dass ich die beiden nicht mehr getrennt denken kann, dachte er. Wohin der schon wieder rannte? Hatte diese ominöse Veranstaltung, die bei der Charon im Terminkalender stand, eigentlich schon stattgefunden oder war sie erst noch?

»Zeller, die Müller-Bleibel«, rief Kalbmayer ins Vorzimmer. Das kleine Wörtchen »bitte« schenkte er sich chronisch, wie überhaupt alle Sätze und Halbsätze, die sich seine Sekretärin denken konnte, weshalb sich die Konversation für Unbeteiligte anhörte wie Befehlsübungen auf dem Hundesportplatz. Frau Zeller hatte sich mit dem kantigen Charme ihres Chefs abgefunden. Wenigstens dachte er an Blumen zu ihrem Geburtstag und lud sie zu einem Weihnachtsessen ein. Raue Schale, weicher Kern, warb sie für ihn bei ihren Kolleginnen, die mit Kalbmayers seltsamem Humor nicht warm wurden.

Schon klingelte es.

»Sie erwischen mich in allerbester Laune. Womit kann die Pressestelle dienen? Soll ich Sie an die Spitze des Rechnungshofes bringen?« Müller-Bleibel versuchte es mit Ironie. Das mochte er.

»Sie wollte ich gestern schon anrufen. Unter uns: Was war denn das für eine Kiste mit dem P.E.N. in Hessendorf?«

Müller-Bleibel stutzte, bevor sie antwortete. Kalbmayer war ihr zwar sympathisch, doch man musste trotzdem auf der Hut sein. In diesem Haus wurde inzwischen mehr gespielt als im Baden-Baden der goldenen Zeit, als der ganze Russenadel an die mit grünem Filz bespannten Casinotische drängte. »Ach, das leidige Thema. Wir schicken gleich eine Pressemitteilung dazu raus: Schriftsteller und Hohes Haus im Schulterschluss«, antwortete sie. Gerade komme sie von der Abstimmung.

»Was ist denn das wieder für ein Mist? P.E.N.-Vorsitzende? Was hat das mit uns zu tun?«, erhitzte sich Kalbmayer.

»Meine Fragen, keine Antworten«, sagte Müller-Bleibel. »Herr Wieler fand es toll.«

Wenigstens behalte sie ihren Humor, sagte Kalbmayer zur Pressefrau, die zur gleichen Zeit überlegte, ob sie ihm trauen sollte. Sie hatte Bedarf an ehrlichem Austausch, schließlich konnte ihr Mann nicht alles abbekommen nach Feierabend. Das nächste Mal würde sie Frau Zeller bitten, einen Termin zu suchen für ein Auge-in-Auge-Gespräch. Männer ließen sich besser einschätzen im direkten Gegenüber, fand sie.

Kalbmayer hatte gehört, was er hören wollte, und scheiterte erneut daran, den Hörer nach einem kurzen Servus auf den Apparat zu legen. Der Knochen glitt nach unten auf die Tischplatte. Kalbmayer hoffte, dass Müller-Bleibel ihrerseits erfolgreicher war, sie wäre sonst Zeugin seines Fluchens geworden. Das machte sich nie gut.

Die Institution hatte sich gegen mobile Telefonie entschieden und auf alle Schreibtische zu Kalbmayers Verdruss einen »T5-Link-Screen mit Quad Core Prozessor« gestellt, ein Tischtelefon wie im Flugsimulator, das so steil war, dass der Hörer regelmäßig nach unten rutschte.

»Einen solchen Scheiß schaffen sie an, dafür hat's Geld. Und für Hessendorf. Zefix«, ärgerte sich Kalbmayer, der mitnichten aus bayerischen Gefilden stammte, aber der Meinung war, dass es sich in diesem Idiom am elegantesten schimpfen ließ. Er kannte sie alle, das »Himmiherrgott« und das »HoiddieFotzn«. Aber im Büro beschränkte er sich auf »Zefix«, das er in diesem Moment so laut wiederholte, dass Frau Zeller eine Order zu hören glaubte und aus dem Vorraum fragte, was sie tun solle.

»Verbinden Sie mich mit Bernauer«, rief Kalbmayer hinterher. Das Gerät selbst zu bedienen, lehnte er ab. Er investierte seine Zeit lieber in andere Tätigkeitsfelder, von denen Außenstehende sagen würden, sie fielen ebenso wenig in sein Stellenprofil.

Frau Zellers Hinweis auf die Krankheitsabwesenheit des Oberleiters verfing nicht. Dann müsse man ihn eben im Krankenbett anrufen. Dr. Bernauer werde dankbar sein für jede Ablenkung. Kalbmayer fläzte sich in den Lederstuhl mit der hohen Rückenlehne und legte die Füße auf das Fensterbrett. Das war das Gute an diesem Bau: Es gab kein Gegenüber, was in Zeiten des Ancien Régime für ganz andere zwischenmenschliche Interaktionen ausgenutzt worden war. Einige davon standen im Büchlein, das fest verschlossen in der untersten Schublade lag.

»Ich mache mir langsam Sorgen um unseren Ruf«, platzte Kalbmayer ins Gespräch, sobald er sicher war, dass abgehoben worden war. Dr. Bernauer, gerade aus einem Dämmerschlaf erwacht, räusperte sich erst einmal.

»Wie wäre es mit einem empathischen ›iis drhui, lieber Dr. Kalbmayer? ‹«, sagte Bernauer.

»Hören Sie doch auf mit dem Doktor. Einer reicht im Haus. Und das sind Sie. Sie müssen schon entschuldigen. Ich ging davon aus, dass Sie politischen Schnupfen haben nach alldem hier. Sie sind doch nicht wirklich krank?«

Dr. Bernauer schilderte die Symptome in besonderer Detailtiefe, weil er Kalbmayer einen Hang zum Voyeurismus unterstellte. Bevor dieser ihm mit seinen inquisitorischen Fragen zu Leibe rücken würde, berichtete er selbst von entzündlichen Ekzemen, vom ewigen Jucken und der Aussicht auf mindestens sechs Wochen Auszeit. Was Bernauer nicht wusste oder möglicherweise einfach nur vergessen hatte, war die Tatsache, dass in Kalbmayers Familie über Krankheiten fast so alltäglich gesprochen wurde wie anderswo über Stundenausfall in der Schule oder Verkehrskollaps am Morgen.

Seine Frau war examinierte Intensivschwester, bevor sie ein Studium in Krankenhausmanagement aufsetzte. Alles Eiternde, Blutende, Nässende und Siffende an Körpern war Kalbmayer, ob er wollte oder nicht, vertraut. Im Vertrauen gesprochen, wollte er natürlich erfahren, was es mit Bernauers Hautflecken wirklich auf sich hatte. Wie oft war im Hause Kalbmayer die Psychosomatie in all ihren Daseinsformen behandelt worden, die Haut als Spiegel der Seele. Seine Frau war eine besonders hartnäckige Vertreterin der These, die Haut als psychologisches Medium habe viel mehr zu sagen, als ihr zugetraut werde.

Kalbmayer war also gestählt. Er tippte nach der ausführlichen Anamnese durch Bernauer auf Urtikaria. Er würde seine Frau am Abend fragen, ob er damit richtig liege, denn spontan kam ihm eine besondere Disposition zur Aggressionshemmung in den Sinn, versetzt mit Spuren von Resignation und Entmutigung. Ja, das war durchaus möglich.

»Geben Sie nicht so an, Dr. Bernauer«, sagte er aber stattdessen. »Die paar Tupfen. Es kommt ihnen doch gut zupass, mal eine Auszeit zu nehmen. Dabei fällt mir ein:

Sie kennen den neuesten Klops noch nicht, oder vielleicht doch? Die Chefin hat die P.E.N.-Vorsitzende zum Gespräch besucht.«

Totenstille am anderen Ende der Leitung. Kalbmayer glaubte an eine Verbindungsstörung, weshalb er wiederholte, nicht ohne seine Lautstärke zu erhöhen. »Die Chefin hat die P.E.N.-Vorsitzende besucht.«

Da erst hörte er ein wie unter Wasser dumpf blubberndes, offenbar in Husten übergehendes Lachen. Dr. Bernauer hatte zuerst die Mikrofonlöcher abgedeckt, hielt den Hörer jetzt aber, da der Hustenreiz ihn massiv schüttelte, mit einem Arm weit von sich.

»Entschuldigung, nein, das höre ich zum ersten Mal. Zu gut! Gab es ausnahmsweise einen Anlass? Was wurde denn besprochen? Lassen Sie mich raten: Sie wurde von dem einzigen Profi unter den 200 Mitarbeitern begleitet?«

Nun war es Kalbmayer, der zu wiehern begann, als er sich wieder gefangen hatte, berichtete er dem Oberleiter von Müller-Bleibel und der Pressemitteilung.

»Was, eine Pressemitteilung? Worüber denn, um Gottes willen? Es ist wirklich zum Haareraufen, na ja, nicht in meinem Fall, machen Sie es für mich.«

Kalbmayer war erleichtert. Wenigstens hatte er Bernauer zum Lachen gebracht. Kalbmayer schätzte seinen direkten Vorgesetzten, er war ausgleichend und kollegial, jedenfalls war er kein falscher Fuffziger wie der W., ach, es war auch egal.

Kalbmayer entschuldigte sich in höflichstem Amtsstubendeutsch, Dr. Bernauer mit solchen Petitessen behelligt zu haben.

»Sie verzeihen schon, aber ich wollte Ihnen durch die Blume sagen, dass wir, also Eckstein und ich, Ihre Meinung teilen: So kann es nicht weitergehen. Unser guter Ruf ist gefährdet. Aber ich behellige Sie nicht länger. Gute Erholung. Sie werden gebraucht.«

Sprechübungen im Chefzimmer

W ieler nahm vor seiner Chefin Platz und legte die
Blätter aus wie eine Partitur. Seite eins bis zwanzig.
Rosalind hatte alles herausgeholt aus dem Thema, das
würde großartig werden.

Der honiggelb getäfelte Prachtsaal des Hauses mit dem
Blick in das funkelnde Dunkel der Nacht, ein Flügel auf der
Bühne und die Chefin daneben.

»Die Bergpredigt zwischen politischem Anspruch und
tonaler Interpretation« – kein leichtes Thema, dachte Wieler, aber er würde das hinbekommen.

Die Idee hatte eigentlich ein Bekannter seiner Frau, der
einen kannte, der den Text aus Matthäus, Zeilen 5–7, als
Oratorium vertont hatte. Warum das nicht zusammenbin-
den, Politik und Musik und Kirche? Wieler wärmte sich,
solange die Chefin noch nicht im Büro war, schon jetzt an
der Vorstellung des spätabendlichen Lobes daheim in der
Küche oder stellte sich vor, wie Freunde staunen würden
über die Qualität einer solchen Veranstaltung.

Nie zuvor hatte das Haus Derartiges geboten. Vorgänger
der Chefin hatten Schlagzeilen gemacht mit überheblichen
Bestellungen von Dienstwagen oder reger Reisetätigkeit in

dubiose Ölstaaten. Die Chefin brachte Geist ins Hohe Haus. Anspruch! Intellekt! Und wer hat die Chose ins Laufen gebracht?

Wieler strahlte, dann verzog sich sein Gesicht zu einem diabolischen Grinsen. Weckesser von der Orga musste sich warm anziehen, denn im heimischen Planungszentrum Waisenstraße 13 hatten noch mehr Ideen das Licht der Welt erblickt, die nun in seinem Büchlein standen.

Die Chefin war außer Atem und von elender Laune. Sie habe gerade Kalbmayer getroffen auf der Treppe. Das nächste Mal nehme sie den Aufzug aus der Tiefgarage.

»Du glaubsch it, was der sich traut. Erst hab' ich's gar it gmerkt. Des fing harmlos an: Er bewundert mich für die Aktion in Hessenheim, sagt der. Noch nie hätte ein Chef der Institution solche schillernden Gesprächspartner gewinnen können wie ich. Dann sagt der tatsächlich: Er frage sich nur, wozu? Jetzt fängt der Kalbmayer auch an, ich glaube, es hackt. Diese Brunzkachel.«

Wieler schaute auf. Die Chefin rollte das R noch allgäuerischer als sonst. Solche Wörter, diese Aussprache, ein Rückfall. Aber vielleicht war es zu etwas gut.

Die Chefin war in Unruhe, nicht eben die beste Voraussetzung für die bevorstehenden Vortragsübungen, dachte Wieler und beschwichtigte: Der Kalbmayer sei durch die anderen angesteckt, den müsse man in ein eigenes Jour Fixe einbinden, dann sei Ruhe. Er mache das schon, sagte Wieler, und drängte, seltsam aufgekratzt, zur Arbeit. Sie müsse sich auf den Text konzentrieren, die schwierigsten Wörter habe er mit Leuchtmarker unterlegt.

Zehn Buchstabenkombinationen, die für die Chefin Stolperstellen sein könnten, seien es in etwa. Auf dem Redemanuskript werde das dann nicht mehr zu sehen sein, nur zur Übung. Ansonsten habe er wie gewohnt die Betonungshaken gesetzt. Die Chefin legte los.

»›Mit der Bergpredigt kann man keine Politik machen.‹ Diesen Satz soll Bismarck gesagt haben. Er ist falsch. Politik geht immer von Visionen aus. ›Selig, die hungern und dürsten nach Gerechtigkeit, denn sie werden satt werden.‹ Diesen Satz der Bergpredigt zitiere ich nicht, um die Wirklichkeit zu beschreiben, denn leider ist das Gegenteil der Fall. Ich zitiere ihn, um das Licht am Ende des Tunnels aufzuzeigen. Wer sich von dieser Vision entfernt, entfernt sich von unserem Gemeinwesen, er stellt sich über das Wir …«

Wieler las leise mit, nun unterbrach er.

»An der Stelle mit der Gerechtigkeit musst du aufpassen, es klang etwas zu sehr nach Dialekt. Entspann dich, es wird gutgehen.«

Gerechtigkeit, obwohl es in vielen Reden vorkam, war für die Chefin, wenn sie nervös war, kein gutes Wort. Dann sprach sie es aus wie mit einem Trennungsstrich versehen zwischen g und k, und an das k schloss sich ein Kehllaut an. Das rollende R und der Kehllaut verdichteten sich zu einer steinigen Konsonantenpiste.

Kurz nach ihrer Wahl hatte sich die Chefin mit einem Schulkameraden aus ihrem Dorf getroffen, der es bis an die Spitze eines Ölkonzerns geschafft hatte und nach Jahrzehnten auf der ganzen Welt in Austin, Texas, gelandet war. In seinem Deutsch war jeglicher Hinweis auf seine Herkunft gelöscht, gerade so, als hätte er nie in dem Zweihundert-Seelen-Weiler am Alpenrand gelebt. Das machte die Chefin unsicher, unsicherer als es nötig gewesen wäre, denn auch die Siegerstraßenpartei schätzte bei ihren Politikern Dialekt durchaus. Das sei charmant und hörbares Zeichen von Heimat, hatte sich sogar der Große Vorsitzende ausgelassen, doch der konnte seinen weicheren Dialekt der Alb ausknipsen, wenn er aus dem Flugzeug stieg. Er konnte das.

Heimat war nicht nur bei den Siegersträßlern, sondern in allen Parteigruppen ein beliebtes Thema in Reden: Heimat konnte jederzeit getrost eingebaut werden.

Rosalind Weller, um ein Beispiel zu nennen, war innerhalb kürzester Zeit gehalten, den Jahrestag der Frauenrechte mit Heimat zu verbinden, aber auch den Tag des Gesetzes, das hundertjährige Bestehen des Roten Kreuzes oder den Schulanfang. Heimat passte immer und die Konkurrenz konnte gegen das Beschwören von Heimat schlechterdings nichts einwenden. Die Grußworte und Ansprachen troffen nur so von Heimaten. Auch und gerade die Mehrzahl wurde von der Chefin gern benutzt, schon weil die Fernsehmoderatorin es tat.

»Heimat ist nie nur ein Ort. Jeder Mensch hat tausend Heimaten.«

Dann wurde aufgezählt: Kässpatzen, Kachelofen der Oma, der Dialekt, Berghügel, Schnittlauch und der Herrgottswinkel. Irgendwann spürten alle Redenschreiberinnen eine Heimatensättigung, so als habe man sich an einer Süßspeise überessen, und von einem Tag auf den anderen ließen sie es wieder sein. Nach der Heimat kam die Verantwortung, dann das Gemeinwesen oder das »Wir«, wobei das wiederum eine Spezialität der Siegerstraßenpartei war.

Die Chefin war die Leiter nach oben geklettert gerade, weil sie aus dem sogenannten ländlichen Raum kam und ihre Politik für »Frosch und Frau« authentisch rüberkam. Es galt immer fein zu unterscheiden, ob etwas wahr war oder ob es glaubhaft dargebracht wurde. Dann hatte es nicht wahr sein müssen. So sind nun mal die Regeln der Politik.

Viel später erst wurde ihr Narrativ ausgebaut als ein Gegenmodell zu den Trutschen und Weiberln aus dem katholischen Flecken, weil sie aus der Enge ausgebüxt war und nicht etwa, weil sie feministische Ambitionen gehabt hätte. Es war ein großes Missverständnis, aber dies aufzulösen, nahm sich so viele Jahre später niemand als Anlass.

Die Chefin war in der Erzählung der Siegerstraßenpartei diejenige, die mit der angestammten Rollenverteilung zu Lasten der Frau in schwierigstem persönlichem Umfeld gebrochen hatte und dafür, wiewohl das keiner am Hirschen-Stammtisch in Unterstaufen je für möglich gehalten hätte,

die Zustimmung der meisten Wählerinnen und Wähler bekam. Ortsverein, Gemeinderat, Hauptstadt – die junge
Frau, die gern und viel lachte, glitt wie im Fahrstuhl ohne
Zwischenstopp nach oben. In der obersten Etage angekommen, meldeten sich, wenn sie vor vielen Leuten
sprach, aber auf einmal Unsicherheiten, wo früher keine
waren. Ihre Sprechpausen gerieten zu lang oder sie brach
Sätze ab, rutschte in Umgangssprache oder wiederholte
sich. Das Treffen mit dem Öl-Michl, ihrem alten Sitznach-
barn aus der Grundschule, trug nicht gerade dazu bei, ihr
Selbstbewusstsein zu heben.

Ihre Antrittsrede hatte die Chefin noch selbst entworfen. Sie hatte den viel gerühmten Vorgänger von Rosalind
Weller in ihr Büro gebeten. Zwei, drei Stunden saß sie mit
dem bestbeleumundeten Redendichter der Beharrlichen
beieinander. Damals waren ihr noch lebendig die Worte ihres Vaters im Sinn, gesagt in ihrem letzten, dann doch
noch versöhnlichen Gespräch vor seinem Tod: sie solle nie
ein solcher »idrissierter Mensch« werden wie andere in der
Politik, selbst in der Partei, der er zeitlebens nahestand,
hätten die Hochgestochenen, die Schnösl, das Sagen. Seine
Tochter möge auf dem Boden bleiben, ganz wie es Tradition sei bei iis drhui – bei uns daheim. Heimat, dachte die
Chefin inzwischen wieder öfter, wo war ihre wirklich?

Als sie an die Spitze des Hauses gewählt wurde, begann
sie, mit einer Logopädin ihre markante Aussprache zu
schleifen. Das taten, was tunlichst verschwiegen wurde,

viele Politikneulinge. Es war ihr Vertrauter Wieler, der zaghaft angedeutet hatte, es werde bisweilen etwas gelächelt, wenn sie in ihrer Aufregung manche Konsonanten im Heimatdialekt ausspreche. Auslachen, das natürlich nicht, hatte sich Wieler sofort beeilt nachzulegen. Die Chefin war zu Beginn von Dankbarkeit durchströmt, wenn sie an Wieler dachte. Ohne ihn ...?

Selbstverständlich war Wieler ebenso wenig zufällig am Stand der aussichtsreichen Kandidatin aufgetaucht, wie er nun den Sprachcoach gab. Die Übungsstunden waren Ergebnis langer Vorbereitungen – die seiner Frau, um genau zu sein. Die Buch- und Papierstapel auf ihrem Nachttisch waren nicht vergeblich durchgeackert worden und wuchsen wie Stalagmiten in die Höhe.

Im Hause Wieler, am sogenannten Reißbrett, war die Chefin als Projekt auserkoren worden. Wieler, der sich seine ganze Schulzeit über, ja noch im Studium, mit einem halblöchrigen Gedächtnis mühte, wurde von seiner Frau nicht nur mit dem Lobeshymnen-Karton, sondern auch mit einer Aufbauskizze versorgt, die ihm alles abverlangte. Ein Schema mit Kästen und Pfeilen, aufgemalt und geschrieben mit königsblauer Tinte: sanfter Einstieg (Defizite identifizieren), Defizite als bereits bekannt benennen (Umfelddruck), Hilfe anbieten (Lösungskompetenz/ Wohlfühlatmosphäre).

Der Dreisprung sah also durchaus vor, dass Wieler – er hielt sich sklavisch an Vorgaben – die Chefin wissen ließ, dass ihm persönlich ihre Sprachfärbung gefalle. Nur hätte er im Übereifer der Pflichterfüllung nicht auch noch sagen müssen, er finde das sogar sexy. Darüber regte sich seine Frau beim abendlichen Rapport für einen Moment auf, weil die Chefin falsche Schlüsse hätte ziehen können.

Doch diese war vor allem dankbar, in Person dieses getreuen Wieler jemanden getroffen zu haben, der ihr nicht das Gefühl gab, weniger wert zu sein, wie es der Bernauer oder der Kalbmayer oder der Eckstein taten. Sie war überzeugt davon, Wieler meine es ehrlich mit ihr. Und er hatte ja recht, bei den schweren Themen, ging ihr manchmal die Zunge durch …

»Ich verstehe gut, dass du etwas aufgeregt bist, das wäre jeder, aber bei solchen Reden sollte halt nichts ablenken. Wir könnten, wenn du willst, das Manuskript mal zusammen durchgehen«, hatte Wieler damals vorgeschlagen, dazu bubenhaft gelacht und endlich von seinem schwarzen Büchlein aufgeschaut.

Wieler kümmerte sich, das war gut. Was auch immer geredet wurde, und es wurde geredet, wie Bernauer ihr neulich berichtete. Hatte der nichts Besseres zu tun, als sich über Gerüchte Gedanken zu machen? Sie wolle das nicht hören, solches Gequatsche sei es nicht wert, wahrgenommen zu werden, hatte sie ihren Oberleiter beschimpft. Er, Bernauer, müsse aufpassen, was er rede, herrschte sie ihn noch vor der Tür an, wo jeder mithören konnte, der sich von dem stillen Örtchen wieder an den Schreibtisch bewegte oder eben gerade nicht, weil im Schutze des Urinals gut Horchposten einzunehmen war.

Und weil sie gerade in Rage war, bombardierte sie den um Fassung ringenden Bernauer: Ob er den Brief an den parlamentarischen Rat endlich fertig habe. Auf den warte sie schon seit Wochen. Und die Liste mit Fallbeispielen für das Oberste Gremium kommenden Dienstag. Und die zehn Eckpunkte der Argumentation für den Anwalt dieses Nazis. Der Bernauer hatte sich nicht einmal verabschiedet, hing sie ihren Gedanken nach. Hatte er im Weggehen nicht etwas gemurmelt, das sich anhörte wie Wieler. Sie hatte den Oberleiter, wiewohl Parteifreund, langsam, aber sicher satt.

Wieler dagegen hatte Geduld, und wie er sie hatte. Jetzt musste er seine Chefin aber aus ihren Gedanken holen. Kleine Atempausen taten gut. Doch Schnurpl wartete zuhause. Wieler bat, weiterzumachen.

»Nochmal ab ›Selig‹«, sagte er und legte, von sich selbst fast unbemerkt, seinen Arm um die Schulter der Vorgesetzten, erst später auf dem Nachhauseweg wurde ihm die Unangemessenheit seiner Geste gewahr. Ins Vorzimmer rief er, Frau Charon solle in den nächsten zwei Stunden niemanden hereinlassen.

»Und Presse?« rief die Assistentin.

»Niemanden!«

Reste des Ancien Régime

Kalbmayer schaute sich sicherheitshalber um. Ab und an kamen Leute von der Siegerstraßenpartei in diese dunkel gebeizte Weinstube, weil sie sich dann nah beim Volk fühlten, in der sogenannten Mitte der Gesellschaft, wo die Beharrlichen vom Ancien Régime sie ganz und gar nicht haben wollten.

An diesem Mittag schien die Luft rein. Kalbmayer war kein Parteimann, der seine Karriere darauf stützte, aber er besaß seit Langem ein Parteibuch, mit dem er gelegentlich andeutungsvoll als Beleg für seine guten Kontakte in der Luft wedelte. Die Siegerstraßenpartei war, obwohl seit Jahren in jeder Wahl vorn liegend, noch immer voller Ehrfurcht gegenüber den alten Haudegen der Gestrigen.

Kalbmayer amüsierte sich über die versteinerten Komplexe der jungen Partei und er spielte damit. Der Lunch mit dem Parteifreund aber hatte einen anderen Grund. Er war angerufen worden, dieses Mal sollte er ausgehorcht werden.

»Wir nehmen den TL, eine Flasche leicht gekühlt und zweimal den Rostbraten, Englisch«, übernahm der Gruppenvorsitzende das Kommando, voraussetzend, dass alle Welt die durch einen bereits verstorbenen Parteifreund berühmt gewordene Abkürzung für die Trollinger-Lemberger-Cuvée kannte. Dazu schwenkte er seinen rechten Arm mit ausholender Bewegung Richtung Küche, was vollkommen unangebracht war.

Der Kellner stand direkt neben ihm. Da nahm wohl einer an, seine Gestik habe Grandezza, grinste Kalbmayer.

Ihm war die Psychologie der schwindenden Macht wohlbekannt: Zuerst, auf dem Höhepunkt, sagen wir nach einer gewonnenen Wahl, dürfen sie sich ein Kabinett basteln, dann eine Fraktion, schließlich noch ein paar Posten besetzen und am Ende der Gunstkonjunktur, wenn der Wähler sein Kreuz ganz woanders machte, waren sie froh, wenn die Frau noch dageblieben war und es noch zwei, drei Anlässe im Jahr gab, bei denen sie Essen und Getränk im Großmaßstab ordern können wie in den bedeutungsvollen Zeiten, als vielköpfige Ministerriegen aus dem Nahen Osten oder dem europäischen Asien zu bewirten waren.

Der Gruppenvorsitzende der Beahrrlichen war längst an diesem Punkt der eingebildeten Wichtigkeit angelangt, ohne die es wohl auch nicht ging, wollte man 96 Termine in vier Wochen absolvieren. Man steuerte langsam, aber sicher auf eine Wahl zu, Kalbmayer sollte wieder einmal den Maulwurf spielen.

»Na, mein lieber Kalbmayer, wie lebt es sich so unter der Chefin?«

»Sie wissen doch, dass ich das nicht mache.«

Da musst du früher aufstehen, dachte Kalbmayer. Ich liefere niemandem Skalps. Hätten sie ihn nach der letzten Wahl mit einem MD-Posten bedient, als Amtschef in ein großes Ministerium geholt, möglicherweise wäre seine Verbundenheit größer ausgefallen.

Aber Halbleiter in der Institution zu sein, verlangte keine Dankbarkeit. Das war postentechnisch als Kleingeld zu bezeichnen. Kalbmayer nahm die Essenseinladung deshalb wörtlich. Vom letzten Abend weg hatte er sich einen gesegneten Appetit aufgespart, schöpfte lange und ausgiebig und ließ den Gruppenvorsitzenden zappeln, indem er das schwarzbraune Fleisch, wiewohl es zart war und fast am Gaumen zu zerdrücken, genüsslich und gemächlich durchkaute.

»So, Kalbmayer. Jetzt reden wir mal!«

Der weitere Versuch, dieses ungeduldige Drängen, begleitet durch ein hochfrequentes Vibrieren eines Beines, deutlich am Wackeln der Gräser in der Tischdekoration abzulesen, zeigte Kalbmayer, dass er gute Karten haben würde. Wenn er sich mit einem so kleinen Licht wie mir trifft, wird es nötig sein, dachte er vor sich hin kauend.

Der Gruppenvorsitzende der Beharrlichen im Hohen Haus war nervös. Er wollte nicht warten, bis Kalbmayer seine Backenfüllungen loswurde, es staute und drängte aus ihm heraus: Er wolle offen sein, wie es momentan laufe, werde die Wahl eine Katastrophe. Nun hänge der Große Vorsitzende der Siegerstraßenpartei schon Wahlsprüche wie die Kanzlerin, die ja nachweislich aus dem Stall der Beharrlichen stammte.

»Sie kennen mich!«, stöhnte Kalbmayers Gegenüber. »Unsere Kanzlerin! Dass der sich nicht schämt! Kopiert unsere Kanzlerin!«

Die Umfragen seien extrem ungünstig, um nicht zu sagen: vernichtend. Die Zeiten von konservativem Liberalismus oder besser: liberalem Konservatismus seien wirklich vorbei in diesem Land. Die Siegerstraßenpartei habe völlig ungerechtfertigt einen Lauf bei den Wählern.

»Oder sollte ich sagen: bei den Wähler-Innen?«

Während seine Partei Lösungen anbiete, würden die Ökos von ihrem Gutmenschentum zehren. Wer Bienen und Frösche und Juchtenkäfer rettete, konnte schließlich kein schlechter Mensch sein.

»Ha!«, rief der Vorsitzende so laut und pickte mehrmals mit dem Zeigefinger auf den leeren Paradeteller, woraufhin zwei Frauen am Nachbartisch gleichzeitig ihre Köpfe in die Richtung des Tisches drehten, an dem Kalbmayer noch immer den Tsunami vorüberziehen ließ und sich, den Blick tief in die schon wässrigen Augen des Gruppenvorsitzenden legend, Unmengen georderter Speisen einverleibte.

»Unverdient, vollkommen unverdient«, zeterte der Gruppenchef mit jetzt zittriger Stimme. »Jede Klage über das Sterben der Arten, den Verlust einer Gattung oder auch nur einer einzigen Blume, zahlt doch ein auf das moralische Bonuskonto, Herrgottnochmal. Also, was ist mit der Chefin?«

Jetzt schlug der Ton um und passgenau zum Herrgottnochmal knallte seine flache Hand auf die Tischplatte.

Die Zeit des Gruppenvorsitzenden war lange abgelaufen, aber mit dem Hinweis auf das Alter des Großen Vorsitzenden der Siegerstraßenpartei sammelte der Mann, der das Essen über seinem Furor kalt werden ließ, so viele Stimmen ein, dass es auch dieses Mal wieder gut reichen würde für ein Mandat.

Dass das Hohe Haus an die Siegerstraßenpartei gefallen war, schmerzte ihn noch immer. Mehr als ein halbes Jahrhundert gehörte es den Beharrlichen – »uns«, dachte der Vorsitzende und hielt endlich ein.

Kalbmayer beobachtete, wie die linke Gesichtshälfte des Mannes zu zucken begann. Was mandelte sich der so auf, dachte der Halbleiter. Sicherte sich einen der letzten auskömmlichen Posten und regte sich künstlich auf.

Der Gruppenvorsitzende beruhigte sich und trank inzwischen schweigend das zweite Viertel Wein. Er musste am Abend noch den Koffer packen. Die transeuropäischen Netzwerke pflegen, bei sowas machten sie den Siegersträßlern noch allemal etwas vor. Die Ökos brachten es fertig, nachts um drei über Flottengrenzwerte und die zweite Säule der EU-Agrarförderung zu diskutieren! Argumentierten die armen Gastgeber noch an der Bar mit Prozentwerten zum Stickstoffeintrag in die Knie. Solche Binsenspießer!

Gottseidank erlaubte ihm das Amt Dienstreisen durch Europa. Wie groß dieser Kontinent sich ausdehnen konnte, wenn man die Nahziele alle abgehakt hatte! Das zählte doch zu den erfreulichen Seiten. Der Europaausschuss musste begleitet werden bis hoch zu den Polkappen. Dort, in den Weiten der Birkenwälder, wurde die freie Marktwirtschaft verteidigt. Europa, du Große!

Kalbmayer hatte aufgeblickt, als er leises Schlürfen hörte, und sah im Tränensackgesicht des Parteifreundes jenen Grad sentimentaler Verklärung aufscheinen, der die Kehrseite unerbittlicher Härte sein konnte. Der Ancien Régime-Gruppenvorsitzende gehörte zu denen, die sich nicht scheuten, den emotionalen Frust des politischen Wartestandes in kleine Intrigen und Lügen gegen die Siegersträßler umzuwandeln. Moralisch fühlte er sich im Recht. Denen gehöre das alles nicht, davon war nicht nur er, davon waren alle Beharrlichen überzeugt.

Diese unerträglichen Käferträger und Kükenretter, Biomilchsemmeln, allesamt ohne bürgerliche Tradition und Sinn für das Große und Ganze der Aufgabe. Civitas! Ehrenamt! Volksnähe! Heimat!

Kalbmayer orderte eine weitere Schüssel Kroketten und Bratensoße, so sehr mundete ihm die Küche in der sogenannten Weinstube.

»Was springt für mich raus?«, war der erste Satz, der ihm über die fettglänzenden Lippen kam.

Vortragsübungen, Teil 2

D ie Promotionen vergaß die Chefin auch bei dieser Begrüßung vor die Namen ihrer leitenden Mitarbeiter zu
setzen, wobei es präziser wäre zu sagen: Sie vergaß nicht, die
akademischen Titel zu erwähnen, vielmehr verhielt es sich
so, dass es in ihrer Sprachwelt keine Doktoren außerhalb von
Tierstall und Praxis gab. Auf dem Dorf ihrer Kindheit, wenige
Kilometer von dem Marktführer des Echten Allgäuer
Schmierkäses gelegen, war der Doktor ein grobschlächtiger,
durch Mist und Gülle schlurfender Handwerker mit langen,
grünlichen Plastikhandschuhen, wie sie allenfalls noch die
extravaganten Opernbesucherinnen in München trugen, und
den schwarzen Plastik-Overknees der Angler.

»Doktor Kuhstall« – diese gedankliche Kopplung hatte
sich bei der Siegerstraßenpolitikerin so tief eingeprägt,
dass sie irgendwann entschied, lieber den Doktortitel weg-
zulassen, bevor es peinlich würde und ihr in einer Rede unvermittelt »Doktor Kuh …« entglitt, denn die Klientel, mit
der sie sich in der Hauptstadt umgeben wollte, pflegte
nicht den derben Humor, wie er üblich war bei ihnen auf
dem Land, wo sich keiner etwas dabei dachte, Brüste als
Euter zu bezeichnen.

Hinzu kam, dass die Hausherrin Juristen, wiewohl sie sie brauchte, tief in ihrem Inneren verachtete. Dr. Bernauer tat immer wissend, der Eckstein, ohne Doktor, genauso. Wenn bei einer Besprechung die Stimmung kippte und die Laufbahnbeamten – oft war Kalbmayer der Dritte im Bunde – sich gegen sie verbündeten mit ihrem Paragrafengetue, dann half nur noch die Hierarchie. Am Ende würde es Wieler richten müssen. War er nicht selbst Jurist und meinte es gut mit ihr?

Ihr Blick lag lange Sekunden auf dem Revers ihres Mitarbeiters, hatte sich festgefressen, wie man sagt. Wieler hatte wohl gesehen, wie ihre Gedanken abschweiften, sie aber in ihrer Wolke gelassen. Kleine Atempausen taten gut.

Doch es wurde Zeit, weiterzumachen. Er war mit seiner Frau verabredet, sie wollte ihm neue Freunde vorstellen, da hieß es pünktlich sein. Aber er drängte nicht. Wieler war, ohne es zu wissen, ein geschickter Schieber. Ablenken sei gerade das Richtige, ließ er sich vernehmen. Der Dr. Bernauer sei ja eigentlich ganz nett, aber irgendwie könne man ihm auch nicht mehr trauen, sagte Wieler in einer abgesenkten Lautstärke, als hielte er flüsternd Zwiesprache mit sich selbst.

Er wusste, was die Vorgesetzte hören wollte, vor allem aber wusste er, was er für seinen Aufstieg brauchte: eine gewisse Eile und die Chefin. Wieler war wieder in Gedanken bei seinen Bergsteigerbildern angelangt: Nehme man den Aufstieg, könne man auch nicht ewig im zugigen Basislager warten, wo die Gefahr bestand, von einer scharfen Böe weggerissen zu werden.

Ja, das klang gut: Opfer bringen im Biwak. Der Vater hatte ganze Arbeit geleistet, denn Wieler hatte sich nun selbst angewöhnt, in eigener Sache Metaphern aus dem Bereich des Bergsteigens zu benutzen, weil er fand, dass seine Mühen und Anstrengungen an der Seite der Chefin mindestens eine so große Tat waren wie die Kraxelei dieser Bergfexe. Auch er musste schließlich in Etappen denken, um den Aufstieg durchzuhalten. Die Akklimatisierung in der Höhe war gutgelaufen, er hatte sich an die dünne Luft gewöhnt und würde bald durchstarten können. Jetzt war er es, der in luftige Gedankenhöhen abdriftete.

Wieler zog das alte Aufzeichnungsgerät aus seiner Jackentasche, das ihm seine Frau mitgegeben hatte, ein ausrangiertes Modell mit geriffeltem Schieberegler und Aufnahmekassette.

»Wir haben es gleich: Stärke« – »Schdärkche«.

Schmurgelnd spulte Wieler zurück, doch es gelang ihm nicht, seinen Daumen so kurz draufzuhalten, wie es für das zweisilbige Wort nötig gewesen wäre, und raste über ein Dutzend weitere Wörter hinweg.

»Nein, sag einfach bei uns ... Bei iis drhoi ... nein, nur bei uns ... ist gut ... Schdärkche ...«

Wieler hatte sich auf diese Weise ein schmuckes Archiv mit O-Tönen, wie die Journalisten sagen würden, mit von der Chefin original gesprochenen Sätzen zusammengetragen.

Das schon etwas schleifend abspielende Gerät diente der Kontrolle und Nachbearbeitung. Wielers Frau hatte es ihm mit den Worten übergeben, es sei noch sehr gut in Schuss und solche Aufnahmen solle er besser nicht auf das Diensthandy speichern – bei seiner Vergesslichkeit.

Schon nach wenigen Audiopassagen, die sie seit vielen Monaten neugierig abhörte, kaum hatte Wieler die Schuhe von den Fersen gestreift, formte sich in ihr die Ahnung, welchen Schatz ihr Mann da auf die alten Ferrobänder bannte.

Noch einmal den Schieber nach hinten, wieder »Schdärkche«. Jede andere Kundin, hätte sie für die Dienstleistung bezahlt, würde getobt haben ob der tumben Finger Wielers, zumal eine wie die Chefin, die – wir müssen noch einmal betonen: Sie war eben vom Land – ungehobelt sein konnte bis ins Ordinäre. Auch solche Beispiele hatte Wieler verewigt, rein zufällig, wenn er nervös an dem rechteckigen Kästchen in der Jackentasche herumspielte.

»Nein, hör doch mal: Du brauchst das ch hinter dem k nicht, ganz einfach ein Ka. Auch nicht in andere Richtung übertreiben, wir sind ja keine Hamburger wie Helmut Schmidt, nicht: S-Tärke. Es heißt: Schtärke. Nimm nochmal den Satz: Es war schon immer die Stärke der parlamentarischen Demokratie...« – »Es war immer die Schdärge der...« – »Gut. Nächster Absatz. Weiter mit: wir haben dem etwas entgegenzusetzen ...« – »Mir habet dem etwas ...«

Zu solchen Übungen hatte man sich also eingeschlossen.

Vor der Türe trat Müller-Bleibel schon wieder eine Viertelstunde von einem Fuß auf den anderen. Das Blatt in ihrer Hand zeigte bereits Wellen vom feinen Schweißfilm ihrer Hände und sie fragte sich, was wohl so lange zu tun war? Sie musste das nicht laut fragen, ihr Blick traf sich mit dem von Natalie Charon, als sie das Vorzimmer betrat, und dieser Blick war ein stummes Übereinkommen: »Ich höre doch ein Klackern, üben die da drin Steppen?«

Das Lachen der beiden in etwa Gleichaltrigen erstarb, als Wieler im Sturmschritt aus dem Zimmer hetzte und hinter ihm die Chefin. »Keine Termine für heute mehr!«

Erneut sahen sich die Frauen an: Wie sich sein Ton verändert hatte!

Natalie Charon, eine Geborene Hafenmeister, staunte schon geraume Zeit über Wielers zunächst zarte, dann immer häufiger drängend wirkenden Versuche, das Wort zu führen. Nicht in den großen Runden, aber in den kleinen, mit den der Chefin zuarbeitenden Referenten, wozu auch sie bisweilen gebeten wurde.

Dort tastete sich Wieler vor, mal mit dieser, mal jener Anweisung, als müsse er den zu eng gekauften Schuh dehnen bis zu einer Passform, die schmerzfreies Gehen ermöglichte.

Natalie Charon fühlte sich erinnert an Bergstiefel, in die ihr Opa noch in hohem Strahl uriniert hatte, um sie geschmeidig zu machen für allerhand wagemutige Gebirgswanderungen. Dass Wieler selbst seinen Aufstieg in der Hierarchie, selbstredend auch der damit verknüpften Besoldungsstufe, als eine Art Nanga Parbat-Besteigung betrachtete, wäre ihr nie in den Sinn gekommen.

Bergsteiger hatten in ihrer Vorstellung eine Zähigkeit, etwas Zielstrebiges, Asketisches. Wieler aber wirkte auf sie seit jeher wie ein Mann, der sich lieber in den Windschatten hängte, als selbst die Anstrengungen des Erstbesteigens auf sich zu nehmen. Ein typischer Schlängler, dachte sie. In den Sitzungen bemerkte sie allerdings winzige Veränderungen, die noch die Qualität eines vagen Gefühls hatten.

Nicht, dass Wieler dort irgendetwas von Belang beigetragen oder gefordert hätte, das wäre ihr aufgefallen. Aber er begann, ihr eigenständig und ohne Verweis auf die Order der Chefin Aufträge zu erteilen, gab ihr mal auf, eine Kopie anzufertigen, mal ein Telefonat zu absolvieren.

Es konnte vorkommen, dass Natalie Charon in der Sitzung berichtete, sie habe mit dem für eine Veranstaltung gewünschten TV-Moderator telefoniert, und Wieler schlug, als hätte sie nie etwas gesagt, trotzdem kaum eine Stunde später, als sie mit der Chefin saßen, sein schwarzes Büchlein auf und betete seine Spiegelstriche herunter: »Sie rufen den Moderator an!«

Es ging ihm wohl ums Fordern selbst, um den Akt des lauten Äußerns, spekulierte die Sekretärin und wunderte sich darüber, dass der Chefin Wielers Gebaren keinen Kommentar wert war. Dieselbe Frau, die wüste Wutanfälle bekommen konnte, wenn sie Weizenkekse statt der gräulichen Allgäu-Emmer-Taler in Bioqualität auf die Kaffeetafel stellte, legte bei ihrem Wieler eine völlig unverständliche Milde an den Tag.

In Natalie Charon wuchs von Sitzung zu Sitzung der Unmut. Sie begann, den Handlanger ihrer Vorgesetzten allmählich zu verfluchen.

»Wie soll ich die Pressemitteilung raushauen, wenn die Chefin immer wegspringt?«

Müller-Bleibels Tonfall ließ keinen Zweifel, in welcher Stimmung sie war. Ihr klackender Stechschritt Richtung Treppe vertonte die geballte Wut, die sich natürlich nicht allein auf diesen vergeblichen Versuch bezog, den Text zu besprechen, sondern auf alle Momente von Frustration bis hin zur Demütigung, die sie in jüngster Zeit in der Institution erlebt hatte.

Charon beschleunigte den Laufschritt, um Müller-Bleibel einholen zu können.

»Bleib einen Moment, ich duze dich jetzt einfach. Das wird heute nichts mehr, sie sind nach Hause gegangen. Ich darf das nicht sagen, aber ich sehe doch, wie die mit dir umgehen«, sagte Natalie.

»Ist das immer so? Ich meine, um halb fünf?«

»Es ist eher die Regel als die Ausnahme, würde ich sagen.«

»Sag mir nicht zu viel, was du dann vielleicht bereust. Du brauchst doch den festen Job.«

»Ich hab' schon einen anderen, aber ...«

Die Charon legte den Zeigefinger auf die geschlossenen Lippen und bog ab Richtung Kaffeeküche.

Die B4 in Sicht

F rau Wieler wartete schon mit dem Espresso auf ihren Mann. Der Sekt war kaltgestellt, auf dem Tisch in der Küche standen ein kleines Schälchen Bio-Chips mit Salz und Rosmarin, ein Tellerchen original italienischen Limonen-maiskeksen, 100 Gramm knapp acht Euro, sowie ein Silberdöschen mit Rohrohrzucker, aus dem, ermöglicht durch eine Kerbe im ziselierten Deckel, ein Löffelchen herausragte.

Sie war nicht euphorisch, das konnte man wahrlich nicht behaupten. Sie hätte allen Grund gehabt, aber dazu war es doch zu mühsam gewesen über die Jahre. Dieses ständige Verabreden, dieses Begleiten. Es war doch nur recht und billig, sagte sie sich. Es handle sich um die verdiente Rendite.

All die Mühewaltung des Ehepaars Wieler würde mit einem Schlag entlohnt durch die Aussicht auf eine Pension, die sie fast auf Augenhöhe brachte mit den alten Studienkollegen, und ihren Mann in wenigen Jahren das erreichen lassen, was andere als Krönung von dreißig Jahren Staatsdienst einstrichen: Besoldungsgruppe 4.

Das Kürzel eine Verheißung, es würde in wenigen Jahren schon so viel Pension sein, als hätte ihr Mann immer in hohen Stellungen gearbeitet, das fühlte sich gut an, sehr gut sogar.

In Wielers Frau machte sich die Entspannung breit, als wäre ein schwieriges, mit zahlreichen Rückschlägen und Pannen gesegnetes Projekt zum Abschluss gekommen nach langer Zeit. Das war es wirklich: ein extrem schwieriges Projekt. Und nun konnten sie den Profit einfahren, den Lohn für die Mühe.

Wielers Frau zog ihre blond gesträhnten, grauen Haare aus dem Gummi, lockerte sie mit beiden Händen, drehte sie zu einem Zopf und klippte ihn am Hinterkopf mit einer Friseurklemme fest.

Ein Blick auf die große Digitaluhr über der Spüle. Es war schon nach neun, die Sitzung dauerte sonst kaum länger als zwei Stunden. Wieler hätte längst zu Hause sein müssen.

Sie bangte, spielte in nun doch aufsteigender Panik die Varianten durch: Drei Jahre umsonst? Oder feierte er? Womöglich mit der Chefin. Warum rief er dann nicht an? Sie wäre dazugekommen, hatte selbst schon so viel investiert ins Warming der Vorgesetzten.

Sie standen kürzlich erst in der großen Diele der stadtbekannten Kunstsammlerin, eine Alternative vom alten Schlag, als ein Beinahefreund ihres Wielers wissen wollte, ob sie die Chefin jetzt eigentlich adoptiert hätten. Im Scherz hatte er das gefragt, demonstrativ lachend, doch Frau Wieler war nicht nach Lachen zumute. Ihr war dieser

Spott, und nichts anderes war es ja, unangenehm. Und sie dachte bei sich, es müsse bald aufhören mit dem Betüddeln und dem Abschirmen und dem Aufheitern der Chefin. Sie waren ja nur noch zu dritt unterwegs. Zu einer Lesung, zu den Frauengruppen, ins Museum, in die nette Galerie, die die Chefin allein nie gefunden hätte.

Wo auch immer sie hingingen: Kaum angekommen, tat Wieler vor der Chefin meist so, als unterhalte er eine tiefe Freundschaft mit den jeweiligen Gastgeberinnen. Er tat auch, als sei er kundig, sagen wir in der Geschichte der kolonialen Kunstwerkaneignung oder in der dargebotenen Orchesterfassung von »Hänschen klein« durch ein Quartierskollektiv.

Wer aber genau hinsah und hinhörte, vor allem aber, wer ihn kannte aus der Institution, hätte sich amüsieren können, wie sich Wieler auch hier mit einem »Schön, nicht?« oder »Die machen das gut!« um Inhalte und Meinung herummogelte.

Wollte er Nähe zu den Kapazitäten demonstrieren, gab er, im Falle eines Mannes, einen Klaps auf den Oberarm, und im Falle es eine Frau war, gab er den Verdutzten ein Küsschen auf die Wange.

Der Effekt blieb nicht aus, denn die Chefin vermutete ihren Angestellten in besten künstlerischen Kreisen, von denen sie, das Allgäuer Bauernmädel, profitieren konnte. Keine Frage: Sie hatten reingebuttert, was ging, und nun war der Preis zu verlangen. Noch während Frau Wieler ihren Gedanken nachhing, hörte sie, wie sich der Schlüssel im Schloss drehte.

Sekunden später sah sie nur mehr einen Blumenstrauß vor sich, Rosen in allen Farben, grüne Stachelfrüchte, weiße Beeren, Kala in warmweiß und gelb, ein Busch so groß, dass er nicht nur das Gesicht des Boten zur Gänze, sondern mithin auch seine Schultern verdeckte.

»Wieler! Wieler!«, rief seine Frau. »Wieler!«

Mit jeder Silbe stieß sie ein wenig mehr Erleichterung darüber aus, denn der prächtige Strauß konnte nichts anderes bedeuten, als dass es wohl gut ausgegangen war. Dass sie am Ziel waren! Wieler schwenkte die Blumen mit dem bühnenreifen Schwung eines Operettenkavaliers zur Seite und hielt sie nun kopfüber auf den Dielenboden gerichtet.

Wortlos, nur mit einem breiten Lachen, die gekräuselten Augen hinter der Brille unsichtbar, stand er vor ihr: »Wir haben es geschafft!«

Frau Wieler stürzte sich in seine Arme, der Strauß landete gerade noch rechtzeitig auf dem Tisch, die Blüten und Blätter begruben Chips und Kekse unter sich. Aber das alles war egal, es war unwichtig, so sehr Nebensache. Sie würden sie bekommen. B4. Bald würden jeden Monat Zwölftausend auf dem Konto landen! Zwölftausend!

In der nicht öffentlichen Sitzung der Hausleitung war die Personalie auf der Tagesordnung unter TOP 6 gestanden: Höherbewertung der Stelle W., Halbleitung.

Wieler selbst durfte nicht teilnehmen, dazu war sein offizieller Rang nicht hoch genug. Er litt zwei Stunden lang im benachbarten Sitzungszimmer, lief auf und ab, schaute auf seinen flachen Computer, legte ihn wieder beiseite, lief im Kreis um die Bestuhlung herum, um erneut nach dem Gerät zu greifen.

Er mochte in dieser Wartephase nicht einmal mit seiner Frau telefonieren, was er sonst immer tat, selbst bei geringsten Anlässen. Er fürchtete, noch mehr Druck auf sich zu laden, dem er nicht standhalten konnte. Das alles erzählte er ihr, gestand ihr seine in der Magengrube spürbare Angespanntheit, jammerte mitten im Glück.

»Du kannst dir nicht vorstellen, wie ich gelitten habe, das kannst du dir nicht vorstellen. Stunden ohne Nachricht.«

Da legte sie seinen Kopf an ihre Schulter und streichelte lange Minuten über seine Wange und fuhr durch seine Haare, bevor sie sich löste und den Sekt aus dem Kühlschrank holte – einen Rosé-Sekt wie im Vorgriff auf künftigen Wohlstand erstanden bei dem Feinkosthändler in der Prachtstraße.

Dort hatte sie das Ärztehepaar getroffen, erstmals war ein Kontakt zustande gekommen, ein kurzes Grüßen nur, aber Frau Wieler interpretierte diese Zuwendung als gesichertes Zeichen für die bevorstehende Höhergruppierung. Jetzt würden ihnen auch Kreise offenstehen, die bislang unerreichbar schienen. Jetzt wurde sie gegrüßt, das nächste

Mal würde man ein, zwei Sätze austauschen über den Brunnen, der schon seit zwei Jahren nicht mehr funktionierte, und sie würde andeuten, nur andeuten, mit welchen Namen ihr Mann verkehrte. Und sie würden, wenn alles nach Plan lief, das nächste Mal auf der Gästeliste stehen beim Stararchitekten, der nur für die Reichen und Schönen entwarf, oder dem Schriftsteller, der seit Jahrzehnten mit Kriminalromanen über einen abgehalfterten Kommissar Geld scheffelte.

Sie würden Tartuffi aus weißer Schokolade mit Pistazien mitbringen, weil sie wussten, welche Kleinigkeiten man in diese Häuser mit den großen Dielen trug.

»Frau Wieler«, hörte sie ihren Mann sagen. »Sie haben sich eine Sonderzahlung verdient.« Er hielt ihr einen Gutschein vor die Augen, sie sah nur 5*+ Superior, ein Hotel wie aus einer anderen Welt, kein gedrungenes Gästezimmer bei den Ärzten und Anwälten der Studienzeit, keine enge Jagdhütte wie sie die alten Wielers besaßen.

Sie sah sich schon unter sanft knetenden Händen auf einer angewärmten Liege, unter und auf sich weiche Frotteehandtücher, mit cremigen Masken auf Gesicht und Körper, in dem Dampfbad mit einem Turban und in der Sauna, über sich das rotierende Handtuch des Saunameisters mit dem Sixpack.

»Du sollst doch nicht …«, stotterte sie in mädchenhafter Verlegenheit und dachte: Doch, er soll auf jeden Fall! So könnte es weiter gehen. Mehr davon!

In ihr breitete sich wohlige Zufriedenheit aus. Sie war eins mit sich.

Biggi Lasker, die Altgediente

Der Knöchel ihres Zeigefingers rötete sich bereits ein wenig.

Sie klopfte nun schon zum dritten Mal vergeblich. Kalbmayer war nicht in seinem Büro, auch Wieler blieb verschwunden, aber das war nichts Neues.

Frau Lasker drehte an ihrem Stift. Die Besprechung war längst fällig. Der Dalai aus Asien würde schon in einer Woche seinen Fuß in das Hohe Haus setzen und die Botschaft des Sonnenlandes hatte in der letzten Mail unmissverständlich bedeutet, ohne einen genauen Ablaufplan werde der Dalai nicht kommen.

Dann kommt er eben nicht, dachte Frau Lasker in aufsteigender Genervtheit, sie wisse sowieso nicht, was der hier wolle. Der Dalai! Demnächst müsste sie mit Rebmann-Klopfer womöglich noch einen Papstbesuch vorbereiten, für den die Weller doch wieder nur den alten Käse schreiben dürfe.

»Die haben sie nicht mehr alle!« flüsterte Frau Lasker vor sich hin.

»Wer hat sie nicht alle? Sagen Sie nichts: Ich komm drauf«, sagte Rebmann-Klopfer im Vorbeigehen.

Der promovierte Philologe musste an sich halten, nicht in lautes Lachen auszubrechen.

Frau Lasker ärgerte sich über ihren kleinen Kontrollverlust. Es war nicht gut, sich als Vorgesetzte vor Mitarbeitern gehen zu lassen. Kleine Lästereien sollten erlaubt sein, aber keineswegs Illoyalität. Frau Lasker stammte aus einer anderen Zeit. Ihr Pflichtethos gebot ihr eine gewisse Strenge in der Dienstauffassung, wie sie schon ihren Eltern und deren Eltern, ebenfalls Beamte, eigen war.

Andererseits, dachte sie nun wieder vor der geschlossenen Türe, machten die da oben nicht genau dies: denunzieren und lästern?

Frau Lasker steckte den Stift an ihr Klemmbrett mit den Unterlagen und lief zur Treppe. Ein Kamerateam kam ihr entgegen, die dunkelhaarige Reporterin der Sendeanstalt war inzwischen Dauergast. Wenigstens kein Termin, der die Hilfe des etwas hypochondrischen Protokollchefs gebraucht hätte.

Rebmann-Klopfer ging ohnehin schon am Stock, so viel mehr war vorzubereiten an Besuchen. Bald würden sie in der zweiten Reihe suchen müssen, damit sich überhaupt noch dem Hohen Haus angemessene Gäste finden ließen.

Frau Lasker nahm sich vor, die Müller-Bleibel bei Gelegenheit zu fragen, ob die Chefin jetzt bald ein festes Interviewformat im Sender bekomme – eine Art Kolumne, »Von Frauen und Fröschen« oder Ähnliches. Das würde ins

Gesamtbild passen, dachte sie, und meinte dies nicht wohlwollend.

Für ihr Dafürhalten machte die Hauschefin etwas viel Wind um ihre Person. Frühere Chefs, und Frau Lasker hatte schon einige gesehen, widmeten sich den guten internationalen Beziehungen und steuerten ansonsten durchaus angetrieben von persönlichen Eitelkeiten das Haus durch die Wogen des politischen Wellengangs. Diese Chefin hingegen ... Frau Lasker rang um gedankliche Präzision, schüttelte dann aber den Kopf.

»Was mache ich jetzt nur mit dem Dalai?«

Normalerweise wäre sie in einem solchen Moment den sogenannten Frust-Cappuccino trinken gegangen mit der jungen Hermann oder dem Weckesser, aber ihr stand der Sinn nicht danach.

Wieler hatte den Dalai in der Führungskräftesitzung als »VIP des Frühjahrs« angekündigt.

Was das hieße, wusste Frau Lasker inzwischen in- und auswendig. Es hatte auch schon den »VIP des Herbstes« und einen »VIP des Winters« gegeben. An die Vorgängerveranstaltungen dachte sie nun mit säuerlichen Gesichtszügen, die ganze Reihe war ein unversiegbarer Quell von Verdruss. Der Dalai war der bisher Höchstrangigste, das heißt, er könnte es sein.

Nicht lange her, war der Komödienschauspieler aus Berlin eingeladen worden, der gesellschaftskritische Reimstücke aus der Sicht eines Wohnsitzlosen vortrug, die sich abwechselten mit Dialogsequenzen aus dem Tatort. Die Chefin hatte den Gegenpart vorgetragen. Das Ganze ging gerade mal 75 Minuten. Doch der Vorbereitungsaufwand spottete jeder Beschreibung.

Frau Lasker verfiel wie stets, wenn infizierte, gehässige Gedanken mit aller Macht vordrängten, in ein seltsam anmutendes Dauerkopfschütteln. Doch ihre Außenwirkung war nun wirklich das Letztrangige. Gott, diese Vorbereitung! Danach kam das zehnjährige Mädchen, das sich bei den Future-Kids engagierte und urplötzlich auf der Bühne zu weinen anfing. Was hätte Rebmann-Klopfer da machen können? Oder sie selbst? Man war nur noch auf Fehlervermeidungskurs.

Und schon war Frau Lasker gedanklich wieder beim Dalai. Wenn irgendetwas schieflief, und es lief immer etwas schief bei solchen Gästen, dann gingen eine ganze Tagesproduktion an Fallbeilen auf sie und Rebmann-Klopfer nieder. Wenn es lief, lobte die Chefin hingegen den Wieler über den grünen Klee für seine kluge Auswahl und sein beeindruckendes Organisationstalent.

»Trotz, nicht wegen«, hatte Kalbmayer seiner Untergebenen Lasker in einer Abschlussbesprechung einmal zugeraunt. Diesen Wieler habe der Teufel gesehen, glatt wie ein Aal. Lasker war durchaus amüsiert, behielt aber ihren lange erprobten, neutralen Gesichtsausdruck bei, den sie »interessiert, aber abwesend« umschrieb. Nur wer sie wirklich kannte, bemerkte ein kleines Leuchten in ihren Augen.

Die Chefin durfte nicht merken, welche toxischen Gedanken sich hinter ihrer Stirn aufbauten. In der letzten Sitzung, es ging um die Gastgeschenke für Auslandsreisen und für Besucher von diplomatischem Rang, musste Biggi Lasker der Chefin erst einmal nahebringen, was Protokoll heißt.

»Erfolgreiche Politik lebt von Ritualen des Miteinanders«, lautete ihr Credo.

Biggi Lasker ließ sich nicht einlullen mit der Geschichte des Mädchens vom Land, denn erstens stammte sie selbst aus einem Flecken, der mit »Kuhkaff« noch schmeichelnd umschrieben wäre, und zweitens war sie der Überzeugung, in der Zeit, die die Politikerin schon im Amt war, hätte sie sich das Wichtigste auch mal draufschaffen können. Das sagte sie auch in kleineren Runden, worauf Rebmann-Klopfer den Vorschlag machte, es mal darauf ankommen zu lassen.

Lassen wir das Thema, hatte Frau Lasker damals abgewehrt. Es gebe ein Oben und Unten, und die Chefin sei gerade nun mal die oben Sitzende.

»Die und Wieler«, fügte Rebmann-Klopfer leise hinzu. »Oder wahrscheinlicher: Wieler und sie.«

Frau Lasker hing der Erinnerung an dieses Gespräch noch nach und drückte auf den Aufzugknopf.

In diesem Augenblick bogen Rosalind Weller und Dr. Kalbmayer um die Ecke, ins Gespräch vertieft und sehr emotional, wie es schien.

Frau Lasker, hätte sie nicht eine Formhöflichkeit besessen, wie sie älteren Staatsdienern noch eigen ist, hätte aus den Wortfetzen, die zu ihr drangen, leicht heraushören können, dass sich diese Unterhaltung allein um Wieler drehte. Doch sie schützte sich vor zu viel Wissen, indem sie in den sich öffnenden Aufzug stieg und nach unten fuhr.

Frau Lasker war eine Frau mittleren Alters, die die Dinge gerne bis zum Ende bedachte, vor allem, wenn diese sie selbst betrafen. Die zwanzig Jahre Staatsdienst hatten in ihr eine Sensibilität ausgebildet, die gewöhnliche Angestellte nie oder sehr lange nicht erreichten.

Beamte wie Frau Lasker zählten stets zwei und zwei zusammen und loteten bei jeder Amtshandlung die Motivlage der Kollegen aus. Keiner machte etwas einfach so, denn jeder wusste, wo der andere stand, kannte die Antipoden und Verbündeten. Und auch, wenn die wechselnden Regierenden ein paar Male an den Gehaltstabellen herumgemacht hatten, war doch im Wesentlichen alles beim Alten geblieben.

Die Laufbahn wurde ausgesessen, Treppchen für Treppchen. Selbst die schlichten Geister unter den Kollegen wussten: In einer Behörde, sei es auch das Parlament, geht es immer um Beförderung, um Höhergruppierung, um Einstufung, um Karriereoptionen. Und weil der Stellenschlüssel ein extrem starres Korsett war, musste sich jeder Versuch, die eigene Position zu verbessern, mit Versuchen verbinden, die Position anderer zu schwächen.

Das Beamtenmonopoly war Brigitte Lasker so sehr in Fleisch und Blut übergegangen, dass sie sofort erkannte, wenn einer versuchte, die Schlossstraße an Land zu ziehen und in seinen Augen die Gier nach dem benachbarten baureifen Ackerland und einer Bebauung mit zehn Hotels aufflackerte.

Menschen vom Schlage Wielers hatten es ihr besonders angetan: Keine Ahnung von nichts, aber die Behörde als Bauerwartungsland roden.

»Mein lieber Kokoschinski«, sagte sie gedankenverloren vor sich hin, was sowohl das obligate »Na, warte!« beinhaltete, als auch den durchaus als Drohung gemeinten Zusatz, früher aufstehen zu müssen, um sie, Frau Lasker, auszubooten.

Allerdings musste sie nicht zwingend auf Horchposten gesehen werden. Wenn schon der Dalai Lama unbesprochen blieb, wollte sie nicht auch noch in etwas verstrickt sein. Man wusste nie, wann es zum Schwur kam. Sie war alleinverdienend und konnte sich zwar wegwünschen, aber eine solche gut dotierte Viertelleiterstelle, wie sie ihr der alte Gruppenchef der Beharrlichen aus Dankbarkeit für bestimmte Situationen, die Loyalität erforderten, ermöglicht hatte, würde sie unter den vorherrschenden politischen Farbbedingungen kaum mehr bekommen. Da hieß es durchhalten – und sammeln.

Und doch dachte Frau Lasker noch eine ganze Zeit lang über die ungewöhnliche Allianz zwischen Rosalind Weller und Dr. Kalbmayer nach.

Wer wollte da was von wem?

Wieler rechnet die B4

D as macht plus 1.430, dann die Zuschläge, das Weihnachtsgeld anteilig ...« Wieler hatte die Tür zu seinem Büro zugeschlossen und das Licht gelöscht. Nur die kleine Tischlampe funzelte vor sich hin. Die Chefin war beim Friseur. Endlich konnte er in Ruhe durchrechnen.

Dass Wieler ins Haus ging, wenn seine Vorgesetzte fehlte, war nicht gerade üblich. Rosalind Weller und auch Müller-Bleibel hatten den Kollegen an den unterschiedlichsten Tagen, wenn sie selbst eine im anderen Gebäude untergebrachte Abteilung aufsuchten, im »Markus'« sitzen sehen.

Wieler machte sich nicht die Mühe, ein Café auszuwählen, das abseits der gewohnten Pendelstrecken der Mitarbeiter lag.

Das »Markus«, unweit am kleinen Platz gelegen, war in Kreisen, die man getrost als Sehnsuchtskreise der Wielers bezeichnen konnte, höchst beliebt. Flaneure, die den täglichen Broterwerb hinter sich gelassen hatten oder andere für sich arbeiten ließen, machten dort Rast; hielten beim Betreten Ausschau nach den gedruckten Zeitungen des Tages, die, eingeklemmt in Bambus- oder geschnitzte

Birnbaumstäbe, an der Wand hingen, wie es in den Wiener Kaffeehäusern üblich war.

Auch Wieler nahm eine Klemmzeitung vom Haken neben der Garderobe, sobald er das »Markus'« betrat, rief Lydia hinter dem Tresen mit der hoch aufragenden Espressomaschine aus Messing – sie allein hätte ausgiebige Betrachtung verdient – seine Order zu, wie üblich ein Espresso Macchiato, und schlug auf der Gehsteigbestuhlung die Beine übereinander.

Wieler las wenig, meist verharrten seine Blicke wenige Zentimeter vor den Buchstaben. Der Grund seiner Versonnenheit war er selbst. Immer wieder sah er sich vor dem geistigen Auge beim Erklimmen des B4, imaginierte sich mit pelzverbrämter Kapuze auf dem eisharten Schnee sitzend, neben sich das karge Biwak und die Steigeisen. Wieler war ganz vernarrt in sein Bergsteigerbild.

Schnurpl, seine Frau, würde ihn ihre Dankbarkeit spüren lassen. Wieler fühlte, wie sich eine ungeahnte oder fast vergessene Männlichkeit in ihm ausdehnte, er spürte Stärke und Größe, die, wenn man genau hinsah, seinen Brustkorb unter dem taillierten neuen Hemd spannen ließ. Es war eben doch wahr, dass das Sein das Bewusstsein bestimmte.

Wieler rätselte weniger als eine Sekunde lang, wer diesen Satz wohl gesagt haben könnte, doch im Grunde war es ihm einerlei. Er war wer. Ich bin jemand, ICH BIN WER. Das sagte er sich ein ums andere Mal, während die Tasse erkaltete, was Wieler ebenso wenig anfocht, denn er trank diese Tropfen bitteren Ristrettos allein wegen seiner Frau, für die ein doppelter Espresso seit jeher Weltläufigkeit bedeutete.

Auf diese Weise verharrte der Beamte nicht selten zwei Stunden lang, die entrollte Holzstange mit dem für ihn fast immer vergeblich bedruckten Papier auf dem Schoß und hing seinen Gedanken nach.

Wie es dazu kommen konnte, dass er seinen Arm um die Vorgesetzte legte, irritierte Wieler noch immer. Hatte ihn die Chefin nicht zuvor aufgefordert, näher an sie heranzurücken? Hatte sie nicht nach der letzten, endlich geglückten Wiederholung des Wortes »Raureif« ihre Hand kurz auf sein Knie gelegt? Wann immer er an die Szene dachte, spürte er einen kurzen Stich, aber einen, der ihn, wie von einer strahlenden Sonde ausgehend, wärmte bis in die letzten Glieder.

Und obschon Wieler allein an dem kleinen runden Tisch saß, fühlte er sich zum ganzen Kosmos zugehörig wie nie zuvor in seinem Leben.

Nur im Hohen Haus wetzten sie die Schnäbel, woran er natürlich seinen Anteil hatte.

Die Müller-Bleibel war am »Markus« vorbeigegangen, das hatte Wieler ausnahmsweise bemerkt, sie übersah ihn jedoch mit einer Beflissenheit, die mindestens so verdächtig war wie sein Aufenthalt selbst. Wer setzt sich an einem gewöhnlichen Arbeitstag für Stunden in ein Café, eines zumal, das in Wurfweite des Dienstherrn lag?

Um auf Wieler zurückzukommen: Er hätte getrost vier verkürzte Kaffeesude kalt werden lassen können, so lange wie die Chefin außer Haus war. Doch an diesem Tag fand er früher den Weg zurück in die Institution und verschanzte sich im Vorzimmer, »absolute Ungestörtheit« befehlend, für einige Stunden hinter verriegelter Türe.

Seit einer Woche war die Entscheidung des Gremiums durch und er rechnete. Nie hatte sich Zeit gefunden, in Euro und Cent aufzulisten, was die B4 mehr einbrachte. Seine Frau hatte zwar die Excel-Tabelle noch an dem Abend ausgedruckt und mit Leuchtgelb die entscheidenden Ziffern unterlegt.

Aber Wieler wollte es selbst nachvollziehen. Er hörte die Lasker flüstern vor der Türe, was ihn nicht wunderte, er hatte sie schon immer für etwas verschroben gehalten. Diese Profiteuse des Ancien Régime wäre die Letzte, die sich über ihn zu beschweren hätte, waren in etwa seine Gedanken, die seine Frau noch am Abend zuvor ebenfalls in ihm hinterlegt hatte.

Einen Moment lang glaubte er, auch die Stimme der Müller-Bleibel zu hören, deren hessische Einfärbung mit den vielen Zischlauten immer herausstach.

Wieler resümierte. Im Kielwasser der Chefin ein paar Etagen hochzuklettern, das war der Plan. »Ausgeheckt, eingecheckt«, fiel ihm ein. Hatte nicht der Große Vorsitzende selbst gesagt, der Siegerstraßenpartei stehe es zu, Positionen zu besetzen, weil der Parteienstreit sonst keinen Sinn mache? Wer auf 51 zählen könne und die Mehrheit erlange, erlange damit auch die Chance, die Verhältnisse zu gestalten.

Wieler hatte sich Sätze des Großen Vorsitzenden an die Wand gepinnt. Darunter auch den berühmtesten: »Politik muss Sinn machen, nicht Spaß!« Das, fand Wieler in beklemmendem Unverständnis, gelte auch für ihn. Sinn machte für ihn, sich an die Chefin zu heften.

Sinn machte für ihn, seiner Frau zu beweisen, dass er den Plan zu Ende brachte. Sinn machte die B4.

Von den politischen Inhalten her und dem langen, entbehrungsreichen Marsch, soviel konnte man mit Fug sagen, kam Wieler nicht. Die Wurzel der Partei war ihm, gelinde gesagt, gleichgültig.

Wäre er mit ein paar Sensoren mehr ausgestattet gewesen, hätte ihm schon auffallen können, dass sich eine erkleckliche Anzahl altgedienter Mitarbeiter des Hohen Hauses von ihm ab- oder, besser gesagt, gar nicht erst zuwandte. Von den Freunden der Siegerstraßenpartei ganz zu schweigen.

Man konnte es ihnen nicht verdenken: Der Weg nach oben war hart und steinig.

Menschen wie Amann blickten auf eine andere Sitzgeschichte zurück wie dieser Neuzugang. Ungezählte Abende hatten sie in Aktionsgruppen und in Arbeitskreisen zugebracht, sich für Streiks oder Blockaden hergegeben, für Studien zu Rindenkäfern und Rückhalteräumen gesammelt. Nun, da die Siegerstraßenpartei an der Macht war, betrieben sie umso inbrünstiger ihr Lobbying für Fauna und Flora und Diversität bei allem, was lebte.

Wer wusste schon, wann sich das Zeitfenster wieder schloss?

Solche Langzeitkämpfer wie Amann oder Dr. Bernauer rochen förmlich das Flüchtige an Wieler wie ein zu süßliches Parfum.

Geistesabwesend zog der Gemiedene nun seinerseits mit dem Leuchtmarker die gerade notierten Zahlen nach. Unter dem Strich stand »1.890 Euro plus«.

Natalie Charon, Vorzimmer Chefin

Natalie Charon brachte keinen Ton heraus, aber Müller-Bleibel wusste, dass sie es war. Ihr Bild erschien im Fenster des neuen Online-Cockpits, dazu Name, Arbeitsort und Mailadresse.

»Kannst du reden?«

»Selbstverständlich schicken wir Ihnen ein unterschriebenes Exemplar des Erinnerungsbuches zu … Ja, die Chefin lässt Sie auch grüßen und bedankt sich …«

»Soll ich nachher nochmal anrufen?«

»Sie sind weg. Alles gut. Wann kannst du Pause machen?«

Die beiden Frauen hatten sich angefreundet, wiewohl sich ihre Arbeitsbereiche wenig überschnitten. Doch nahmen sie wahr, dass ihr Arbeitsalltag in ähnlicher Weise berührt wurde von seltsam toxischen Vorgängen.

Seit wenigen Tagen war Dr. Bernauer genesen. Kaum erschien der Oberleiter wieder zu den Sitzungen, war die Stimmung im holzgetäfelten Hoheitsbereich fast frostgeschockt.

Natalie Charon saß lange genug in den zugigen Einflugschneisen der Macht, um den Quell der Unterkühlung auszumachen. Für sie bestand kein Zweifel, dass Wieler daran nicht unschuldig sein konnte.

Mehrfach hatte sie im Zimmer der Vorgesetzten nachgefragt, ob man Dr. Bernauer keinen Willkommensgruß schicken solle, um der Freude über seine Wiederherstellung Ausdruck zu verleihen – und keine Antwort erhalten.

Die Vorzimmerkraft hatte in Behörden gelernt, in denen das gute Miteinander mit kleinen Gesten unterlegt wurde: Geburtstagskaffees, Karten für eine Matinee oder einen Brunch im nahegelegenen Hotel. Selbst im Ancien Régime war es bei untergeordneten Anlässen üblich, wenigstens eine Flasche Trollinger-Lemberger in eine Tüte zu stecken, um sie im Zweifel gemeinsam mit dem Beschenkten wieder herauszuziehen und zu leeren. Aber immerhin waren das Gesten!

Als Natalie Charon zum dritten Mal in der Sache vorstellig wurde, meinte sie, in den Augen der Chefin schon zugeneigte Wärme gesehen zu haben, als Wieler – ungewohnt scharf für einen, der sonst nie den Mund aufmachte – sagte: »Auf so einen Kitsch können wir verzichten.«

Natalie Charon hatte aus eigenem Antrieb noch am selben Tag einen günstigen Augenblick abgepasst, als Dr. Bernauer allein auf den Flur trat, und ihm versichert, wie sehr sich alle freuten, dass er wieder auf dem Damm sei.

»Alle?«, fragte der zurück und zog seine rechte Augenbraue so weit nach oben, dass sich seine Stirn zu Gebirgszügen wellte.

Dieses Bild hatte sie jetzt wieder vor Augen, als sich Rosalind Wellers Kopf zwischen Tür und Rahmen schob.

»Gehen wir?«

Dr. Bernauer, Oberleiter

D r. Bernauer nahm sich vor, ruhig zu bleiben, obwohl er dieses Gefühl aufsteigenden Rachedurstes durchaus kannte, seit er im Dorf seiner Jugend vom Nachbarsjungen im Heuschober eingesperrt worden war: Zuerst sucht man mit flachem Atem einen Ausweg, tastet alle Türen und Fenster ab, noch hoffend, voller Zuversicht, dann kommt die Verzweiflung, die erste Träne, und schließlich der Hass. So fühlte es sich auch jetzt an.

Dr. Bernauer durchlebte die Vorstufen der Wut zunächst nur wie extrem milde Ausprägungen eines Grippevirus.

Er spürte geradezu körperlich, wie in ihm der Durst nach Vergeltung größer wurde – fast so wie vor mehr als 40 Jahren im kratzenden und stechenden Stroh. Doch hatte er über die Jahre gelernt, negative Energie umzulenken.

Seit vielen Jahren besuchte Dr. Bernauer einmal die Woche den Qi-Gong-Kreis und Katholik war er auch. Wegatmen und Beichten, das funktionierte meistens.

Allein Benni Wirbser, die ihn seit vielen Jahren im Vorzimmer begleitete, vermochte die Signale zu deuten.

Sie erkannte sofort, wenn ihr Vorgesetzter trotz aller eingeübten Beherrschungsmethoden unendlich viel Energie aufbringen musste, die empörte Seele einzuhegen und gegen seine – aus ihrer Sicht nur allzu verständlichen – negativen Empfindungen anzukommen.

»Na warte!«, hörte sie dann aus seinem Büro. Oder »Junge, Junge!«

Frau Zeller berichtete Ähnliches aus Dr. Kalbmayers Büro, worüber die beiden Kolleginnen schon mehrfach in ausgedehnte Gespräche im Vorraum der Toilette im ersten Stock gerieten.

»Hinter jeder Tür wird inzwischen geflucht, Benni. Das gab es früher nicht. Es ist, als hätte es mit diesem W. zu tun. Als hätte er uns da etwas eingeschleppt!«

»Ich finde, wir sollten uns trotzdem nicht so ausdrücken«, befand die Zeller streng und man ging auseinander. Aber der Plausch über den Waschbecken hatte bei Bernauers Assistentin, was Benice Wirbser als Berufsbezeichnung der Sekretärin vorzog, Nachhall ausgelöst. Zu den unmöglichsten Zeiten stiegen in ihr ernste, ja betrübende Gedanken an die Atmosphäre im Haus hoch und blockierten ihr Tagwerk. Dr. Bernauer zu fragen, ob ihr Eindruck trüge, traute sie sich nicht, obwohl das Verhältnis durchaus freundschaftlich war und sie beide der Siegerstraßenpartei angehörten.

Bernauer hatte die sportliche Mittvierzigerin abgeworben vom Naturschutzverband. Aber Benni Wirbser war schon zu lange im politischen Vorraum tätig, um nicht zu wissen, wann man ein Thema besser nicht ansprach.

Als zum dritten Mal die Versatzstücke seines »Junge, Junge!« durch die Wand drangen, griff sich Benni ihren Parkamantel, die Schlüssel mit Eingangschip und die Packung Zigaretten, die sie unter dem Abfalleimer mit einer Klemme deponierte, damit Dr. Bernauer auf der gelegentlichen Suche nach TippEx oder einer Büroklammer nicht darauf stieß. Ihr Vorgesetzter verachtete Rauchen als nicht bearbeiteten Defekt.

Benni Wirbser jedenfalls wurde ausgerechnet wegen ihrer kleinen Schwäche für das Inhalieren nicht mehr Zeugin eines unschönen Zusammenpralls im Büro ihres Chefs, genauer: wie dort die Fetzen flogen.

Kaum war sie aus der Türe Richtung Vorplatz entschwunden, erschien Wieler mit seiner üblichen Eingangsformel. »Die …«

Dr. Bernauer, ohnehin geladen, unterbrach. »… Chefin, die Chefin! Du selbst willst ja nie etwas. Weiß die Chefin eigentlich, dass du sie immer in Haftung nimmst für alles? Dass du sie ständig vorschickst, auch wenn es mit ihr gar nichts zu tun hat. Ich habe nie, nie einen so … Ach egal, worum geht es?«

»Die Weller muss das Haus verlassen, sie schadet der Chefin«, sagte Wieler, holte sein schwarzes Notizbüchlein aus der Jackentasche und blätterte darin, als müsse er sich auf der Suche nach einem Eintrag durch eine dicke Personalakte kämpfen. »Sie hat zum wiederholten Mal nicht rechtzeitig geliefert, du kannst die Abmahnung aufsetzen, die Chefin hat...«, wieder blätterte Wieler vor und zurück, legte den Finger zwischen zwei Seiten und faltete sie auseinander. »Am Freitag können wir ein Abschlussgespräch reinschieben, nach dem Treffen mit dem Rabbiner und der Sängerin von ›Gender Kibbuz Chorus‹ um 15 Uhr. Bestell sie zwischen fünfzehn und fünfzehndreißig.«

Das waren mehrere Botschaften auf einmal: Weller, Rabbiner, Kibbuz. Seit einem dreiviertel Jahr gab es die wöchentlichen Runden mit der Chefin nicht mehr, in der früher auch mittelfristige Personal- oder Terminplanungen behandelt wurden.

Dr. Bernauer war, nicht gerade dem inzwischen lückenhaft aktualisiertem Aufgabenorganigramm entsprechend, auf die niedere Ebene des Vollzugs verlegt worden und fand sich unversehens in der Rolle eines Befehlsempfängers von Wieler, der manchmal durch das Haus lief, als wäre er ein Medium und die Chefin spreche aus dem Jenseits durch ihn hindurch. Diese Attitüde hatte einen Grad von Lächerlichkeit erreicht, dass selbst die mit großer, weil gebotener Zurückhaltung agierenden Beamten gelegentlich kleine Sottisen fallen ließen, Leute wie Marianne Weber aus der Buchhaltung zum Beispiel, die Bernauer auf dem Weg zu Kalbmayer wenige Tage zuvor getroffen hatte.

Früher erröteten deren Wangen schon beim üblichen Grüß Gott, denn sie war eine von denen, die ihre staatsdienerliche Neutralität in eine möglichst unsichtbare Existenz übersetzten. Beamte dieser Sorte huschten meist, den Blick auf den Steinboden geheftet, durch die Flure, durchs Haus, um schnell wieder den geschützten Bereich ihrer Büros zu erreichen.

Selbst die Weber, erinnerte sich Dr. Bernauer nun, hatte den Gruß zwar nicht erwidert, blickte aber völlig überraschend kurz auf und sagte: »Da hinten steht Wieler mit der Chefin.«

Nur diesen kurzen Satz. Es war eine Warnung, die A10 warnte die B9. So weit war es schon im Haus. Daran dachte Dr. Bernauer, während Wieler darauf wartete, dass er den Termin eintrug.

»Sollten wir nicht zuerst Frau Weller befragen zum Sachverhalt? Der Personalrat springt uns ins Gesicht. Klug finde ich es sowieso nicht. Und die Chefin weiß wirklich davon und möchte die Weller loswerden?«

Wieler drehte sich statt zu antworten Richtung Ausgang. Als er Benni Wirbser das Datum zurufen wollte, sah er den Schreibtisch verwaist und rief stattdessen Dr. Bernauer im Herausgehen über die Schulter zu: »Bis Freitag dann, wir fahren ja danach an den See.«

Rosalind Weller, Redenschreiberin

Die Jahreszahl war falsch. Rosalind Weller war es leid. Ihr Verdruss wuchs jeden Tag, den sie in die Institution ging, in dem Ausmaß, wie ihr die Lust auf das gute Wort, das in ihr ein Leben lang brannte, langsam, aber sicher erlosch. Eine falsche Jahreszahl war es also diesmal.

Die alten Griechen mit ihrem Ideal, höhnte Rosalind Weller, konnten sich an der Chefin die Zähne ausbeißen. Auf die Schönheit der Sprache zu achten, das mochte noch gehen. Die Hörerschaft musste sie schon der Ehre wegen mitdenken, ihrer eigenen Ehre.

Auch wenn sie sich oft im Stillen den Tag herbeigesehnt hatte, an dem ein Manuskript verwechselt wurde und auf der Bühne Nervosität, dann Panik ausbrechen würde. Sie brachte es nicht über sich, der Chefin dieselbe Rede für den Termin beim Beamtenbund und den beim Naturschutzverband mitzugeben.

Die Müller-Bleibel hatte ihr beim Sommerfest kaum eine Woche nach ihrem Arbeitsbeginn im Hohen Haus etwas zugeflüstert, was ziemlich abenteuerlich klang.

Rosalind Weller war verwirrt, weil sofort eine Vertrautheit Einzug hielt, die sie sich sonst nach Jahren erlaubte.

Aus der Kollegin zischte es heraus, gerade noch flüsternd, der offizielle Begrüßungsteil war im Gange: »Du musst alles ausformulieren, Subjekt, Prädikat, Objekt. Stichworte reichen nicht oder Spiegelstriche. Jedes wichtige Wort wird gefettet. Manchmal fettet sie nach oder der Wieler geht mit dem Leuchtmarker drüber. Dann leuchtet der ganze Text. Auswendig geht null. Wirst sehen!«

Und so kam es. Rosalind Weller musste ihre Ansprüche nach unten schrauben. Die griechischen Ideale: Texte frei zu sprechen. Daran war nicht zu denken.

Es gab diese intuitiven Politiker, die ihre vornotierten Reden zuerst verinnerlichten und auf der Bühne wieder lebendig machen konnten, die frei genug waren, Varianten und Aktuelles einzubauen.

Der Horn war einer dieser Sorte, dachte Rosalind Weller. Bei dem alten Horn vom Ancien-Régime passte jede Geste, jedes Augenrollen, sogar die Pausen und schnellen Passagen. Er hätte als Rezitator, der er in eigener Sache durchaus war, große Erfolge feiern können. Er brauchte ihre Erfolgskontrolle nicht.

Rosalind Weller hatte sich früh angewöhnt, in die Reden einzelne Phrasen oder markante Wörter in die Manuskripte als Intarsien einzubauen. Das war besser als Texte zu Papier zu bringen, die unberührt auf dem Pult liegen blieben.

Der Große Vorsitzende war ein solcher Kandidat, wie sie von den Kollegen wusste. Ob er im Parlament oder auf einer Kirmes sprach, vor der Zementindustrie oder bei den Hip-Hop-Künstlern – er zog die vorbereiteten Blätter vielleicht zu sich, aber nach so vielen Jahren im Amt konnte er auf bewährte Instantbotschaften in großer Zahl zurückgreifen.

Der Große Vorsitzende war, rhetorisch gesehen, für das Auditorium ein Glücksfall. Für die Redenschreiber hingegen allzu oft Anlass, über die Sinnlosigkeit ihres gewählten Berufes nachzudenken. Ihm genügte der gelegentliche Blick auf das Manuskript, aber weniger wegen der Stichwörter. Er schaute auf das Blatt, um sich des Themas und der Adressaten zu versichern. Nur ein paar frische Gedanken und das Alte hörte sich an wie frisch komponiert. Für den Großen Vorsitzenden hätte sie dennoch gern geschrieben, aber der umgab sich gern mit alten Weggefährten und geschmeidigen Frauen.

Rosalind Weller entsprach, wenn sie ihm je aufgefallen sein sollte, gewiss nicht seinem betreuerischen Anforderungskatalog. Also führte ihr Weg ins Hohe Haus. Sie wurde, was nicht vorhersehbar war, Redenschreiberin für eine Politikerin, die fast ausschließlich ablas und sich ihrerseits mehr oder weniger mit nur einem Menschen umgab, diesem Wieler.

Man kann sagen, dass Rosalind Weller diese Konstellation anfangs durchaus genießen konnte: Sie schrieb und war unter dem Strich ganz zufrieden, denn ihre Reden wurden auch gehalten! Nicht selten beäugten sie die Kolleginnen und Kollegen in den anderen Häusern, erst recht auf dem

Hügel, neidvoll, und Rosalind Weller galt schon mal ein Augenzwinkern nach besonders gelungenen Passagen.

Doch irgendwann wurde sie gebeten, das Manuskript nicht mehr bei der Charon im Vorzimmer abzugeben, um wenig später den Text mit der Chefin final durchzusprechen. Irgendwann wurde gar nicht mehr durchgesprochen, die Papiere gingen ausnahmslos an Wieler.

War es anfangs nur ein unbestimmtes Gefühl, sah sie es nun sehr deutlich vor sich: Die Kritzeleien auf ihren Entwürfen nahmen zu. Ridiküle Korrekturen, so empfand sie es, jeder andere hätte dies mit Blick auf das Gekritzel bestätigt. Dafür hatte sie ihre Firma nicht aufgelöst und die Kunden anderen zugetrieben.

Wieler! Rosalind Weller lachte regelmäßig halblaut auf, wenn ihre Gedanken sich wieder einmal an Wielers Treiben festhakten. Und das taten sie immer öfter. Die Kollegen wunderten sich nur ein wenig, doch der nette Wieler war es, der in Sitzungen mit der Chefin irgendwann laut vernehmbar die Vermutung aussprach, die Weller sei in letzter Zeit psychisch etwas unter Druck. Sie mache Fehler, er müsse jedes Redemanuskript zweimal anschauen.

Die Chefin bedauerte den Umstand, dass Wieler auch bei dieser Personalie hinterher sein musste wie ein Fuchs. Die Weller habe doch einen so guten Eindruck gemacht. Der Parteikollege im Regionalrat habe sie empfohlen, auch die – wie hieß sie noch? – habe sie ihr ans Herz gelegt.

Man stecke halt nicht drin, meinte Wieler, keine Sorge, er kümmere sich. »Ich geh' mal zu ihr.« Das tat er nicht, aber es wirkte sorgsam. Wieler eilte in sein Büro.

Ihr Redemanuskript für den Festakt zum »Tag des Kriegsendes« lag auf dem Schreibtisch. Rosalind Weller sah nur rote Striche. Hier ein Komma geändert, dort ein »auch« eingefügt, an anderer Stelle ein »obwohl«.

Ihr Blick klebte jedoch seit geraumer Zeit auf zwei dicken Kringeln um die Zahl 1918: Sie war durchgestrichen, daneben in kleinsten Schwüngen »Korrigieren« und 1919 notiert, alles mit mehrfach nachgezogenem Ausrufungszeichen versehen. Das Blatt sah aus, als habe ein Professor einem Studienanfänger schlimmste Fehler nachgewiesen, sodass möglicherweise auf der Kippe stand, ob er ihm eine schamfreie Punktzahl werde geben können.

Rosalind Weller vermied es hinzusehen, aber sie konnte es nicht, so sehr war sie außer sich.

An diesem Abend entschied sie, mit Dr. Bernauer zu sprechen. Der schien noch der Vernünftigste zu sein in der ersten Etage. Vielleicht konnte sie mit ihm ein Band der Solidarität knüpfen, denn so viel sie mitbekam, litt auch er unter diesem Wurmfortsatz.

Rosalind Weller hatte reichlich Synonyme für Wieler gesammelt. Ihr war durchaus bewusst, dass dies eine Ausweichstrategie war, weil ihre aufsteigende Wut in einem gedanklichen Amalgam gebunden werden musste. Alles war besser, als den Impulsen nachzugeben.

Mit ihrem Wissen um die Kunst der Rhetorik kam sie sich seltsam fehl am Platz vor. Warum war ihr das nicht sofort aufgefallen? Wieler war ein unbekannter Beamter, soviel hatte sie mitbekommen.

Er sei erst kurz vor der Wahl in die Siegerstraßenpartei eingetreten, erzählte Müller-Bleibel gern vor dem Kaffeeautomaten, machte dann Pst oder Psch dazu und senkte die Stimme: Wieler habe den Schritt erst getan, als sich abzeichnete, dass die Chefin gute Chancen habe, nicht nur wieder in die Volksvertreterinstitution gewählt zu werden, sondern auch an die Hausspitze zu kommen. Der Zug sei also längst angerollt, als Wieler seinen Fuß auf das Trittbrett gesetzt habe.

»Das spricht Bände!«, rief sie aus.

Rosalind Weller hatte nicht richtig zugehört, viel Neues prasselte auf sie ein zu dieser Zeit. Nie wäre sie darauf gekommen, von diesem Fensterleder – auch wieder eine ihrer befreienden Verballhornungen – aus dem Haus gemobbt zu werden.

Rosalind Weller hatte ein solches Telefonat noch nie geführt, aber das ging ihr erst im Nachhinein auf. Sie musste ihren Stolz abwägen gegen die Aussicht, nach dieser erledigten Arbeit am Redemanuskript zum Theaterstammtisch enteilen zu können. Es war schon nach Sechs. Doch in ihrem Magen schien Brackwasser zu schwappen, so mulmig war ihr auf einmal, und sie wusste nicht, ob sich Hunger meldete oder böse Vorahnung.

Erst einmal meldete sich Wieler, fröhlich mit einem durchaus Nähe simulierenden »Du bist ja noch da!« beginnend. Ja, also, er wolle sie nicht lang aufhalten, dienstags habe sie ja immer Turngruppe, sagte Wieler. Turngruppe? Jedenfalls habe sie die Jahreszahl zu korrigieren. Die Chefin sage das auch. Wäre das Bild im Zusammenhang mit so vielen Kriegstoten nicht arg abgeschmackt, wenn nicht zynisch gewesen, hätte man durchaus sagen können, hier befänden sich zwei Menschen im Stellungskrieg.

Das Ende des Ersten Weltkrieges sei aber auf 1918 datiert, er müsse nur mal googeln, hielt Rosalind Weller dagegen. Sie wollte diesen Streit durchfechten. Aber Wieler beharrte auf 1919. Er wisse das genau. Und so ging es eine ganze Weile, ohne dass wir uns damit aufhalten müssten. Rosalind blieb ihrerseits standhaft fast bis zum Ende des Telefonats: November 1918, es gebe kein anderes Datum.

»Also bitte«, Wieler stürzte ihr fast ins Wort. »November, das ist ja fast 1919. Das bleibt!« Der Termin im Gotteshaus nahte.

»1919 war ein dunkles Jahr aus Sicht der meisten Deutschen, das Ende des Ersten Weltkriegs mit enormen Reparaturfolgen. Die Zugfahrer unter uns kennen die eingleisige Strecke nach Zürich, die Napoleons spezielle Rache war, aber wahrscheinlich weniger folgenschwer für unsere Geschichte als die Gründung der Neukantianer zur Pflege, Vertiefung und Wahrung der deutschen Eigenart.«

Die Chefin klebte so sehr auf ihrem Text, dass ihr die fragenden Gesichter mancher Kirchenbesucher nicht auffielen und sie erst beim Umtrunk im Meditationssaal vom einladenden Fernsehpfarrer auf den Fehler angesprochen werden musste.

Wieler, der sie wie immer zu dem live im Kulturprogramm des Senders übertragenen Termin begleitet hatte, saß mit unbewegter Miene und überkreuzten Beinen in der ersten Reihe und wartete ab und an nickend auf das Ende.

Drei Tage später hatte Rosalind Weller bei der Chefin zu erscheinen. Sie machen zu viele Fehler, sagte diese, vor sich liegend das Manuskript und ein aus Wielers Notizbuch herausgerissener Zettel. Das könne sie nicht mehr durchgehen lassen. Sie müsse sich blind auf die Texte verlassen können, so wie auf ihr direktes Umfeld. Weller biete zum wiederholten Male Anlass zur Kritik und Wieler habe wahrlich Besseres zu tun als hinter ihr her zu recherchieren.

»Sind Sie die Redenschreiberin oder er?«

Es liege natürlich ganz bei ihr, aber sie, die Chefin, hielte es für besser, wenn man sich trennte. Es sei einfach zu viel passiert. Es war rührend mitanzusehen, wie Rosalind Weller versuchte, den Hergang zu rekonstruieren und noch immer von einem Missverständnis ausging. Von einem Irrtum, der zu korrigieren wäre, weil Fakten schlechterdings nachprüfbar seien.

Wieler saß auf einem Mies van der Rohe-Chair in der Ecke des Raumes am Fenster, den Kopf über sein Tablet gebeugt. Die Chefin wandte sich nun ebenfalls ihrem mobilen Telefon zu.

Rosalind Weller überhörte den letzten Teil. Sie habe das richtige Datum ganz bestimmt im Text gehabt, aber Wieler habe es verändert, sagte sie. ER habe es gewollt. Sie habe ihn darauf hingewiesen, aber er habe sie am Ende mit dem Verweis auf sie, die Chefin, gezwungen. Wenn sie die Chefin nie zu Gesicht bekomme, könne sie solche Dinge auch nicht auf direktem Wege klären, was ihr selbstverständlich lieber wäre als durch den Mitarbeiter zu kommunizieren. Den Mitarbeiter! Ärgerlich, dass ihr jetzt ausgerechnet diese abwertende Bezeichnung herausgerutscht war.

Rosalind Weller sah sich nach diesem Lapsus selbst zu: Sie steckte in dieser unerquicklichen Situation fest wie ein überschwerer Lastwagen im auftauenden Permafrost. Die Chefin und Wieler gaben bereits – fast etwas zu betont – Abwesenheit durch Beschäftigung vor.

Das war der Rauswurf. Den Lärm der durchdrehenden Räder und den spritzenden Schlamm konnte sie sich sparen. Die Wahrheit wollte keiner wissen in diesem Raum. Es war kaum zu glauben. Unglaublich. Unfassbar. Rosalind Weller machte noch einen Versuch, dann gab sie auf. Als sie die Türklinke schon in der Hand hatte, blickte die Chefin noch einmal auf.

»Frau Weller, Sie regeln das mit Bernauer. Er erwartet Sie.«

Dr. Bernauer und der Rauswurf

Dr. Bernauer stand mit dem Rücken zum Raum vor den bodentiefen Fenstern. Er besah sich die Bauernblumenwiese, die in diesem Jahr endlich blühte. Das Haus wäre im Jahr zuvor ohne die geschickte Medienarbeit der Müller-Bleibel fast zur Lachnummer geworden, denn diese Saat ging einfach nicht auf oder ließ sich vertreiben durch allerhand dahergelaufene, mutierte Hirsen und andere Wildgetreide. Und den Rest pickten die Tauben und Spatzen aus der Erde.

Die »Blühende Demokratie« war ein zähes Projekt, umso mehr erfreute sich der nüchtern veranlagte Bernauer nun daran.

Das Lila und Gelb, das Orange der Ringelblume, die Margeriten und Wicken – welch Schönheit der Natur, ging ihm durch den Kopf. Dazu das Gesumse, das er jetzt natürlich nicht hören konnte, aber Dr. Bernauer dachte sich dieses dazu, wie auch seine Nase vermeinte, Fäden von Aprikosen und Lavendel zu riechen und die satte Vanille der Dotterblume.

Der Bauerngarten mitten in der Stadt nahm ihn mit auf eine Reise in seine Kindheit auf dem Land, wo diese bunten

Gärten jeden kleinen Nutzgarten begrenzte oder ihn rahmte. Einen solchen Garten nicht zu besitzen, erregte Verdacht im Flecken, schnell galt man als zu modisch.

Die alteingesessenen Bernauers pflegten eine besonders farbenprächtige Mischung vor dem Haus mit dem dunkelbraun gestrichenen Fachwerk, die jedes Jahr etwas anders ausfiel, denn die Großmutter ...

Rosalind Weller wartete bereits einige Sekunden auf der Schwelle, ehe sie etwas lauter als sonst, um den Leiter aus einem mittäglichen Dösen zu wecken, einen »Guten Tag« wünschte.

»Sie können nicht kommen, wann Sie wollen«, platzte es aus Dr. Bernauer.

Der Schreck über diese unvermittelte Ansprache mitten hinein in seine zärtlichen Blütenträume ließ seinen Tonfall ungewohnt scharf ausfallen, woraufhin sich die Besucherin schon entschuldigen und wieder umkehren wollte.

Da sah sie Wieler in der anderen Ecke des Raumes stehen. Dr. Bernauer hatte einen aus dem Block gerissenen Zettel vor sich auf dem Tisch liegen und, wenn sie sich nicht täuschte, standen darauf Zahlen und Wörter in der Wieler'schen Kinderschrift.

Dann sei ja alles klar, sagte Rosalind Weller. Nach allem, was sie erlebt hatte in jüngster Zeit, machte sie keinen Versuch mehr, die Dinge gerade zu rücken. Aber sie würde es ihnen auch nicht zu leicht machen.

»Setzen Sie sich«, sagte Dr. Bernauer.

Wieler blieb in der Ecke, schon wieder in der Ecke, dachte Rosalind Weller und wurde kurz durch ihre Assoziation erheitert, bei Wieler handle es sich um den klassischen Einwechselspieler auf der Ersatzbank.

Die Chefin wolle, dass der Vertrag aufgelöst werde, sagte Dr. Bernauer. Das sei in beiderseitigem Interesse.

»In meinem Interesse ist das nicht«, sagte Rosalind Weller. Sie sehe keinen triftigen Grund für eine Trennung, ihre Arbeit sei gut und wertvoll.

Wieler schaute nun doch auf und fixierte sie durch seine Brille: Wenn Rosalind den Vertrag nicht auflöse, könne man auf viele Monate hin niemanden einstellen, der die Reden schreibe, sagte er. Die Chefin werde dann sehr ungehalten, das wolle sie doch nicht. Und schließlich könne er nicht alles machen.

Es war das erste Mal, dass Dr. Bernauer diesen Satz aus Wielers Mund hörte. Ich über mich, soweit war es schon. Üblicherweise beendete die Chefin Unterredungen auf diese Weise.

Rosalind Weller suchte vergeblich Augenkontakt mit Wieler, der nun abgewandt stand und flüsternd telefonierte. Die Feigheit dieses Menschen war ohne Beispiel, dachte Rosalind. Ihre Empörung galt jedoch nicht allein diesem Parvenü. Rosalind Weller empörte das ganze System, das das erlaubte.

Die Weller war der Siegerstraßenpartei innig verbunden, hätte fast zur Gründungsgruppe gehört, wenn an diesem

Tag nicht eine Griechischprüfung stattgefunden hätte. Sie war über die Jahre in manches Gremium gewählt worden, Ambitionen, in der Siegerstraßenpartei die Leiter nach oben zu steigen, verspürte sie nie. Sich aufzulösen in einer Parteiorganisation, diese unbedingte Treue auch zu Zielen und Beschlüssen, all dieses Aufgehen in großer Gemeinschaft und Versammeln hinter einer Idee widerstrebte ihrem Individualismus.

»Solidarität ist keine Einbahnstraße.« Wie oft hatte sie diesen Satz schon in Reden geschrieben? Und nun sollte sie von den eigenen Leuten aussortiert werden, wobei sie damit auch Dr. Bernauer meinte, der dieses Spiel offenkundig mitspielte. Am liebsten hätte sie ihn an beiden Armen gepackt und durchgeschüttelt: Was machst du hier? Dieser aufrechte Kerl stellte sich in den Dienst für einen Mann, der in kurzer Zeit …

Ihre Gedanken stockten. Sie wollte sich mit diesem Exemplar nicht mehr befassen. Rosalind Weller sah auf den Boden, fixierte ein paar eingeriebene Flecken, die vom nachmittäglichen Rotwein des Vorgängers stammen mussten. Sie sah nicht, wie Bernauer, vor ihr stehend, ihren Blick suchte, wie er Zeichen geben wollte durch Rollen der Augen und es schließlich aufgab.

»Ungehalten bin ich selbst, ihr könnt gern die Juristen bemühen. Ich kündige nicht!«

Rosalind Weller stand auf und verließ den Raum. Doch anders als man annehmen könnte, ärgerte sie sich nicht über die Dreistigkeit Wielers, sondern über sich selbst. Einwechselspieler. Wie konnte sie so falsch liegen mit ihren Metaphern. Das Bild war vollkommen unangemessen, das kam ihr später erst in den Sinn, als sie wieder an ihrem Schreibtisch saß und ihr gewahr wurde: Sie selbst war nicht einmal mehr im Kader.

Rosalind Weller tippte die Null, die Eins, die Sieben, die Drei, zweimal die Neun und viermal die Zwei.

Amann meldete sich, wie sie es seit Jahren nicht anders kannte: »Na, alte Wortverdreherin, Lust auf ein Fachgespräch?«

Geheimtreffen der Siegersträßler

Im Haus des Waldes kehrte Ruhe ein. Die letzte Schulklasse war gerade unter viel Gekreische aus der schweren, mit Blattschnitzereien versehenen Doppeltüre geströmt, sodass die Flügel noch eine Weile dunkel nachklackten.

Man habe noch eine gute Stunde, bis hier über Mittag zugemacht werde, sagte Josef Amann in die Runde, blickte sich sicherheitshalber noch einmal um – konspirative Treffen waren nicht gerade seine Expertise – da kam Dr. Bernauer unter entschuldigendem Gemurmel zum kleinen Kreis gehetzt, woraufhin sich Amann erneut erhob.

»Jetzt setz' dich doch hin.« Rosalind Weller wurde ungehalten.

Das große Siegerstraßentreffen im Vorfeld der Wahl fand in wenigen Tagen statt. Seit durchsickerte, Wieler sei wohl von der Chefin ermuntert worden, seinen Hut in den Ring zu werfen, herrschte Alarmstimmung in bestimmten Zirkeln der Partei. Es war der harte Kern um »Hummel« Amann.

»Eigentlich müsste der Große Vorsitzende mit am Tisch sitzen. Solche Typen machen uns die jahrzehntelange Aufbauarbeit kaputt«, maulte dieser, der es endlich geschafft hatte, in seiner ganzen Unruhe auf einem Stuhl Platz zu nehmen.

»Waren wir nicht immer glaubwürdig in allem, was wir gefordert haben?«

»Jetzt häng das Ganze nicht gar so hoch, Josef«, sagte Rosalind Weller.

»Nicht so hoch? Du hast gut reden. Wir haben lange, sehr lange auf die Chance gewartet, auf diese Mehrheit, jahrelang gekämpft bei Wind und Wetter, um an den Stellschrauben drehen zu können. Muss ich Euch daran erinnern, wie die Deppen vom Ancien Régime uns vorgeführt haben? Rosalind, du bist viel zu jung. Aber Bernauer und ich, wir erinnern uns gut, nicht wahr, Doc? Erinnerst du dich? Der Halbfeller, der uns in jeder Rede mit ›sehr geehrte Samen und Dörren‹ anredete und die ganze Fraktion minutenlang vor Lachen grölte. Wie der Präsident, klar, auch nie was gehört hat, jede Beschwerde von uns ins Leere laufen ließ. Keine einzige Debatte über Diversität konnten wir führen! Keine einzige! Oder der Hannes – wie hieß er noch mit Nachnamen? –, der mit der dunkelroten Knollennase, kein Plenum verging, ohne dass der aus der letzten Reihe geblökt hätte: ›Sitzstreik!‹ Oder: ›Stricken!‹ Doc, stimmt's? Diese Arschgeigen!«

Rosalind Weller mochte es ganz und gar nicht, wenn sich Menschen derart vulgär ausdrückten, doch Amanns Ausbruch verstand sie nur zu gut – und es betraf schließlich die anderen. Wer so lange auf den beruflichen Durchbruch im

Auge der Macht wartete wie der Amann, dessen Sprache näherte sich in geschützten Momenten dem wahren Empfinden an.

Josef Amann ließ aus seelischer Existenznot alle Diplomatie fahren. Doch Rosalind Weller war auch daran gelegen, ihren erfundenen Auswärtstermin nicht zu sehr auszudehnen. Dem Büro wollte sie nun wahrlich keinen Anlass geben, ihre Abmahnung in eine fristlose Kündigung umzuwandeln.

»Also, was machen wir?«

Sie müssten mehr werden, arbeitsteilig vorgehen, damit nichts dem Zufall überlassen bliebe, wurde vorgebracht. Wielers Name fiel nicht ein einziges Mal an diesem Mittag, aber alle waren sich einig, dass die Siegerstraßenpartei ein Exempel statuieren müsse. Nur wie?

Man wollte sich schon vertagen, weil weder Amann noch Weller noch Bernauer etwas einfiel, was strafrechtlich nicht belangt werden konnte und trotzdem die eindeutige, klare Botschaft an den Delinquenten, aber auch hinein in die Gesellschaft sandte: »Die Siegerstraßenpartei duldet in ihren Reihen weder Mobbing und Denunziation noch Hofschranzen, die an den Leistungsträgern des Staates im Aufzug vorbei befördert werden: Wir sind geerdet! Wir sind anders als das Ancien Régime!«

Rosalind Weller malte sich aus, wie leicht es für Journalisten wäre, diese Geschichte dramaturgisch zu einem Lektüre-Leckerbissen zu machen. Als Redenschreiberin stand ihr ein sehr kleiner Besteckkasten zur Verfügung. Und bald nicht einmal mehr das.

Nicht die Chefin sollte in den Überlegungen der Runde getroffen werden, obwohl Wieler ohne ihre schützende Hand nie so weit hätte kommen können. Ihr war das nicht bewusst, aber das Haus sprach von fast nichts anderem als von dem symbiotischen Duo.

Nicht wenige fragten sich, worin die gegenseitige Anziehung dieser zwei so unterschiedlichen Menschen wohl bestehen konnte, um sogleich eine sexuelle Verstrickung in den Raum zu stellen. Der Deutungszirkel in der Kaffee-ecke war in solchen Fragen schnell bei der Hand, selbst Frau Zeller hatte sich in dieser Richtung ausgelassen. Dieser Wieler brachte wahrlich ein ganzes Haus an seine Grenze.

Rosalind Weller hatte sich nie an solchen Spekulationen beteiligt, sie hielt den Fall für komplexer und trotzdem mochte sie Wieler seine Art nicht durchgehen lassen. Auch sie war in die Siegerstraßenpartei einmal eingetreten, um das Ancien Régime zu stoppen, um die Durchsetzung des Staatsapparates mit konservativen Parteibuchsoldaten zu beenden, die auf ihren warmen Stühlen jede neue Idee, so gut sie sein mochte und so dringend sie in die Umsetzung musste, durch Aussitzen lahmlegten.

Die Siegerstraßenpartei versprach frischen Wind und baute auf die Kraft der Argumentation. Sie waren so ernsthaft, so fleißig, fachlich immer auf dem neuesten Stand.

»Inhalte statt Inzucht« hatte Rosalind Weller als junges Mitglied einmal plakatiert.

Sie durchströmte nun eine Sentimentalität, die ihr aufgrund ihres um ein gutes Jahrzehnt geringeren Alters als das Amanns oder Bernauers eigentlich nicht zur Verfügung stehen konnte, ja, einen kurzen Moment wurde sie durchflutet von der Idee des Guten in der Politik.

Der Große Vorsitzende selbst hatte in der einzigen Unterhaltung, die Rosalind Weller am Rande des Hausfestes zu 30 Jahre Siegerstraße mit ihm hatte, vom »langen Marsch« gesprochen.

»Wie Mao Tse-tung?«, hatte sie nachgehakt und war etwas stolz gewesen auf diese Krume an politischer Geschichtskenntnis.

»Wir wollen in unserem langen Marsch keine Toten und Verwundeten haben, wir wollen zeigen, dass Regieren auch menschlich geht, ohne das Hauen und Stechen wie früher beim AR«, fügte der Große Vorsitzende hinzu und nahm die Weller endgültig für sich ein.

Raketenkarrieren wie die von Wieler schadeten allen. Und in einem halben Jahr war Wahl. Würde ein Journalist wie der Prattmann oder die Berger-Haubenstuhl vom Magazin das Thema aufgreifen, könnten sie sich auf einen Shitstorm gefasst machen. Dann würde, wie bei den Roten vor einigen Jahren, alle Gehaltsstufen der Beamtenschar durchdekliniert, dann würde geschaut, ob die Siegerstraßenpartei selbst eine wundersame Besoldungsvermehrung betrieb.

Scharfe Kommentierungen würde es hageln, die vor Häme troffen, weil der Hochmut immer vor dem Fall kommt und das Fressen vor der Moral, und es würde für die Weller so sicher wie das Amen in der Kirche der etwas ausgelutschte Satz der Frankfurter Schule vorkommen: »Die größten Kritiker der Elche sind inzwischen selber welche.«

Noch ein paar von Wielers Zuschnitt, dann hätten sie ein kapitales Imageproblem. Weller war tief in Gedanken, eigentlich mitten in einem stummen Plädoyer, als Doc Bernauer sie ansprach.

»Können wir du sagen?«

»Rose«, sagte die Weller und schüttelte den Kopf. »Ich hätte dich am liebsten geboxt, so hilflos war ich in deinem Zimmer. Warum gibst du dich für sowas her?«

Deshalb gerade sei man hier im Haus des Waldes zusammengekommen, das übrigens in fünf Minuten schließe, drängte nun Josef Amann.

»Folgender Plan. Klug, nicht plump, sage ich. Grüße übrigens von der Kreisvorsteherin, sie hat Sitzung heute Nachmittag. Aber es ist eigentlich alles besprochen. Mit eurem Einverständnis bekommt Henning das Go. Einverstanden, Henning? Wer könnte das Papier übernehmen? Rose, wie ich gelernt habe. Sehr schön. Dann frohes Schaffen.«

Wielers Traum

Wielers Frau hatte sich gerüstet für den Fall, dass ihr Mann weich werden würde, was doch ziemlich wahrscheinlich war. Warum sollte er sich ändern?

Sie war in der Buchhandlung auf ein Buch gestoßen, das genau in ihr Denken passte. »Politik ist was für Profis« lautete der Titel, das Vorwort hatte der Große Vorsitzende geschrieben, der auf das Trefflichste Politik und Moral versöhnte und ganz nebenbei nicht mehr der Jüngste war.

Frau Wieler verfügte seit jeher nicht nur über eine überbordend visionäre Vorstellungskraft. Sie zählte auch zwei und zwei zusammen: Irgendwann würde der Unantastbare an einen Nachfolger übergeben müssen, dann würden, wer weiß, die Lager miteinander ringen um das Vorschlagsrecht, die Frauen, die Jungen, die alten Mythenhelden, die Migranten, das LGBTQ-Netzwerk und wer weiß sonst noch. Dann würde Wieler bereitstehen als Kompromisskandidat.

Und was das bedeuten könnte, trieb Frau Wielers Fantasie so kraftvoll an, dass ihr der Gedanke, sie würden auf die Solitude ziehen, geradezu folgerichtig schien.

Das Haus aus Zeiten, wo das Ancien Régime seine Duftmarken setzte, war die Traumimmobilie der Wieler-Gattin, seit sie gesehen hatte, dass dort nicht nur ein Swimming-pool unter dem Wohnzimmerboden, sondern auch eine Boulebahn unter dem 150 Jahre alten Kastanienbaum auf Erweckung warteten.

Die Villa verströmte den Reiz der Historie. Diese Aufladung eigener Bedeutung war es, die die Wielers anlockte, als wären die 450 Quadratmeter mit Pheromonen besprüht, denn in ihrer Vorstellung stellte sie dieses Haus in eine Reihe mit Carl Eugen, dem cleveren Ministerpräsidenten und dem Europapolitiker.

Längst lagen auf der Wieler'schen Toilette Pläne der Dienstvilla aus. In der Abgeschiedenheit des Örtchens fand das Ehepaar, selbstredend jeder für sich, Zeit, die fünfzehn Zimmer einzurichten. Hatte nicht ein großes Ziel immer Ansporn gegeben? Politik war wirklich nichts für Amateure. Frau Wieler jedenfalls sah ihren Mann ganz oben.

Auch deshalb war sie sofort entflammt für die Idee der Chefin, Wieler möge für das Große Parlament in der Bundeshauptstadt kandidieren und als vom Volk Gewählter könne er in Ruhe sein Durchstarten organisieren. Die Chefin selbst hatte jegliches Interesse abgelehnt.

»Der Job wirft mit doppelter Diät genug ab, das mache ich weiter«, sagte sie in sehr kleinem Kreis, in dem es niemanden gab, der sie hätte darauf hinweisen können, dass dies nicht nur eine Frage des Willens war, sondern vor allem eine Frage des Gewähltwerdens.

Wieler trieb es Schweiß auf die Stirn, wenn die Chefin so daherredete. Er mahnte, sich mit Äußerungen über Geld in der Öffentlichkeit zurückzuhalten, das Volk sei sowieso schon misstrauisch. In Wahrheit war sein guter Rat vor allem darin begründet, dass er sich selbst nicht gefährden wollte durch ihre Unachtsamkeit. Politiker, die die Zuwendungen des Gemeinwesens geringschätzten, wurden selbst geringgeschätzt. Deshalb Demut nach außen und trotzdem das Höchstmögliche rausholen. Nein, so war es nicht wirklich, aber so dachten doch die Leute. Bescheidenheit ist eine Zier.

Der gute Wieler wusste inzwischen, dass man weiterkommt »ohne ihr«. Seine Angst vor einer folgenschweren Spontanäußerung in der Öffentlichkeit war aber ganz unbegründet.

Die Chefin sagte – es war an anderer Stelle bereits erwähnt – so gut wie nie etwas, was nicht auf dem Blatt stand. Und solche Sätze schrieb selbst die Weller nicht nieder, dachte er. Da erst fiel Wieler auf, dass sie der Weller gekündigt hatten und noch immer keine Nachfolge in Sicht war. Die Guten hatten Kündigungsfristen, die Verfügbaren waren zu schlecht. Hatte die Müller-Bleibel nicht erwähnt, die Weller habe einen Hörsturz gehabt? Kein Wunder, dachte Wieler, sie hatte sich in alles eingemischt. War besser, sie früh auszusortieren, bevor sie ein Dauerausfall geworden wäre.

Wieler sichtete selbstverständlich die Bewerber für die Nachfolge, bevor die Chefin sie zu Gesicht bekam. Die mit ausgezeichneter Reputation landeten so schnell im Akten-vernichter, dass Natalie Charon sich manchen Tag wun-derte, warum es aus dem Schlitz des Metallcontainers schon wieder herausquoll. Sie vermutete Redemanu-skripte, die den Ansprüchen der »Twins« nicht genügten.

Auch Natalie Charon gebrauchte einen Spitznamen, um Wieler nicht mit Namen denken zu müssen. Nicht lange her, hörte sie, wie sich eine Frau – sie sah nicht, wer es war – mit einer anderen über die Wand der Toiletten-zelle unterhielt und ihn »MABREIS« nannte.

Seither war es ihr liebster Zeitvertreib, in der Mittags-pause das Akronym zu entziffern, oder besser: sich Vari-anten einfallen zu lassen, die ihre tiefe Abneigung mit möglichst abstrusen Wortfindungen ausdrücken konnten: »Mann An der Brust Einer Schefin« war das bislang Däm-lichste, was ihr einfiel, wobei sie keinerlei Grund sah, sich zu schämen.

Man konnte das Ganze nur noch mit Humor überste-hen. Was für ein Glück, dass sie schon den Vorvertrag un-terschrieben hatte.

Weckesser im Wartestand

Das Ministerium war das Schlimmste überhaupt ... Dagegen sei das hier ... Weckesser erzählte nicht zum ersten Mal von der Zeit, als das Ancien Régime überall die Daumen draufhatte und Gehorsam erste Beamtenpflicht war. Parteibuch war die Regel, sonst versauerte einer schon mal zwanzig Jahre in derselben Besoldungsgruppe als letzter Referent von vorn und jeder Schwalbenvogel wurde an ihm vorbeibefördert.

Weckesser war ein drahtiger Typ, der die langen Distanzen bevorzugte, der Marathon lief und Triathlon machte. Die Arbeit finanzierte sein Hobby, dabei war er ein Spätberufener. Das Laufen schien ihm eine kostengünstige Möglichkeit, den Bauchring, der sich seit seinem runden Geburtstag über den Gürtelrand gewölbt hatte, loszuwerden.

Anfangs begnügte er sich mit den Laufstrecken durchs heimatliche Flusstal, dann mussten es immer spektakulärere Routen sein. Der Erfolg blieb nicht aus: Weckesser schien auf einmal zehn Jahre jünger und im Haus vermuteten nicht wenige, er werde wohl eine Affäre haben.

Die Lasker, hieß es, werde auffällig oft mit ihm gesehen – Klatsch und Tratsch eben, wie es üblich war, wenn sich mehr als zwei Angestellte versammelten.

Doch so falsch war die These nicht, sie verwechselte nur Henne und Ei. Ursächlich für Weckessers Verjüngung war nämlich seine Frau. Sie suchte irgendwann das Weite, als er selbst tauchend und radelnd und rennend auf einer Insel im Indischen Ozean weilte.

Seither war Weckesser ein noch freierer Mensch. Aber tief in ihm, der als junger Abiturient diese Weggabelung in den Staatsdienst genommen hatte, war auch das Einmaleins einer Behörde abgespeichert mit ihren Laufbahnen und Beförderungen, ihren Erfahrungsstufen, Höhergruppierungen und Stellenansätzen im Haushalt, weshalb ihm ziemlich sauer aufstieß, wie ein Wieler durch das Hohe Haus lief.

Ahnungslos sei dieser Mann, sagte er unverblümt zu Dr. Kalbmayer, als sie gemeinsam in den Aufzug stiegen. Ahnungslos, aber, wie er höre, trotzdem ambitioniert.

Weckesser testete den Halbleiter. Dabei äußerte er sich absichtsvoll schwammig, denn er konnte nur vermuten, aber nicht wissen, wo Dr. Kalbmayer im parteipolitischen Koordinatensystem genau stand.

Sie beide waren im Ancien Régime aufgestiegen, wobei Weckesser die für ihn erreichbare, letzte Stufe noch vorenthalten wurde und von erheblich niedrigerem Punkt aus gestartet war. Er war keiner, der von einem Minister im

Handstreich an die Spitze einer Abteilung gesetzt worden wäre, dazu wirkte sein Wesen zu harmlos. Weckesser verbrauchte das in ihm angelegte, nicht geringe Quantum an Ehrgeiz ja auf den Rennstrecken und Wasserstraßen, da blieb wenig Kraft für das Erklimmen der Karriereleiter im Dienst.

Doch seit dieser Wieler im Haus war, war die Lage eine andere. Weckesser lud neuerdings deutlich häufiger zu Besprechungen ein, was seine Wirkung bei den Halbleitern und beim Viertelleiter selbst nicht verfehlte.

Die Chefin, abgeschirmt im holzgetäfelten Repräsentationsbüro, bekam von solchen tektonischen Verschiebungen in ihrer Verwaltung nichts mit. Zu sehr war sie mit sich und der Bewältigung ihres Alltags beschäftigt.

Dr. Kalbmayer und Eckstein dagegen war die neue Dynamik in Weckessers Auftreten, ja überhaupt die Art, wie er in Erscheinung trat, sehr wohl aufgefallen.

Die Papiere Weckessers, die zur Chefin vordrangen, waren in jüngster Zeit durchsetzt von klebrigen Imponiervokabeln. Selbst die biedersten Vermerke zum »Tag der offenen Tür« oder zum »Bunten Treffen der Regionen« bedienten die schlimmsten Klischees von Business-Sprech.

Einer wie Kalbmayer schaute dahinter und amüsierte sich von seinem Hochsitz aus über das Gestrampel in der Behörde. Ab und zu bekam er einen Vermerk Weckessers zu Gesicht, den er umgehend im Vorzimmer rezitieren musste. Kalbmayer lachte ungern allein.

»Schlage ich im Sinne eines fluenten Workflows vor, den Dienstleister XY vorzuziehen, um die optimale Etablierung der Einladenden zu garantieren«, prustete er kürzlich vor seiner getreuen Assistentin, Frau Zeller.

»Oder der hier: Im Battle um die bestkonnotierenden Kommunikatoren scheint die Moderatorin der Fernsehanstalt vorn zu liegen und eignet sich deshalb beim Thema ›Demokratie ist weiblich‹ hervorragend als Framing für die Einladende.«

Weckesser legte sich über sein eher biederes Naturell hinaus ins Zeug, was Kalbmayer in gewohntem Scharfsinn deutete: Da gehe es um nichts anderes als um einen Wettstreit. Da seien zwei – er korrigierte sich: mindestens zwei – nicht etwa wegen der Laufbahn, sondern wegen des lockenden Salärs am Start. Kalbmayer wusste, denn es war ja sein Bereich: Im kommenden Frühjahr ging der Leiter des Rechnungswesens nach Jahren nagenden Frustes in den Vorruhestand und machte eine B4 frei.

»Nachtigall, ick hör' dir trapsen.« Frau Zeller war es in den vielen Jahren, die sie ihren Dienst versah, gewohnt, dass ihr Chef kryptische, also nur schwer verständliche Andeutungen von sich gab. Sie hatte sich damit arrangiert, wie eine langjährige Ehefrau irgendwann aufgab, ihren Mann dazu zu bringen, seine abgeschnittenen Nasenhaare auf die teure Primefeuille-Seife segeln zu lassen.

Dieses Mal wollte sie mit diesen hingeworfenen Brocken, mehr war es ja kaum, aber nicht allein gelassen werden, vor allem da es sich um den sportiven Weckesser handelte. Doch bevor sie imstande war, ihre Frage loszuwerden, drehte Kalbmayer ab in sein Zimmer. Ende der Vorstellung.

Dass dieser Weckesser so gut formulieren konnte, dachte sie, ihre innere Stimme sprach den Namen Weckesser mit gedehnter Zärtlichkeit aus, was bei solcher Konsonantenhäufung durchaus herausfordernd war. Wäre nicht bekannt gewesen, dass Frau Zeller die untadeligste Seele war, hätte man eine sinnliche Verbindung vermuten können. Sie würde ihn dezent nach seinem Befinden fragen.

Kalbmayer fragte nicht, er kannte die Antwort. Für ihn lag das Motiv des neuen Hauspostlyrikers ganz oben auf. Vielleicht, überlegte er, würde er bald mit dem Eventbeamten zum Mittagessen gehen oder, sicher pfiffiger, auf ein Feierabendbier in diesen neuen Craft-Laden im Osten der Stadt, wo mit ziemlicher Sicherheit niemand aus dem Hohen Haus anzutreffen war, schon gar nicht Wieler, der sich ja eher hundert Höhenmeter weiter oben zwischen den Villen herumtrieb. Die Versuchsanordnung schien Kalbmayer zu verlockend.

Spiel, Satz und Sieg, dachte er und rief laut lachend »Setze auf Sieg!«, ins Vorzimmer.

Frau Zeller, bereits im Wollmäntelchen mit dem rosarot eingefärbten Pelzkragen, verließ den Raum, ihren Kopf noch eine ganze Weile schüttelnd.

Parteisaat

K ein schöner Land in dieser Zeit, als hier das unsre weit und breit, wo wir uns finden unter Linden ...«

Die Siegerstraßenpartei befand sich auf dem Höhepunkt der Wählergunst. Jeden Monat vermeldete die Geschäftsstelle neue Eintrittsrekorde. Henning war die Nummer 12.092. Nach den zähen Jahren talentloser Exerzitien in Russisch und Ausdruckstanz war er dankbar, der Waldorf-Welt entronnen zu sein. Denn mit jedem Schuljahr kamen neue Jugendliche in seine Klasse, deren Eltern sich gegen eine großzügige Geldspende einen Platz für ihren Nachwuchs erkauft hatten und dafür ein reibungsloses Durchschleusen ihrer Sprösslinge erwarteten.

Die ÖSJ-Stelle, so empfand er es, rettete ihn vor den Angebern mit gewellten Haaren und kleinen Sportwagen. Dass er seinen Einsatz in der großen Hügelvilla fand, war reiner Zufall, aber am Ende der Grund, warum er in die Siegerstraßenpartei eintrat.

Im weitläufigen Villagarten, wo im Frühling Zwiebeln zu stecken und im Herbst Unmengen an Blättern zusammenzurechen waren, entdeckte der junge Mann seine Liebe zu Samen. Vor allem die der großen Mammutbäume, die aussahen wie plattgewalzte Kaffeebohnen, hatten es ihm angetan.

Henning war gerade dabei, kauernd die herabgefallenen Zapfen in einen Korb zu legen, als er eine Stimme irgendwo über seinem Kopf sagen hörte »Sequoiadendron giganteum«. Da schob sich auch schon eine Hand in sein Blickfeld und griff nach einem Samen.

»Wilhelmssaat – das war noch Weitblick!«

Henning schaute auf, da drehte sich der Große Vorsitzende auch schon weg und lief zur Treppe. Aber Henning war tief beeindruckt.

Dass er zu Amann abkommandiert wurde, war zwar nicht der Plan, doch als er hörte, worum es ging, entflammte das Neumitglied mit Nummer 12.092 für die Aufgabe.

Er konnte sich einbringen in die großartige Geschichte der Siegerstraßenpartei, wenn auch nur mit ein paar Handyvideos. Henning spürte die Glut der großen Idee.

Amann eröffnete ihm schon nach dem ersten Arbeitstag, er könne mehr tun als kleine Filme drehen. Henning sei nicht weniger als vom Großen Vorsitzenden selbst ausersehen. Er gebe sich eigentlich für so etwas nicht her, sagte der dünne junge Mann in seinen für die Alterskohorte untypischen Stoffhosen und einem Hemd des Großvaters mit eingestickter Rose.

Unsicher drehte Henning an seinen Zöpfen und den Knöpfen der Frontleiste. Ein Rasta in Anzughosen war

dazu ausersehen, die Partei clean zu halten, so nannte es
Amann.

»Lass gut sein. Wir wissen, dass du ein guter Mensch
bist, aber es geht hier um mehr.«

Beratung für Wieler

Die Kreisvorsteherin war endlich zu sprechen. Wieler ließ sich neuerdings durchstellen wie zur Jahrtausendwende, einfach, weil er Gefallen daran gefunden hatte, es aufgrund seiner Stellung zu können. Sein kindlicher Hang zum Feudalen verdrängte alle Vorsicht, denn die Charon bekam natürlich alles mit. Den Zettel mit der Nummer, wie immer mit schwarzer Tinte in seiner schrägen Kinderschrift notiert, hatte er vor den Augen der Vorzimmerkraft aus seinem Büchlein gerissen und ihr auf den Tisch gelegt.

Wie vor 100 Jahren, dachte Natalie Charon, tat aber, wie ihr geheißen, und stellte durch. Ihre Vorgängerin war schon gegangen, sie wollte nicht auch Ärger mit dem Liebling der Chefin.

»Ich rufe wegen der Liste an«, begann Wieler das Gespräch, wie Menschen ihre Telefonate begannen, die selbstverständlich davon ausgingen, bereits an der ersten ausgesprochenen Silbe erkannt zu werden. Durch die Stille hörte er leises Klacken, es wurde getippt.

»Wer ist dran?«

Die Vorsteherin, von der kleinen Terrasse eines Cafés, das direkt neben ihrem Eckbüro lag, über die Senke der

Stadt blickend, kannte die Spielchen ebenfalls. Sie dachte nicht daran, Wieler bevorzugt zu behandeln. Er hatte – wenn auch aus Versehen, weil er die Nummern verwechselte – in den wenigen Monaten, die er als Nachrücker im Regionalparlament saß, gegen die neue Grünbrücke über dem Cityring gestimmt. Es war die entscheidende Stimme zu wenig. Die Vorsteherin dachte mit Groll daran, wie der Große Vorsitzende getobt hatte und sie alle Register ziehen musste, eine neue Mehrheit zu organisieren.

Da war Wieler schon nicht mehr da, denn bevor die nächste Wahl anstand und die sogenannte Basis dafür gebraucht wurde, mit Kabelbindern Plakate der Siegerstraßenpartei an Masten und Pfosten zu befestigen, war Wieler entschwunden in den Dunstkreis der Chefin.

Mit dieser verband die Kreisvorsteherin eine Beziehung, die durch gemeinsame Parteizugehörigkeit bereits erschöpfend charakterisiert war. Die beiden Frauen stammten aus entgegengesetzten Ecken des Landes und ebenso weit voneinander entfernten Milieus, aber in der Metropole ließ sich ein Aufeinandertreffen nicht vermeiden. Die Vorsteherin mühte sich, ihr Misstrauen, das in Wahrheit solide Abneigung war, zu verbergen.

Seit Wieler seine Loyalität – wiewohl aus durchsichtigen Gründen – mit derart leichtem Herzen an die andere vergeben hatte, sah sie davon ab, besondere Siegerstraßen-Verbundenheit zu heucheln.

»Früher hast du noch Guten Tag gesagt«, tadelte sie im Tonfall einer pensionierten Lehrerin.

Wieler entschuldigte sich, indem er »Entschuldigung« sagte. Die Kreisvorsteherin bemerkte ohne die geringste Überraschung, ja sogar mit leichtem Amüsement, dass ihm die Möglichkeit einer spontanen Replik nach wie vor nicht zur Verfügung stand.

»Ich bewerbe mich am Samstag auf der Holzhaustagung um Listenplatz 12«, sagte Wieler und schwieg dann lange, als warte er darauf, dass die Parteifrau seinen Satz erfolgreich fortsetzte.

Es wurde, um es kurz zu machen, ein äußerst zähes Gespräch, das mit einem »Überleg's dir« aus Wielers Mund zu enden schien. Doch dann fügte er noch hinzu: »Die Chefin fände es auch gut.«

Das hätte er besser unterlassen. Aber an jener Stelle auf der Doppelhelix, wo bei den meisten Menschen das Fingerspitzengefühl saß, war bei Wieler nun mal eine uncodierte Leerstelle.

Der Vorsteherin, die in der Siegerstraßenpartei verdrahtet war wie kaum eine andere, tippte, kaum war das Gespräch beendet, eine lange Nummer mit Vorwahl der Landeshauptstadt.

»Wusstest du, dass Wieler in die Volksvertretung nach Berlin will?«

Sie lauschte einige Zeit, begann dann so sehr zu lachen, dass nicht nur ihr Mann von Neugierde getrieben herbeieilte, auch Passanten blieben einen Moment stehen, um sich dieses Schauspiel anzusehen.

Die Vorsteherin war für sich genommen bereits eine imposante Erscheinung mit ihrem langen, bis über die Hüfte reichenden Haar, das sie an diesem Tag zu Zöpfen gebunden hatte. Als sie sich schüttelte vor Lachen, fielen die Spitzen ihres weizengelben Schopfes in den rosafarbenen Himbeerjoghurt, den sie gerade löffelte, und tropften wie in Farbe getunkte Pinsel auf ihren Schoß.

»Josef, warte einen Moment, der Peter ist gerade gekommen«, sie drehte sich zu ihrem Mann, dessen Hemd nach Leberkäsfett roch, drückte einen Finger auf das Mikrofon und sagte: »Unser Wieler wird von der Chefin ins Bundesparlament getrieben und dreimal darfst du raten, welchen politischen Schwerpunkt er in dem Fragebogen geschrieben hat?«

Wieder Stille, Achselzucken.

Der Mann der Vorsteherin konnte solche Ratespiele leiden wie Kühe Spitzgras, also brachte er es hinter sich.

»Ökologie?«

Die Vorsteherin konnte die Antwort kaum bei sich behalten, jedenfalls fiel der Moment einer dramaturgisch eingebauten Verzögerung entschieden zu kurz aus.

»Frauenpolitik! Frauenpolitik! Und Gender Schtudies!«, prustete sie, um gleich darauf in alte Ernsthaftigkeit zu fallen und in das Telefon hineinzufragen: »Wie steht ihr dazu?«

Nun hörte sie wieder lange zu. Was am anderen Ende geschildert wurde, war ihr in Teilen jedenfalls noch nicht zu Ohren gekommen.

»Das ist ein Schkandal«, sagte sie schließlich, manche Buchstabenkombinationen im Deutschen verrieten noch ihre dänische Herkunft.

»Wenn ihr mich braucht, ich bin dabei. Allerdings bin ich selbst gar keine Delegierte und der Antragsschluss war schon ... Ja, der Henning ist eine gute Idee ... Was, der ist jetzt bei dir? ... Für die Jugend, klar... shuuper Idee. Mahs gut, tschüsch.«

Wielers Motivationspapier

W ieler verbrachte schon einige Stunden der schönsten Dienstzeit wieder am Petit Place. Er hatte für die
Sitzung im »Markus« allen Grund, den er ärgerlicherweise
niemandem mitteilen konnte. Die Sache war heikel genug.
Eine Kandidatur! MdB Wieler! Die Süße der Kastanien-
blüte hänselte seine Nase.

Es ist Frühling, dachte Wieler, und schönes Wetter
dazu. Das Diensttablet lag ungenutzt neben der Espresso-
tasse, Wieler klappte stattdessen wie gewohnt sein kleines
schwarzes Notizbüchlein auf. Dieses Mal ließ er sich zwei
Cantuccini dazugeben, weil ihn das geschäftige Ambiente
und die Mischung aus holzig-derbem After Shave und
dunkel gebranntem Kaffee an Italien erinnerte, IHR Italien
in Toscimare, an diesen breiten Sandstreifen, auf dem er
mit seiner Frau für sagenhafte 200 Euro am Tag zwei Liegen gemietet hatte. Damals lernte er das Wort dolce kennen, wenn auch nicht ganz verstehen.

Wieler zog Luft durch seine Nase und setzte beflügelt
den Füller aufs Papier.

»Ich bewerbe mich um eure Unterstützung, weil ich
schon immer ...«

Weiter kam er nicht. Mochte er auch die Stufen hoch-klettern, er war ja noch immer derselbe Wieler, der zwar mehr zu sagen wagte, aber doch nie ins Substanzielle kippte. Die Reden schrieb die Weller – oder hatte sie ge-schrieben, fiel ihm ein. Eine Nachfolge gab es noch immer nicht.

Wieler nahm gedanklich mehrere Anläufe: Die Rede vor den Delegierten war das eine, aber ohne ein Bekenntnis zur Partei und ihren Werten müsse er gar nicht erst antreten. So hatte es die Chefin formuliert oder so ähnlich. Doch sie hatte auch hinzugefügt: »Wenn ich ein paar Worte sage, wählen sie dich, das kann ich dir versprechen.«

Zu seinem Glück, denn er traute sich das eine wie das andere nicht zu.

Wieler war schon immer dem Charme schonender Res-sourceneinsätze verfallen: Warum viel schreiben, wenn sich die Chefin sicher war, dachte er bei sich, durchflutet von einer Welle der Erleichterung.

Politische Schwerpunkte solle er aufzählen, hatte die Chefin ihm im Hinausgehen hingeworfen. Irgendwas wie »Frau und Frösche«, das werde er ja wohl können. Schwer-punkte! Schwerpunkte! Die Vorsteherin hatte wenigstens zugesagt, ihm dabei zu helfen. Aber er fand niemanden für das Bewerbungsschreiben. Und das Motivationsblatt drängte gewaltig. Ohne ging es schon formal nicht. Am nächsten Tag musste der Poststempel drauf sein. Wenigs-tens ein paar Sätze, nein, Bekenntnisse musste er notieren.

Was wollte er über sich sagen? Was gab es überhaupt zu berichten von ihm?

»Ich habe für die Partei ...«

Knirschend kaute Wieler am Stift. Ihm fehlten die Worte wie die wärmenden Rituale der Parteifamilie. Zu jener Zeit als Leute wie Amann der Partei Prägung und Richtung gaben, hatte der junge Wieler gerade seine ersten Gehaltszettel in einem kleinen Amt, nachgelagert dem Bezirksrathaus, bekommen. Viel war es nicht, was er einspielte. Doch sein entbehrungsreiches Sehnen richtete sich ohnehin nur auf eines, und als dies eintrat, schnellte er auf Wolke sieben.

Wieler hatte in den letzten Zügen des Studiums seine Frau kennengelernt. Und sie war bei ihm geblieben, rutschte nicht vom Platz der Sozia, sondern hielt sich an ihm fest. Der junge Rechtsanwalt konnte das Glück kaum fassen, trotz seines mehr als mäßig zu nennenden Abschlusses und seiner daraus abzuleitenden mittelmäßigen Aussichten, dieses Geschöpf getroffen und endlich dominanten Halt gefunden zu haben.

Wieler fehlte eindeutig die emotionale Grundierung der frühen Parteitage, die vor allem von den weiblichen Delegierten ausging, die mit ihrem Strickzeug oder ihren Babytragetüchern das wahre Leben mit der politischen Auseinandersetzung verwoben. Zu jener Zeit war er damit beschäftigt, den Studienkollegen aus dem Hörsaal dabei zuzusehen, wie sie ihre Karrieren vorbereiteten, wie sie reüssierten als

221

Richter, Justiziare, CEOs und freute sich für sie ohne Missgunst, aber auch ohne Drang, es ihnen gleichzutun.

Hin und wieder flatterte eine Einladung ins Haus zu Adressen, die allein schon zahlungspflichtig klangen.

»Die zahlen bestimmt einen hohen Preis«, tröstete Wieler seine Frau, wenn diese mit glänzenden Augen die poolgroßen Dielen der Villen betrat und ihrem Mann einen Blick zuwarf, der den Respekt vor der Leistung mit fein gärendem Neid verband.

Wieler war wenig empfänglich für Botschaften unterhalb der Sprechebene. Er nahm gar nicht wahr, wie viel Aufforderung in diesem Blick seiner Frau lag, ja der Vorwurf schlechthin.

»Mein Schnurpl, wir sind doch glücklich«, sagte er dann und wann zu ihr, wenn ihm auffiel, dass ihre Lippen schmaler wurden und kein Kuss mehr möglich war.

»Glück«, sagte sie dann. »Was ist schon Glück?« Das Glück sei auch mit den Tüchtigen. Zur Nummer 9.097 auf dem Mitgliedsausweis hatte ihn schließlich seine Frau gedrängt.

Wieler setzte den Stift ab. Drei Jahre Parteimitgliedschaft war in der Siegerstraßenpartei nun wahrlich keine Biografie, die belohnt würde. Da musste nur einer wie Amann in der Listenkommission sitzen und beiläufig eine Anekdote von einem Protestcamp im Schneesturm erzählen und schon würden sie ihn selbst als Kandidatenanwärter durchfallen lassen.

Wieler schwitzte. Es war ein Elend mitanzusehen, wie der sonst lächelnd durch die Welt schreitende Mann auf sich zurückfiel.

»Einen Doppio, prego«, flüsterte Wieler.

So italienisch war ihm dann doch nicht zumute in der deutschen Frühlingsluft, dass er seine Bestellung wie damals in Italien fröhlich in die Bar hineingerufen hätte. Er schien gar nichts mehr von sich geben zu wollen, denn er führte dem Tresenmann seine Order wie ein ausländischer Tourist pantomimisch vor, als führe er eine imaginierte Tasse zum Mund.

Seiner Frau mochte Wieler seine Verzagtheit nicht offenbaren, wo sie ihn gerade jetzt voller Hoffnung betrachtete und er sogar vermeinte, etwas Bewunderung zu entdecken. Auch hatte sie über den ganzen Ambitionen, diesem abendlichen Gerenne in Restaurants und Galerien, nur um die Chefin bei Laune zu halten, viel Kraft gelassen. Allerdings war auch sie es, die ihn geradezu euphorisch ermuntert hatte, diesen Weg einzuschlagen.

Die Chefin habe schon wegen ihrer Position im Hohen Haus Einfluss, beschwor sie ihn in der heimischen Strategiezentrale, der Küche. Die Chefin werde es schon richten.

Eine Idee, eine Idee, pochte es in Wieler. Ich bewerbe mich, weil… Dann griff er zum Telefon.

»Schnurpl, ich bin's. Du, ich sitze im Markus, kannst du früher Feierabend machen?«

223

Frau Wielers Traumimmobilie

Das Haus mit dem einst kaisergelben Anstrich hatte alles, was sie sich vorstellen konnten und erträumten: Sieben Zimmer, einen Garten, einen großen Aussichtsbalkon, ein Dachgeschoss mit Sauna, zwei Bäder. Doch über allem stand die Straße, in der es stand.

Frau Wieler hatte den Besichtigungstermin gleich am Morgen nach der Gremiensitzung anberaumt – the day after. Es war, als hätte der Beschluss eine neue Zeitrechnung im Hause Wieler in Gang gesetzt. Jetzt war die B4-Ära angebrochen. Die Solitude rannte nicht weg, sie wurde als Fernziel gebraucht wie der sprichwörtliche Wurstzipfel beim Hunderennen.

Der Makler hörte am Telefon nur »gehobener Beamter« und offerierte unmittelbar vier Ausweichtermine mit dem Zusatz, der Herr Doktor habe sicher viel zu tun, aber man werde zusammenkommen.

Frau Wieler verzichtete darauf, den eifrigen Vermittler zu korrigieren, was den akademischen Grad ihres Gatten betraf, in ihr verdichtete sich durch die übereifrige Titulierung vielmehr die Gewissheit, den Fuß auf die letzte Stufe gesetzt zu haben.

Herr Doktor Wieler werde sicher ein enges Zeitfenster haben, hörte sie den Mann vom Immobilienbüro noch sagen, das allein stimulierte ihre ohnehin ausgeprägte Fantasie zu farbenfrohen Stillleben mit Trauben gutaussehender Menschen auf der großzügig bemessenen Terrasse, während im Living Room die Chansons rauchig singender Grazien am Klavier begleitet wurden.

Frau Wieler war zwar eine zielstrebige Person, aber auch eine, die zu großen romantischen Gefühlen fähig war, wenn sich diese auch häufiger in Gegenständen verfingen, als Wieler lieb war. Auch jetzt, als sie beobachtete, wie der Siebträger auf 96 Grad heizte, dachte sie voller Wärme an dieses Haus, das mit seinem türkisfarbenen Pool aussehen würde wie eine Slim Aarons-Fotografie.

Als Wieler an diesem Tag nach Hause kam, gerade rechtzeitig zum Kaffee, denn die Chefin war wieder einmal außer Haus, kam ihm seine Frau summend entgegen. Es klang nach einem französischen Lied, aber sicher war er sich nicht.

Auch in der Musik war Wieler nicht wirklich zu Hause, was kaum auffiel. Auf Konzerten oder auf Festen nickte er in alle Richtungen und gab universelle Urteile zum Besten wie zum Beispiel »toller Sound« oder »nicht schlecht, wirklich«.

Wer sollte da einhaken? Wer in ein Gespräch einsteigen? Nie in den fast sechs Jahrzehnten seines bisherigen Lebens war Wieler einmal gefragt worden, wie er das meine, oder was genau er toll finde. Diese Zurückhaltung der anderen ließ ihn im Glauben, seine sklerotischen Einlassungen reichten aus, beim Gegenüber tiefe Ahnung vorzugeben. In der Küche wartete ein anderes Thema.

»Wir haben einen Termin morgen.«

Wieler hatte eigentlich nach dem Tag mit der Weller nicht die geringste Lust auf Ratespielchen. Ihm fehlte zudem die Eignung, pfeilgenau auf die Lösungen zu kommen. Warum sagte sie nicht, was anstand? Doch Wieler kannte seine geliebte Frau, die sich so gern labte an Ideen, deren Zeit noch nicht reif war, oder an Zielen, die unerreichbar schienen, aber von ihr gleichwohl anvisiert wurden.

Andere Männer mochten mit solchen Frauen ihre Probleme haben. Nicht Wieler. Ihn zog dieses weibliche, von großer Zielstrebigkeit gestraffte Sehnen an, weil er selbst ein ausgeprägter Sehnender war, allerdings im sehr kleinen Maßstab, sodass man fast von pragmatisch parzelliertem Sehnen sprechen konnte. Wieler wünschte sich wohl mal einen neuen Anzug oder ein paar Lederhandschuhe aus Hirschleder. Darauf konnte er sich durchaus freuen, aber eben wie sich ein solcher Mann zu freuen in der Lage ist.

Er ging dann in das Geschäft, probierte an, kaufte und sagte, wenn er gefragt wurde, ob es gefalle »Ja, super!«

Wenn dagegen seine Frau eine irgendwie geartete Anschaffung ins Auge fasste, bekam sie eine Aura, von der eine geradezu erotische Anziehungskraft ausging. Frau Wieler hatte zu den ehrgeizig anvisierten Objekten, und zwar ausschließlich zu den hochpreisigen, eine Art

sinnliche Beziehung, sodass sich Wieler schon bei auf-
flammender Eifersucht auf einen rot lackierten Oldtimer
ertappte. Doch alles war vergessen, denn sobald sie über
ein Objekt ihrer Begierde sprach, konnte er sich kaum satt-
sehen am Glanz ihrer Augen und ihren gesenkten Lidern.

Wieler bedauerte nur, dass dieser Ausdruck so bald erlosch, nachdem das Sehnen nicht mehr gebraucht wurde,
weil das Ersehnte im Besitz gelandet war.

Als Wieler in die Küche zum obligaten Doppio erschien,
sah er schon an ihrem Blick, dass es mehr sein musste als
eine Einladung zu einem Brunch oder die Anschaffung eines neuen Wok.

»Du kennst doch das kleine Haus an der Wielandshöhe?
Wir sind am Sonntag vorbeigelaufen.«

Wieler nickte wissend in der Hoffnung, mehr zu erfahren. Er erinnerte sich tatsächlich an nichts. Dabei war ihr
Spaziergang kein Vorbeischlendern gewesen, das war es
nie. Vielmehr war es ein Gehen und Stocken wie auf der Au-
tobahn freitags um vier. Seine Frau erging sich alle zehn
Meter, oder solange es eben war, von einem Grundstück
zum anderen, in erregten Hinweisen auf Gebäude, für deren
Kaufpreis Wieler zwei Leben lang hätte arbeiten müssen.

»Schau mal, ist dieser Runderker nicht schön? Da sitzen
wir dann in der Morgensonne, zu zweit wäre genug Platz.«
Oder: »Die Besitzer sind die Hälfte des Jahres in Südafrika,
siehst du die Elfenbeinstatuen neben dem Klavier? Die
müssten natürlich weg.«

Seine Frau sagte Sätze, die immer ein wenig klangen, als habe sie das betreffende Haus schon gekauft und befasse sich nun mit quälenden Fragestellungen der Nutzung und Möblierung. Sie nahm bei ihren Luftplanungen auch Villen ins Visier, die gar nicht zum Verkauf standen.

Wieler kam in solchen Momenten seine Art entgegen. Es fiel ihr einfach nicht auf, wenn er schwieg und minutenlang anderen Gedanken nachhing.

Umgekehrt behelligte Wieler seine Frau – abgesehen von Rapporten zur Chefin – nicht mit Details aus dem Hohen Haus. Wieler mochte der Zugang zu vielschichtigen Analysen versperrt sein, aber wenn sich etwas zusammenbraute, funktionierte sein Frühwarnsystem. Es musste im Stammhirn angelegt sein.

Wieler hatte das schöne Adjektiv »proaktiv« für sich entdeckt. Ein AR-Politiker, der sich dem konservativen Flügel zurechnete, hatte es geradezu inflationär benutzt, bis er aus dem Amt gewählt wurde wegen eines aus dem Ruder gelaufenen Polizeieinsatzes am Bahnhofsneubau. Wieler nahm es nicht so genau, ihm gefiel das Dynamische, das diese Vokabel verströmte, doch sehr. Seine Unerfahrenheit im politischen Geschäft brachte es mit sich, dass er kopierte, was ihn beeindruckte, was beileibe nicht wenig war, aber er achtete so gut wie nicht darauf, welche Vorgeschichte Wörter und Sätze hatten, die er nach Gusto einbaute. Ja, er war, man muss es so sagen, recht naiv, ohne die Maßgabe der Korrektheit im Blick zu behalten. Ob

Bezeichnungen in früheren Zeiten von der anderen Partei gebraucht oder missbraucht wurden im Kampf um Zustimmung – Wieler hielt sich mangels Wissens und Sensor nicht auf mit solchen Dimensionen. Wörter mochte er oder er mochte sie nicht, da ging es ihm wie früher diesem lispelnden Literaturpapst, der den Daumen hob und senkte nach dem Kriterium der Langeweile.

Wieler mochte also das Wörtchen »proaktiv«. Was immer er unternahm, bewarb er auf diese Weise. Die Chefin, ihm gegenüber mit zumeist unkritischem Vertrauen gesegnet, schätzte seine Gefahrenabwehr, die, wie wir inzwischen wissen, doch weitgehend eine behauptete war.

An jenem Sonntag, den seine Frau gerade in Erinnerung rief, war er in Gedanken bei Weckesser, der sich neuerdings unangenehm aufspielte und Wörter benutzte, die er aus irgendwelchen Handbüchern geklaut hatte, wie »Battle«. So ein Wort fand sich doch nicht im Sprachschatz eines Laufbahnbeamten. Jetzt schrieb Weckesser solchen Stuss sogar in den Vermerk.

Wieler fragte sich während der fast zwei Stunden, die er mit seiner Frau über den dünn mit Bungalows bebauten Aussichtshügel der Stadt lief, ob er mit Weckesser nicht mal ein Bier trinken gehen sollte. Proaktiv quasi, bevor der noch mehr Aufmerksamkeit auf sich zog. Vielleicht in eines dieser hippen Craft-Bier-Lokale, von denen in der Kantine alle sprachen.

Die Chefin hatte neulich nach Weckesser gefragt. Mitten in der Teambesprechung – das heißt außer ihm und der Chefin war nur Frau Charon dabei fürs Protokoll – hatte sie sich erkundigt, ob man den erfahrenen Planer nicht hinzuziehen sollte, und begründete dies mit der kniffligen Ablauflogistik. Einen aserbaidschanischen Liedermacher und eine georgische Schauspielerin, wiewohl beide sich seit Jahren im Gastland befanden, miteinander über die »Unmöglichkeit des Krieges im Hass« diskutieren zu lassen, war seine Idee! Also eigentlich hatte die Weller in der Kaffeeecke etwas in die Richtung gesagt, just als Wieler um die Ecke bog. Aber man musste die Rohidee ausarbeiten.

Die Chefin war begeistert von Wielers Vorschlag. Die Einladungskarte zierte der Umriss einer auf einem Gewehrkolben sitzenden Friedenstaube zwischen den beiden Köpfen, die Wieler – auch wieder proaktiv! – hatte anfertigen lassen. Es war dann ein Leichtes, der Chefin zu bedeuten, wenn er nicht selbst tätig geworden wäre, würden die Einladungen wohl zu spät ankommen.

Das war ein kluger Schachzug, weil sich in der Sitzung danach die Lasker aus heiterem Himmel angegangen sah mit der Ankündigung, das Referat müsse auf Vordermann gebracht werden. Sie, die Chefin, schaue sich das nicht mehr lange an. Ihr fehle der Mannschaft von Lasker eindeutig das proaktive Denken.

Die Chefin und der Panzer

Weckesser plante seit einer Woche allein die verschiedenen Beleuchtungswinkel.

Das alles war Wieler zu verdanken, der irgendwann, wahrscheinlich in Ermangelung einer anderen, gescheiterten Idee, eingestreut hatte, es wäre doch gewitzt, wenn die beiden im Schattenriss einen Panzer an die Wand werfen würden.

Weckesser zog es fast die Schuhe von den Füßen, und es war niemand im Raum, dem er verschwörerisch hätte zuzwinkern können, oder der gesehen hätte, wie sich seine Augäpfel bis zum Anschlag nach oben drehten.

Einen Panzer, na wenn es sonst keine Probleme gab! Welches Fabrikat durfte es denn sein? Etwas Russisches auf jeden Fall, aber die Silhouette könnte auch Buchstaben abbilden, die zu interpretieren wären, am besten die Initialen von Wieler. Im geschützten Kreis seiner Büroeinheit hätte solcher Spott die allgemeine Laune gehoben.

Denken und Aussprechen waren für den erfahrenen Beamten Weckesser schon lange zweierlei.

»Selbstverständlich kriege ich das hin«, beeilte er sich zu sagen.

Das war vor drei Wochen. Mit studentischen Hilfskräften stellte er Positionen nach, die die beiden Gäste einnehmen mussten, sollte am Ende an der Wand der Umriss eines Panzers und keiner E-Gitarre auftauchen. Unter 30.000 Euro wäre Wielers Vorstellung, treffender wäre wohl die Bezeichnung fixe Idee gewesen, nicht umzusetzen.

Sie mussten dem Asylkreis Berg-Karabach, auf dessen Vorschlag die Einladung zurückging, ein gutes, geschütztes Hotel versprechen. Frau Lasker war nicht involviert, Rebmann-Klopfer erst recht nicht.

Die Panzer-Nummer stand in keinem Verhältnis zur Botschaft, von der Weckesser nur vage vermuten konnte, es habe etwas mit Demokratie zu tun. Etwas anderes thematisierte die Chefin ohnehin nicht. Nicht, dass Weckesser eine andere als die vorhandene Staatsform bevorzugt hätte oder gar den Populisten hinterhergelaufen wäre, aber die Chefin übertrieb es eindeutig: Demokratie und Lieben; Demokratie und Leben; Demokratie und Heimat; Demokratie und Frauen; Demokratie und Glaube; Demokratie und Recht; Demokratie und Literatur; Demokratie und Waldbaden, nein: Wahlen.

Nun also Demokratie und Krieg. Die Liste, die hier noch lange nicht vollständig war, las sich wie eine Buchreihe, vielleicht das Ergebnis eines Sonderforschungsbereiches in der Kulturwissenschaft. Die Chefin war jedes Mal angetan von dem Einfallsreichtum ihrer Leute, das heißt, genauer gesagt nur eines Mannes.

Ohne Wieler herrsche in der Institution völlige Einfalls-losigkeit, sie habe eine Verwaltung im Tiefschlaf ohne auch nur eine gute Idee vorgefunden und sei heilfroh, einen derart tüchtigen und klugen Mitarbeiter zu haben, sagte sie im Präsidium, was den Vorsitzenden der Beharrlichen den Namen Wieler in sein Tablet tippen ließ, dazu setzte er: »Nachfragen Kalbmayer!«

Wieler, Wieler. Die Chefin pries ihn in großen und kleinen Runden, und jüngst sogar gegenüber dem Leiter des politischen Bildungsinstituts. Der wunderte sich im Unterschied zu allen im Haus nicht. Er verfolgte seine eigene Agenda. Aber das ist eine andere Geschichte, die, wenn noch Zeit bliebe, erzählt werden könnte.

Weckesser war von der Sorte Mensch, die ihren Unmut im geschützten Bereich durch besondere Spitzen, fast ins Gehässige spielend, bearbeitete. Wieler nannte er schon geraume Zeit nur »Bügel«.

Kam er in seinem kleinen Team auf den Sonderauftrag zu sprechen, sagte er: »Ich gehe jetzt zum Panzer« und aus dem kleinen Büroraum drang das Gelächter vielstimmig durch die Ritzen. Nicht nur in Weckessers Büro, in allen Büros konnte sich zwanglos amüsiert werden, denn es hatte sich nun doch herumgesprochen, dass der Adlatus der Chefin bei allem recht begriffsstutzig blieb.

Manchmal versuchte er, nachdem Kalbmayer oder Weckesser eine Anekdote oder einen Witz zum Besten gegeben hatten, noch halbe Tage lang den Inhalt zu erfassen.

Jetzt unterhielt er sein Team mit nur einem Sätzchen: »Ich sage nur: Panzer«. Dankbar bogen sich die Mitarbeiter vor Lachen. Doch es half nichts: Weckesser musste sich etwas einfallen lassen, auch wenn es diese Planung offiziell gar nicht gab, denn die Präsiden des Hohen Hauses, die über alle Aktivitäten wachten, hatten die Veranstaltung »Demokratie und Krieg« noch nicht in Papierform zu Gesicht bekommen, wie es üblich war. Man war schließlich eine Behörde.

Weit im Voraus musste ein Vermerk verfasst werden, auf dem sich rechts oben die zu beteiligenden Referate, Abteilungen und Endhierarchien wie Trauben einer Rebe abbildeten und an dessen Schluss die Kostenneutralität zwingend zu betonen, ja dick durch Fettung herauszustreichen wäre.

Das Projekt mit dem Asylkreis Berg-Karabach war haushaltstechnisch unsichtbar. Im Nachtragshaushalt war dafür nichts eingestellt, die Chefin hoffte auf Geld aus dem persönlichen Verfügungstopf, angereichert durch Zuwendungen der Siegerstraßen-Parteigruppe im Hohen Haus. Der Titel allein war geeignet, Einigkeit herzustellen. Wer sollte gegen eine Veranstaltung stimmen, die mit Demokratie überschrieben war? Aber die hochmögenden Herren im Gremium, es waren nur Herren, hatten eben keine Vorlage.

Obwohl Wieler viele Jahre im alten Amt überdauert hatte, waren ihm die formalen Notwendigkeiten eines

Verwaltungsvorganges nicht geläufig, man könnte sogar von Unerfahrenheit in den Abläufen der Institution sprechen. Jedenfalls hatte er keine Anstalten gemacht, einen Vermerk vorzubereiten.

Wieler fühlte sich in zunehmendem Maße als Denker. Sollten gefälligst andere die Umsetzung seiner, wie er meinte: epochalen, staatstragenden Einspeisungen vorantreiben. Einmal der Chefin ein Schlagwort oder einen Veranstaltungstitel ins Ohr geblasen, würde sie streng nachhaken, was daraus geworden sei.

In der Regel erledigten sich daraufhin die Dinge wie von Zauberhand: Ein Vermerk, von irgendeinem dazu verdonnerten, unschuldigen Esel nachgezeichnet, wurde in ein Umlaufverfahren geschickt und abgezeichnet, wo immer er aufschlug. Kurz: Es fügte sich meistens auch ohne Wielers tiefe Kenntnis. Diese Zuversicht formte sich am Ende seiner wirren Gedanken, und Wielers Gesicht entspannte sich, was seine Frau um ein Haar als Gefallen an einer besonders geschmacklos modernisierten Immobilie interpretierte.

Wieler, wie aufgeweckt aus einem fesselnden Traum, sagte aber nur: »Schön, gehen wir weiter?«, und schlüpfte umgehend wieder in seine Überlegungen: Weckesser oder ein anderer würde das Formale erledigen.

Das Schriftstück würde über seinen Schreibtisch laufen, na ja, er hatte Zeit. Gleichzeitig war ihm unwohl seit der Sitzung, nach der die Chefin gefragt hatte, in welcher

Gehaltsgruppe Weckesser verhungere. Sie sagte wirklich »verhungern«, wie man das in dem Landstrich, wo sie herstammte, wohl dahinsagte, natürlich ohne es wörtlich zu meinen.

Aber Wieler war aufgeschreckt, ihn rüttelte es geradezu durch. Weckesser solle wohl die neue Instanz werden, haderte der Viertelleiter nach dem Meeting im Telefonat mit seiner Frau. Er rief nach jeder Sitzung bei ihr an, Frau Charon stellte eine halbe Stunde dann niemanden durch. Fragen quälten ihn.

Was, wenn Weckesser ihm Konkurrenz machte? Um sein Selbstbewusstsein war es, wenn seine Frau ihn nicht permanent stabilisierte, schlecht bestellt. Der Vermerk »Demokratie und Krieg« würde helfen – ein nie geschriebener Vermerk. Wieler entspannte sich für den Moment.

Sofort kreisten seine Gedanken um die Weller. Warum konnte die nicht einfach gehen? Die Chefin hatte er so weit, nun begann die Weller zu bocken wie ein kleines Kind.

Wieler dachte an die Abmahnung, die eigentlich keine war. Und er überlegte, ob Rosalind und Ariane mehr sein konnten als Arbeitskolleginnen. Ob sie am Ende fähig waren, eine Achse der Gegenverschwörung zu bilden. All dies schwirrte durch seinen Kopf. Auch wenn Weckesser in letzter Zeit von der Seitenlinie aus zu stören begann – Wieler war insgesamt zufrieden, wie es lief. Er hatte wenigstens die Chefin an der Leine. Diese Formulierung stammte ausnahmsweise von seiner Frau.

Von dem Häuserspaziergang am Hügel bekam der getreue Gatte rein gar nichts mit, so sehr zwangen ihn die Vorgänge in der Institution zu Überlegungen. Als er die Lösung auszumachen vermeinte, legte sich in sein Gesicht ein Grinsen und vereiste ebenso wie sein Blick.

Ohne es zu merken, sah er schon geraume Zeit geistesabwesend auf einen in weißen Feincord genähten Reißverschluss halbschräg nach unten.

»Dir gefällt es also auch?«

Wieler schreckte auf. Seine Frau stand dicht vor ihm, mit ausgestrecktem Arm auf eine Villa hinter spitzen Zaunpfählen deutend.

»Ja, schön«, brachte Wieler hervor.

Frauen-Stammtisch

Die Frauen saßen in dem kleinen Café am Petit Place, der freilich der größte Platz am Ort war.

Rosalind Weller, Ariane Müller-Bleibel und Biggi Lasker trafen sich im Turnus jeden Donnerstag zum Stammtisch der Unfreiwillig Gegangenen, abgekürzt: STUNG, den sie rachedurstig mit hartem Konsonanten aussprachen.

Seit Wieler nicht mehr kam, um seine Dienstzeit zu vertrödeln, hatten sie die Treffen von der Pizzeria hinter der Institution ins »Markus« verlegt.

Diese modernen Metallstühle französischer Machart, die jetzt überall in Mode waren und den bequemen Holzsessel ablösten, drückten ihnen allmählich breite Streifen ins Gesäß, weshalb die Runde bereits mehrere Male Anlauf nahm zu gehen. Doch sobald eine nach der Bedienung rufen wollte, fiel wieder einer ein Detail ein und die beiden anderen lauschten nickend deren Erzählung, als habe jeder wahre Satz aus dem Mund einer Leidensgenossin wundheilende Wirkung auf ihre Narben.

So ging es reihum, was eine neuerliche halbe Stunde Zeit in Beschlag nahm. Die eine berichtete vom Zustand der Lähmung, den alle fälschlicherweise Burnout nannten, denn ausgebrannt habe sie sich nicht gefühlt, sondern beschmutzt. Von innen her beschämt durch einen Menschen, dessen Name sie nie wieder auch nur denken wolle, der gelogen und ihr die Ehre genommen habe nach fast 30 Jahren in Diensten der Öffentlichkeit, und niemand habe aufbegehrt. So sei zur Scham das Alleinsein gekommen.

Die andere erzählte, wie sie in jeder Montagsrunde mit der Chefin schon in Erwartung einer Schuldzuweisung durch den, dessen Namen auch sie nie mehr nennen wolle, ein Auge zu zucken begann, obwohl sie nicht nur keine Brille brauche, sondern auch sonst wenig Malheur mit dem Sehorgan habe.

Wieler habe nur sein schwarzes Büchlein aufschlagen müssen, ein wenig darin herumblättern und in ungelenken Worten vortragen, was sie an Fehlern aufgehäuft hatte, schon habe ihr Blick geflackert.

Nie habe die Chefin eingehakt, sich vergewissert, nie habe sie gefragt, ob alles stimme, was Wieler vortrug. Immer habe sie ihrem Handlanger geglaubt, seine Worte wiederholt und dazu gesagt, sie solle sich mehr konzentrieren.

»Nicht ein einziges Mal habe ich etwas vergessen, nie einen Brief nicht geschrieben oder mich an den Orange-Schokolade-Biokeksen in der Büroküche bedient, auf denen ›Chefin‹ stand.« Genau dies und vieles mehr habe ER jedoch vor der Chefin aus dem kleinen Buch vorgelesen.

Die Dritte schilderte, wie jede ihrer Ideen aus der Vorbesprechung in der sich anschließenden, kleinen Runde nicht mehr von ihr vorgetragen werden musste, weil dies der dienstbare Geist der Chefin regelmäßig selbst übernahm, in exakt gleicher Wortwahl. Sie habe nur noch staunend, gerade noch die Fassung wahrend, hören können, was der Kleiderbügel von sich gegeben habe, sie sei unfähig gewesen, sich aus der Versteifung zu lösen, weil alles doch zu unwirklich und unglaublich schien.

Auch die Dritte berichtete, nie von der Chefin gefragt worden zu sein, welche Marketing-Ideen sie habe, an dieser Stelle schluckte die Erzählende so trocken, dass den umsitzenden Frauen vom Hören bereits der Hals kratzte. Dies sei schlimmer gewesen, als nicht gefragt worden zu sein, denn die Chefin habe mit sicherer Regelmäßigkeit am Ende die Frage gestellt, womit sie sich eigentlich den Tag über beschäftige, wenn alle Ideen doch nur aus dem eigenen Umfeld kämen. Dann habe sie ihren Arm in Richtung jener Zimmerecke geschleudert, in der Wieler, den Kopf abgesenkt, vor sich hin kritzelte.

Starr vor Unglauben sei sie jedes Mal aus den Runden gegangen und habe erst einmal eine halbe Tafel Schweizer Milchschokolade essen müssen. Und wenn sie jetzt wieder normal aussehe, sei dies keiner Diät zu verdanken, sondern der bloßen Abwesenheit der intriganten Person, deren Namen auch sie niemals wieder in den Mund nehmen werde.

Wieler war in der Frauenrunde zu einem Kürzel geronnen, das die unterschiedlichsten Ausprägungen von Verachtung in sich vereinte. Am Ende hatten sie sich derart in

Rage geredet, dass ihre Wut gebunden werden musste. Sie wollten ihn fortan nur noch MBS nennen – manipulativen Breitbandschleimer.

Nach drei Stunden hoben Biggi Lasker, Ariane Müller-Bleibel und Rosalind Weller die Runde auf. Sie wollten sich schon in der Folgewoche nochmals treffen – zum Tag des zweijährigen Bestehens des STUNG.

Dass sie schon in sieben Tagen einen weiteren Stuhl würden dazuholen müssen und es einen guten Grund geben würde, den leichten Rosé, den teuersten auf der kleinen Bistro-Karte, zu bestellen, lag nicht andeutungsweise in der Luft.

Auch konnten sie nicht ahnen, dass sie all die in vielen Sitzungen entstandenen Rachepläne ganz umsonst geschmiedet haben würden. Das war zwar bedauerlich. Am Ende jedoch lief es ganz und gar auf dasselbe hinaus.

Causa ASF

Wieler steckte in der Zwickmühle. Sollte er seinen CEO-Bekannten aus Studientagen anrufen? In dessen Kanzlei würde er sicher einen haben, der verstand, worum es ging. Der Fall überstieg seinen juristischen Sachverstand, der freilich schon bei der Prüfung eines Verwaltungsaktes gehörig ins Rutschen kam. Hier aber war öffentliches Recht gefragt, hier ging es in die Ziselierungen des Zivilrechtes wie des Behördenrechtes, einer trockenen, aber bedeutsamen Materie, die sich nur aneignete, wer sich regelmäßige Aufträge aus dem Behördendschungel versprach.

Dr. Menzinger war einer von der Sorte, der gut von der Institution lebte. Wieler hätte am liebsten Eckstein im Urlaub angerufen, der würde ohnehin nur an seinen Bonsaifichten schnippeln. Doch Wielers Frau hatte ihm strikt untersagt, sich den leisesten Anschein fachlicher Hilflosigkeit zu geben. Würde das ruchbar, bekäme es die Chefin hintertragen, er brächte womöglich die gesamte Investition ins Wanken.

»Unser schöner Plan!«, hatte sie erhitzt gerufen, in der Küche, wo sonst, und ihren Gatten dazu an beiden Oberarmen gepackt.

Geradezu rührend versuchte Frau Wieler, das Bild ihres Mannes in der Institution vorzuzeichnen wie Konturen eines Mandalas, das die Kollegen und Vorgesetzten nur noch in den schönsten Farben ausmalen sollten. Wollte man Wielers Frau eine Schwäche attestieren, dann am ehesten, dass sie geneigt war, die Wirkung ihres Mannes auf andere allzu rosig einzuschätzen.

Aber kehren wir zurück zu Wieler, der mit trübem Blick den Schriftsatz besah, den die Charon gebracht hatte und der in ihm wieder einmal eine einzige große Leere hinterließ. Wieler musste nur das Deckblatt anschauen, um jene Lähmung zu spüren, die ihn als Junge oft gedämpft hatte, wenn ihn der Vater in großer Familienrunde mit sonorer Stimme zur Interpretation dieses oder jenes Sachverhalts aufforderte und, einerlei, was er sagte, derselbe Vater in dröhnendes Gelächter ausbrach.

»Unterlassungsklage« stand auf dem Deckblatt wie der Titel eines Romans, anstelle des Autors war der Name der Chefin platziert.

Wieler blätterte die erste Seite auf, »... weder auf unsere Abmahnung noch auf unsere Unterlassungserklärung ...«

In der hintersten Windung seines Gedächtnisses formierte sich etwas, das einer Erinnerung gleichkam, sobald er sich ihr aber nähern wollte, löste sie sich auf, ganz so wie sich weißer Frühnebel im zunehmenden Sonnenlicht zuerst dehnte und schließlich verschwand. Der Name sagte ihm nichts, mit der Schmutzigengruppe im

Hohen Haus hielt er sich ungern auf, er hatte sogar etwas Furcht vor ihr.

Deshalb kam ihm gelegen, was ihm seine Frau wieder und wieder als eherne Regel eingetrichtert hatte: »Du musst guten Gewissens sagen können, dass du nichts weißt!«

Wieler riss eine Seite aus dem schwarzen Notizbüchlein, legte das Blatt vor sich und nahm den Hörer ab.

»Nein, der Schriftsatz ist noch nicht fertig, Herr Doktor Menzinger. Ja selbstverständlich dränge ich darauf. Nein, von unseren … liegt noch nichts vor. Nein, Dr. Bernauer hat diesbezüglich nichts … Selbstverständlich. Ich hake nach.« Dass Wieler kein »Habe die Ehre« anfügte, war alles, denn in sich spürte er die Lösung nahen.

Wie anders sein Gesichtsausdruck nun war. Seine Verzweiflung war einer tiefen Zuversicht gewichen. Bernauer war mindestens zwei weitere Wochen krankgeschrieben, Eckstein im Urlaub. Sie hatten den Fall liegen lassen, so einfach war es! Vor allem Bernauer versagte, und das auf B9 oder mehr!

Wenn er sich nicht um alles selbst kümmern würde, dachte er, fast ein wenig zu euphorisch, denn er meinte, den Ausweg gefunden zu haben.

Der Bernauer! Er würde das mit der Chefin besprechen. Wieler bückte sich tief und schob die Akte in die unterste Schublade.

Der Große Vorsitzende

Der Große Vorsitzende bückte sich tief. Die Arme ausgestreckt, zielte er mit den Zeigefingern auf seine großen Zehen. Die sah er natürlich nicht, er hatte Turnschuhe vom Büroleiter besorgen lassen unten in der Stadt.

Sein Blick fiel, derart verharrend, vielmehr auf ein Buschwindröschen – Anemone nemorosa! Das Grußwort für den Weltbiodiversitätsrat harrte der Fertigstellung. Ein solches Thema konnte er nicht den Redenschreibern überlassen, wiewohl sie ihr Bestes gaben. Keiner von ihnen war annähernd imstande, sich in Flora und Fauna zu vertiefen wie er selbst.

Hinzu kam, dass er unbedingt seine neueste Entdeckung, den Tintenfischpilz, erwähnen wollte. Die »Initiative Artenvielfalt« war da ein unglaublich gutes Format.

Noch immer kopfüber versank der Große Vorsitzende in Erinnerungen an die Blumenarten, die er auf einer Fettwiese kürzlich gesehen hatte.

»40 Prozent der Tier- und Pflanzenarten sind gefährdet«, so würde er beginnen. »Das ist alarmierend! Was ausstirbt, ist unwiederbringlich verloren.«

Ja, das musste er einbauen, dachte er, als ein rot schimmernder Käfer über den Blütenkopf des Röschens lief. Der Große Vorsitzende strahlte und riss die Augen auf, bis seine Stirn einem zusammengeschobenen Faltrollo glich, denn er vermeinte, einen Gefleckten Weidenblattkäfer zu erkennen.

Die sollten in seinem Dienstgarten – »in meinem Habitat«, dachte er – vorkommen?

Chrysomelia, Chrysomelia …, er grub eine Weile erfolglos nach dem lateinischen Artennamen. Auch die Insekten musste er erwähnen, das sei ja mindestens so gravierend.

550 Arten von Laufkäfern gab es gerade noch. Das Gesicht des Großen Vorsitzenden näherte sich bereits dem Farbton der Käferflügel an, als ihn Flackern auf seinem Mobiltelefon aus den Gedanken riss. Wenn er seine gebogene Haltung aufgab, spürte er seit einiger Zeit ein Pochen im Schädel. Deshalb musste er sich angewöhnen, langsamer zu tun. Solchermaßen brachte er seinen Oberkörper in die Aufrechte, hielt kurz die Arme in den Himmel gestreckt, bog sich einige Male runter und rauf und lief die Stufen zur Dienstvilla hinauf. Dann erst gab er der Neugierde nach, denn es flackerte nach wie vor. Wenn der Kanzler dran wäre, dachte er, und griff zum Handtelefon. Aber es war die Pforte.

»Ja. Sollen hochkommen.«

Amann, einen Kopf kleiner als der neben ihm gehende Dr. Bernauer, bot dem Großen Vorsitzenden ein »Salve!« dar, wie er es seit 40 Jahren tat.

Gemeinsam traten sie aus dem Amtszimmer auf die Terrasse.

»Wir müssen mit dir reden, es dauert nicht lange«, sagte Doc Bernauer.

Zwei Stunden später hatte das Grußwort noch immer keine erste Zeile. Aber der Große Vorsitzende pendelte schon eine Weile zwischen Schreibtisch und Fensterfront, die Hände hinter dem Hintern ineinandergelegt.

Formal war er, na ja, fast ein Niemand im Organigramm der Siegerstraßenpartei. Die Trennung von Amt und Mandat war eine heilige Kuh, so oft sie die Ambitionierten auch in Personalnot, mitunter sogar machtpolitisch paralysierte.

Dem Großen Vorsitzenden stank diese reine Lehre wie der Nieswurz, denn es war keineswegs so, dass die Bürgerinnen und Bürger das Machtsplitting belohnt hätten.

Mit den Jahren war in der Siegerstraßenpartei eine Art Parallelhierarchie entstanden, wie sich Trampelpfade durch Parks bahnten, ungeachtet der Wege, die die Landschaftsarchitekten für die Grünstreifen vorgesehen hatten. Vertraute wussten natürlich, wie der Große Vorsitzende unter dem per Statut verordneten Zugriffsverbot litt und nur unzureichend Trost darin fand, die heimliche Nummer Eins zu sein, was sich darin ausdrückte, dass er von den Parteimitgliedern in Versalia benannt, ja sogar gedacht wurde. War von ihm die Rede, hieß es mit gedehntem Vokal – EER.

Nun stand ER allein im Dienstzimmer. Wenn das stimmte, was die beiden Weggefährten vorgetragen hatten, würde er selbst einschreiten müssen. Blitzbeförderungen waren das eine, aber auch noch in der Partei nach oben durchgeschoben zu werden, das ging zu weit.

Am Zischeln und Knacken, das sich an den hohen Wänden und Decken brach, erkannte sogar das Vorzimmer, wenn der Große Vorsitzende im Selbstgespräch einen Sachverhalt erörterte. Doch jetzt war deutlich mehr als Flüstern zu hören.

»Wir reißen nicht mit dem Hintern ein, was wir in vierzig Jahren aufgebaut haben an Glaubwürdigkeit, verdammt nochmal.«

ER war laut geworden. Da stand eine Wahl bevor und im Hohen Haus trieben sie es schlimmer als das Ancien Régime. Schlimmer als die Be ...!

Der Große Vorsitzende griff zum Telefon und hieß seine Zentralstelle kommen. Nicht, dass er seinen Freunden nicht geglaubt hätte, aber seinen Zentralos entging üblicherweise nichts. Sie waren Hörrohr, Fernglas und loyal.

Ob jemand von der komischen Verstrickung der Chefin wisse. Und ob jemand diesen Wieler kenne oder auch nur von ihm gehört habe. Einer, der noch in alten Zeiten an den Hügel der Macht wechselte und unter den Siegersträßlern bleiben durfte, drückte seine Lippen zusammen, sog sie ein und ließ sie wieder schnalzen.

Nachdem sich der Schall dieses schmatzenden Geräusches zum dritten Mal an der Barockvertäfelung gebrochen hatte, wurde der Große Vorsitzende ungehalten: »Sag schon!«

»Kennen nicht gerade, aber Weckesser rief mich vor ein paar Tagen an und ließ sich wenig positiv über diesen Wieler aus. Er verstopfe nach nicht einmal zweieinhalb Jahren im Hohen Haus die B4. Das war's. Weckesser wartet seit mehr als zehn Jahren. Man kann's verstehen. Ach ja, Frau Weller und noch jemand, ein Personaler, sollen auch gegangen sein oder gehen und, ach ja, Dr. Bernauer – aber das wissen Sie bitte nicht von mir!«

»So eine Kuh. Quidquid agis, prudenter agas et respice finem«, flüsterte der Große Vorsitzende, an der Fensterfront stehend, und, in der Pose großer Landnahme auf seinen Garten sehend.

Er räusperte sich, als sei das Geflüsterte nur ein Kratzen im Hals gewesen, und wandte sich erneut seinen Mitarbeitern zu.

»Arbeitet dieser junge Mensch mit den Flaschenbürsten auf dem Kopf noch bei uns? Wie hieß der noch? Mitglied? Fragt das zuerst.« Wenn ja, werde dieser junge Mann wohl ausgeliehen werden müssen für einen Sondereinsatz. »Schickt ihn einen Tag ins Praktikum zu Amann. Der macht doch neue Medien – viele Bilder, wenig Text. Er soll ein neues Portrait über die Anfänge der Siegerstraßenpartei aufnehmen: wir auf den Schienen des Castortransports,

wir im Bonner Hofgarten, Mutlangen, Whyl ... Historien-
zeugen. Soll sich alles schildern lassen und den Amann fil-
men. Wir haben ja bald 50-Jähriges. Der Rest findet sich.«

Auch die Weller, dachte der Große Vorsitzende. Jetzt, da
die Mitarbeiter draußen waren, konnte er wieder vor sich
hin flüstern. Es formulierte sich einfacher.

Dieser Wieler. Wieso hatte Bernauer nichts gesagt? Das
klang derart allgemein bedrohlich. Erst heute hatte er
zweimal seine Lieblingsphilosophin zitiert mit den Menschen, die sich hinter einer Idee versammelten. Die Siegerstraßenpartei hatte sich hinter einer Idee versammelt –
und die hieß gewiss nicht, im Windschatten Karriere machen. Die hieß ganz bestimmt nicht, die Beamten gegen
sich aufbringen wegen eines einzigen, was eigentlich? Dieser Seckel – das Dialektfluchen hatte auch ER sich bewahrt
– konnte Schaden anrichten. Dass sich keiner regte im Hohen Haus? Das war doch höchst verwunderlich.

Als die Bänke der Opposition noch hart waren, lange
bevor die Siegerstraßenpartei den Hügel der Macht erklimmen konnte, da hätte er sich so eine Gelegenheit nicht
entgehen lassen, die Regierenden unter Druck zu setzen
oder zumindest etwas rauszuholen für die eigene Sache:
ein Windrad auf dem Solitudehügel oder einen Waldan-
kaufsfonds oder ein ökologisch nachhaltiges Genossen-
schaftsmodell.

Die Zurückhaltung der Gestrigen konnte bedeuten, dass
die heutigen Hartbänkler des Ancien Régimes Munition

sammelten. Allzu viel gegen ihn Verwertbares gab es bislang nicht, umso leichter dürfte es fallen, solche Manöver zu einem passenden Zeitpunkt einem ideologisch verbündeten Schreiber zuzuschieben.

Dann käme die frühere Häme gegenüber dem AR, mit der sich auch der Große Vorsitzende in jungen Jahren hervorgetan hatte, zurück wie ein Bumerang, all seine – ER grinste jetzt – recht brillanten Sottisen gegen die »Machtmaschine AR« oder die alles vereinnahmende »Staubsauger-Staatspartei«, dann käme alles zurück.

Beim Gegenteil dessen erwischt zu werden, was man forderte, könnte sich alsbald rächen in der Wählergunst.

Überhaupt war das eine Zeitbombe. Der Große Vorsitzende dachte aber auch an Bernauer, der vorhin nicht ganz ehrlich zu ihm gewesen war.

Wer weiß, was die Chefin diesem Wieler anvertraut hatte. Das müsste man auf jeden Fall noch herausfinden, bevor man ... Es war verhext.

Und noch immer keine Zeile zur globalen Artendiversität. In Paris würde er trotzdem nicht über die stinkende Nieswurz referieren. Die Nacht würde lang.

»So eine Kuh«, entfuhr es ihm erneut.

Verlorene Unschuld

Wenn Wieler in diesen Tagen über den Flur ging, sahen die Kollegen nicht mehr den Bückling. Nach drei Jahren in der Institution hatte sich dieses Gebeugte gegeben, aber nicht in dem Sinne, dass er nun vollkommen vornüber geklappt wäre, nein, das Rückgrat hatte es schlichtweg nicht mehr so eilig, eine Vorhut zu schicken.

Nun kamen seine ersten Wirbel, die des Halses, fast gleichzeitig mit denen am Steiß an. Der Kleiderbügel hatte sich gestreckt.

Wieler war wohl aufgefallen, dass sein »Schön war's« und »Bald ist Wochenende« des Öfteren ohne Resonanz blieb, selten, dass einer darauf überhaupt reagierte.

Weckesser grüßte kaum noch, auch Frau Lasker wich ihm aus, wann immer sich die Gelegenheit bot.

»Viel Feind, viel Ehr.«

So ähnlich hatte sich Dr. Kalbmayer neulich ausgelassen, so falsch konnte die Devise also nicht sein. Den Satz wollte er sich einverleiben.

Der bedauernswerte Wieler konnte nicht wissen, dass Kalbmayer, auf ihn bezogen, nur den ersten Teil des Spruches zur Anwendung brachte.

Doch Wieler trieb anderes um in diesem Moment. Am nächsten Tag war es so weit. Die Kandidatenaufstellung für die Bundestagswahl stand an.

Der flaue Magen plagte ihn, Angst machte ihm jedoch sein Herzschlag, der so starke Hüpfer machte, als wäre der Muskel mit einem Gerät verbunden, das die Kontraktionen in schnelle Bassimpulse umwandelte, wie man sie in den Clubs hörte. Die Chefin war schon einen Tag früher zur Landesversammlung der Siegerstraßenpartei gefahren, um Gespräche zu führen. Das heißt, Wieler dachte an seine Vorgesetzte schon seit einiger Zeit nicht mehr in der Strenge einer Hierarchie.

Genau genommen hatte er seit dem Tag, als er seinen Arm um ihre Schulter gelegt und ihre Hand auf seinem Oberschenkel gespürt hatte, wann immer er sie sah, ein undeutbares Empfinden. Wenn sie sich zu den Sprechübungen setzten, ertappte er sich dabei, seine Nase ein klein wenig in Richtung ihres Haares zu drehen und dessen feinen Aprikosenduft zu schnuppern. Auch ließ er seine Hand, wenn er gemeinsam mit ihr durch die Türe ging – was, wie wir wissen, die Regel war – einen Moment länger als nötig auf der Türklinke, einzig mit dem Ziel, mit ihr in Berührung zu kommen.

Wenn er jetzt an sie dachte, wusste er nicht, ob es die Aufregung oder sein seltsames Chefin-Gefühl war, das ihm zu schaffen machte.

Wieler hegte nach allem, was war, keinen Zweifel, dass sie auf der Landesversammlung womöglich schon heute

Abend an der Bar über ihn sprechen, ihn loben und anpreisen würde als absolut wählbaren Kandidaten mit interessantem Profil: eine bürgerliche Existenz zwar, jedoch loyal und zuverlässig für die Siegerstraßensache. Sie würde schildern, vielleicht sogar dem Großen Vorsitzenden selbst, wie Wieler sie ein ums andere Mal vor größeren Pannen im Hohen Haus bewahrt hatte durch seine Aufmerksamkeit und seinen wachen Geist; dass die Verwaltung dagegen ein Ausbund an Faulheit und Einfallslosigkeit sei; und schließlich, dass sie ihm, Wieler, zu Dank verpflichtet sei.

Sie würde schließlich das Glas heben und mit dem Chef aller Chefs anstoßen mit den Worten »Auf loyale Mitarbeiter!«, wie sie es ganz zu Beginn seiner Zeit in der Institution in der Bar am Bahnhof getan hatte.

Vor aller Augen hatte sie ihn, Wieler, als großen Fang hochleben lassen, und der Weckesser, der Kalbmayer, der Eckstein, vor allem aber der Bernauer hatten geschaut wie die Autoscheinwerfer eines alten VW-Käfer.

Das war eine Szene! Tausende Whiskey-Flaschen baumelten an Flaschenzügen von der Decke und die kleine Gruppe bediente sich wie am Seilzugturm im Fitnessstudio.

Auf dem Rauchglasspiegel hinter ihnen stand der Satz: Invest in the beginning, gain in the future! Das hatte er getan, und nun konnte er ernten.

Es kam selten vor, dass Wieler in der Einzahl dachte. Er sagte wohl manchmal ich, aber Schnurpl, seine Frau, dachte er lange Zeit immer mit. Sie schwebte wie eine ihn begleitende Wolke über ihm.

»Durch ihn und mit ihm und in ihm ist dir, Gott«, so hatte er als kleiner Junge in der Kirche gebetet. Doch jetzt blitzte sie nur einen Sekundenbruchteil auf, aus der Tiefe wie ein Flaschengeist, um sich, kaum hatte sich ihre Gesichtskontur zusammengesetzt, wieder aufzulösen. Es war etwas geschehen. Wieler stand vor dem Aufzug. Ein träges Lächeln lag noch in seinem Gesicht.

Eine Frauenstimme sagte: »Fahren Sie?«

Wieler hatte nicht bemerkt, wie die Aufzugtüre mit einem surrenden Ton zuging, gegen seinen Schuh stieß, um gleich wieder aufzuspringen und wieder zuzugehen. Jeder andere hätte umgehend, beim ersten Rempler schon, den Fuß zurückgezogen. Wieler hingegen hatte vor lauter euphorisierender Erinnerung die Vorwärtsbewegung eingefroren und den Fuß mitten auf der Schwelle stehen lassen.

Die Charon versuchte, sich an ihm vorbeizudrücken, da erst, ihre Hand am Rücken spürend, löste sich Wieler aus seiner wohligen Starre und stieg in den Lift ein.

»Es soll schön werden am Wochenende«, sagte er. »Ist ja auch schon übermorgen.«

Der MABREIS, mein Gott, was der wieder redete, dachte Natalie Charon und machte sich umgehend wieder ans Rätselraten, wofür die Abkürzung stehen könnte.

Immer neue Bezeichnungen für ihren Halbchef zu erfinden, war beinahe ein Hobby zu nennen. Andere vertrieben sich die Zeit mit Sudoku. Charon sah den Vorteil, ihren gesamten Missmut verarbeiten zu können, wenn ihr die passenden Wörter zufielen. Fänden.

»Mann der Breiten? ... Möchtegern-Bräser ... breisser«.

Doch fiel ihr an diesem Tag einfach nichts ein. Wieler interpretierte ihren stummen Blick auf die Aufzugknöpfe als verklemmte Scheu, vielleicht war die Charon in ihn verschossen, das gab es doch ständig, dass die jungen Dinger ihre Chefs anhimmelten.

»Einen wunderschönen Abend, Frau Charon!«

Siegerstraßenparteiwahltreffen

Muffins waren wie Bauklötze zu Türmen gestapelt, grün eingefärbt und mit winzigen Sonnenblumen- fähnchen bespickt. Die jungen Praktikantinnen hatten ganze Arbeit geleistet, das Treffen der Siegerstraßenpartei zu einer emotionalen Wärmestube zu dekorieren.

Wieler war spät dran. Als er seinen Wagen abschloss, sah er den Großen Vorsitzenden, umgeben von einer Traube aus Personenschützern und Referenten, in die Holzhalle laufen. Seine Frau zwinkerte ihm zu. Vielleicht würde er als aussichtsreicher Kandidat für die große Volksvertretung ein paar Minuten mit ihm reden können? Vielleicht bot er ihm auch gleich einen Job in der Villa an?

»Hey, Wieler! Träum' nicht. Die Krawatte?«

Frau Wieler schwenkte einen gestreiften Binder vor den Augen des MdB in spe. Ja, das war elegant. Es konnte nicht schaden, all den kratzigen Schurwollpullovern etwas Welt- läufigkeit entgegenzusetzen, dachte sie und machte sich am Hemdkragen ihres Mannes zu schaffen, der den Hals reckte, um seine Vorgesetzte zu erspähen, die ihn sicher schon er- wartete. Wippend vor Zuversicht lief er in die Holzhalle, vorbei an den bunten Flaggen und Werbeständen, an den

Bekenntnissen zu Europa, zum Artenschutz und allerhand Lebensweisen, vorbei an dem Start-up, das mit Grünalgen gefärbtes Süßgebäck und Verbundwerkstoffe aus Algenschnüren produzierte. Ja, selbst die Speicherchips aus gepressten Muschelbärten schafften es nicht, seine Aufmerksamkeit zu erregen.

Amann hätte sich bestätigt gefühlt in seiner Ablehnung dieses Menschen. Doch Wieler konnte an nichts anderes denken als an den bevorstehenden Auftritt.

Der Biegsame eilte in den Saal in alter Manier, quasi ein Rückfall: den Kopf weit vorn. Sein Ziel stand am Bühnenrand im Pulk mit anderen. Ihr lautes Lachen mit dem beschwipsten Anlaut hörte Wieler aus Hunderten heraus, ja, er war nach dieser Zeit konditioniert auf diesen Ton wie ein abgerichteter Hund.

»Die kapieren es nicht, Hauptsache dagegen« ... »und dann auch noch Brutto- mit Nettostrombedarf verwechseln«.

Es ging um den politischen Gegner und den letzten Beschluss, eine Fortschreibung der Einspeisegarantienovelle, »Espe II« genannt.

Wieler näherte sich der Gruppe, ohne ein Wort zu verstehen. Sein Wissen über den politischen Gegner erschöpfte sich in der Kenntnis weniger Namen, die gute und ungute Berühmtheit erlangt hatten, ohne dass er je mit ihnen in Kontakt gekommen wäre. Es war bisher auch so gegangen. Vorsichtshalber lachte er mit, er versuchte es zumindest.

Die politische Auseinandersetzung konnte schon deshalb nicht seine Paradedisziplin werden, denn da hieß es stehen und dem Gegner ins Gesicht sagen, dass seine Haltung von Vorgestern oder wahlweise naiv sei.

In allen Parteien gab es die Scheuen und Sprachgehemmten, bei denen man sich sofort fragte, warum sie sich keinen ruhigen Bürojob gesucht hatten. Solche wie Wieler, für die sich jedes Aufeinandertreffen mit der Konkurrenz wie ein bedrohlicher Nahkampf in einer exotischen Sportart anfühlte. Da gingen sie lieber gleich in Deckung und versuchten wie beim Biathlon sich aus dem Windschatten eines Führungstrupps herauszulösen und zu überholen.

Wieler hatte diese Möglichkeit der Fortbewegung spät für sich entdeckt, das heißt eigentlich war es seine Frau, die auf diese Option einer gegenwindarmen Karriere aufmerksam wurde.

In langen Nächten – man fragt sich, wann sie je zum Schlafen kam – wälzte sie Zeitungsartikel und andere Quellen auf der Suche nach sogenannten Quereinsteigern, die geradezu unsichtbar auf dritt- und viertrangigen Positionen ausgeharrt hatten, um nach den Wahlen wie Heuschrecken aus den Büschen zu schnellen und auf gut bezahlten Stellen zu landen. Das Ergebnis ihrer Studien, aufbereitet nach Parteifarben, sah aus wie ein Paul Klee aus seiner kubistischen Periode – viel Orange, viel Rot, etwas Gelb. Was fehlte, war die Farbe Grün.

Dem konnte Wieler – in bescheidenem Maße versteht sich – abhelfen.

Doch in der Partei ging es anders zu als im geschützten Raum der Verwaltung. Natürlich gab es auch in der Siegerstraßenpartei die Kriecher und die Kämpfer, die Schnecken und die Stiere. Wieler war ohne Zweifel in die Kategorie der Kriechtiere einzuordnen, das hatte schon der Vater gesehen und sich bis zu seinem gnädigen Tod vergeblich den Kampfstier gewünscht, der seine Siegergene weitertrug. Ein Psychologe würde in Erwägung ziehen, dass eben dieser Stiervater seinen Anteil hatte an der flachen Charakterausprägung seines Sohnes.

Wieler hätte früh dagegen ankämpfen können, aber er hatte dem Gleichmut den Vorzug gegeben und es bis dato ruhig durchs Leben geschafft. Die Unruhe der letzten Jahre fände auch wieder ein Ende, wenn er das nächste Ziel erreicht haben würde.

Doch was war sein Ziel? Bis vor Kurzem verband Wieler seine helle Zukunft noch mit Schnurpl und der finanziellen Absicherung durch eine stattliche Pension. Nun war er auf dem Sprung in die doppelte Abpufferung durch Ruhestandsgehalt und Diät.

Aber wie er in der Holzhalle stand, zwei Kopfreihen vor ihm die Chefin, und er meinte, den Duft reifer Aprikosen zu riechen, wurde er auf einmal unsicher. Der Mann in ihm ließ Gedanken aufsteigen, die er früher nie zu träumen gewagt hatte. Nach der Wahl musste er sich ordnen, dachte er. Die Wahl war das Stichwort, den seifigen Tagtraum zu verlassen. Das Grüppchen mährte sich inzwischen über den ökologischen Unverstand der Konkurrenz aus, wie es üblich, ja vielleicht sogar unabdingbar war für das Zusammenfügen so unterschiedlicher Menschen in einen Machterlangungsverein.

Da hieß es »Wir gegen die«. Jede kleine Unzulänglichkeit des Gegenübers wurde aufgebläht zur parteigenetischen Dumpfheit. Die anderen machten es ebenso. Dann war man quitt.

Wieler, das Mitglied Nummer 9.092, kannte, auch wenn der Ausdruck ihm nicht geläufig gewesen sein dürfte, Community-Building nur von sich und seiner Frau.

Diese wartete in einigem Abstand und beobachtete nicht wirklich zu ihrer Zufriedenheit, wie Wieler vergeblich versuchte, die Chefin auf sich aufmerksam zu machen. Die Tatsache, dass sich kein einziger Kopf umdrehte, mag einen schüchternen Hinweis geben auf Wielers Vernetztheit. Wieler bebte in der Art wie schon der junge Wieler gebebt hatte, nicht sichtbar, aber innerlich ein einziger Wellengang. Eben noch durchfeuchtete das bevorstehende Treffen mit der Chefin sein Denken, nun schien es ihm angezeigt, ihre Hilfe ausdrücklich zu erbitten.

In der heimischen Diele hatte Frau Wieler in Manier eines Boxcoachs auf ihn eingeredet, der mit dunklen Augenringen vor ihr saß. Es stand wieder einmal viel auf dem Spiel.

»Am besten du redest mit niemandem, hörst du? Dann gehst du den Redetext noch mal durch. Lass dich in kein Gespräch verwickeln, hörst du? Das lenkt nur ab«, fügte sie hinzu, was gänzlich unnötig war, denn Wieler kannte, wie gerade zu sehen war, niemanden, und wer ihn je bemerkt hatte, ordnete ihn der Chefin zu wie ein Rollkoffer dem vorbeihastenden Urlauber.

Wieler war also keineswegs in Gefahr, abgelenkt zu werden, aber nun musste er an den Counter. Seine Frau gab Zeichen. Dem Gefühl nach wäre seine Bewerbung um Platz zwölf der Liste reine Formsache gewesen, hätte diese Rothaarige von der sogenannten Sitzungsleitung nicht zu dem üblichen »Viel Glück« dieses »Euch beiden« hinzugefügt.

Wielers Augen schlugen daraufhin aus wie Metronome, er schaute nach rechts und nach links und sah dieses junge, von gerstengelben Pfeifenputzerhaaren umrahmte Gesicht, das Wieler auf eine Weise anlachte, die ihn sofort beklemmte.

»Ich bin der Henning. Ich geh auch auf die Zwölf, ich muss für die GrüJus rein, sorry.«

Wieler zog den Zettel mit seiner Rednernummer vom Tisch und lief, keine Spur von zielstrebigem Eilen, erneut wie benebelt in den Saal. Seine Frau konnte gar nicht anders, als den leeren Blick ihres Mannes seiner Nervosität zuzuschreiben, denn sie wusste ja nichts von alledem, was sich gerade zugetragen hatte.

Er lief an ihr vorbei, Panik arbeitete sich wie ein Vortriebbohrer durch sein Gehirn: Ein gewisser Henning trat auf seiner Nummer an, ein Henning. Henning!

Wieler hatte einen Gegenkandidaten. Er haderte, wie er noch nie gehadert hatte. Die Chefin hatte kein Wort gesagt, ihn nicht gewarnt.

Eine Frauenstimme war zu hören: »Es machen sich bereit die Herren Wieler und Erkenschwelg, danach Helen-Marie.« Es gab kein Entrinnen mehr.

Wieler nahm die drei Stufen und lief zum Pult. Jetzt half kein gebeugtes Hinterhereilen mehr, jetzt musste er stehen, und zwar aufrecht. Seine Bewerbungsrede würde sie überzeugen, er war der Kreisvorsitzenden dankbar für ihre Hilfe beim Ausformulieren der frauenpolitischen Standpunkte, ja überhaupt für die brillante Idee, als Mann mit diesem Schwerpunkt ein Alleinstellungsmerkmal zu haben.

Inhaltlich war ihm das Frauenthema so nah wie der Käferbefall von Fichten oder nachhaltige Schankwirtschaft. Wieler verstand davon rechtschaffen wenig. Am ehesten hätte er für sich Literaturkenntnis in Anspruch genommen, doch selbst das wäre hochtrabend formuliert für einen, der im Studium Log One bis Log Ten und noch ein paar übersetzte Bände der Star Trek-Reihe gelesen hatte.

»Liebe Freunde!«

Wieler begann vor Aufregung ungegendert, was die Lilagrünen in der ersten Reihe »Hey, und wir?« Richtung Bühne rufen ließ.

Weder das eine noch das andere wurde von der Menge im Saal registriert. Es herrschte eine Geräuschkulisse wie beim Boeing-Turbinentest auf dem Rollfeld. Zum ersten Mal in seinem Leben stand Wieler vor so vielen Menschen, die er beeindrucken sollte.

»Liebe Freunde, jetzt wird es ernst ...«

Wieler rann der Schweiß, das Redemanuskript verschwamm zunehmend vor seinen Augen. Er zog die Brille von der Nase, versuchte mit Daumen und Zeigefinger, die Tropfen vom Glas zu reiben, was ohne milchige Schlieren zu hinterlassen nicht zu schaffen war. Nun sah Wieler trüb. Die Buchstaben begannen, sich aufzulösen, aber ein weiteres Mal die Brille ab- und aufzusetzen machte ebenfalls keinen guten Eindruck.

Mit solchen Fragen beschäftigte sich Wieler noch eine Weile, worüber er sein Konzept noch mehr aus den Augen verlor.

»Liebe Freunde« setzte er ein drittes Mal an. »Die Frauen wussten es ...«

Es war, um es kurz zu machen, ein Trauerspiel.

»Es soll schön werden am Wochenende«, hörte er sich wie aus weiter Ferne sagen und den Satz: »Deine Zeit ist um.«

Das Nächste, was an sein Ohr drang, jedenfalls seiner Erinnerung nach, war wieder von der Rothaarigen gekommen.

»Danke Henning, wir gehen in den Wahlgang 12. Bitte stimmt mit den Geräten jetzt ab. Als Nächste ist dran die

Helen-Marie auf dem Frauenplatz. Und es machen sich bereit: Roland und Steffen.«

Wieler bekam nichts mehr mit. Das Gesicht seiner Frau, spitz und schmal, spiegelte die Niederlage deutlich. Wieler starrte hinter seinen beschlagenen Brillengläsern ins Nichts und musste von der mit Sonnenblumen dekorierten Bühne regelrecht geschoben werden.

Frau Wieler rieb mit der flachen Hand seinen Oberarm hinauf und hinab. Doch Wieler war durch Oberarmschubbern nicht zu beruhigen, dazu war sein Seelenzustand zu prekär. Weder bei der Katze, die die Mutter einschläferte, kaum war er in die Schule enteilt, noch bei der ersten Freundin, die ihm ein muskulöser Schrauber aus dem Werk schon nach ein paar Tagen ausspannte – nie hatte er eine solche Leere gespürt. Wielers Verlustloch erschien ihm von so großem Ausmaß, dass er darin unterzugehen meinte. Ja, er dachte nur: Loch.

Als Wieler die Chefin noch immer lachend in der Runde der Parteikollegen stehen sah, als er sah, wie sie gestikulierte und den Kopf hin und her warf, wurde ihm gewahr, dass sie nicht wusste, was ihm gerade widerfahren war. Sie hatte alles verpasst – die Möglichkeit, für ihn als Fürsprecherin ans Mikrofon zu gehen, was möglich gewesen wäre und versprochen war.

Ihr war sowohl seine Rede entgangen, die sich in ein desaströses Gestammel zerlegte, als auch seine Niederlage. In Wieler wuchs in diesem Moment die Ahnung wie ein

Hefepilz in der Wärmeschublade, seine Vorgesetzte nie gekannt zu haben. Obwohl solche Gedanken völlig fehl am Platze waren, bohrte sich wie aus dem Nichts die Gewissheit in seinen Magen, nie als Mann für sie sichtbar gewesen zu sein.

Sein dienendes Alter Ego hatte sich zuerst mit Entschuldigungen gemeldet: Sie werde zu tun gehabt haben, die Gelegenheit sei günstig gewesen, Aufnahmen mit dem mobilen Telefon zu machen an den Ständen im Foyer, mit dem Parteiensignet allüberall, mit prominenten Parteifreundinnen, Bildchen, die sie verschicken konnte mit kleinen Sätzen, die der willfährige Hospitant tippte.

Doch nun stand Wieler wie eine Salzsäule vor der Szenerie, als ihn ihr Blick doch noch streifte und einen Augenblick fixierte.

Im Hereilen rief sie ihm ein schlängelndes »Ja, servus!« zu, statt einmal, auch nur ein einziges Mal, »Guten Tag« oder »Guten Tag, Wieler« oder »Guten Tag, lieber Wieler« zu sagen. Sie lachte und war, wie es so heißt, bester Laune.

Frau Wieler übernahm geistesgegenwärtig die Regie, indem sie ihren Kopf zweimal kurz zur Seite bewegte, kaum merklich, aber die Chefin verstand sofort. Vom aufgekratzten »Servus« zum »Das tut mir echt leid« war ein kurzer Weg. Sie kommt zu spät, dachte Wieler nun. Sie kommt zu spät.

Auf dem Weg in die heimische Küche liefen sie schweigend nebeneinanderher. Früher hätte seine Frau nichts unversucht gelassen, ihrem Mann beizubringen, die Niederlage umzuwandeln in Gegenkraft. Die negative Energie der Kontrahenten zu nehmen und umzukehren, hatte das nicht Mao empfohlen oder Laotse? Wichtig war die Spur. Wichtig waren Andeutungen von Wissen.

Frau Wieler versuchte immer, was ging, denn sie war in einem Fußballerhaushalt mit vier Brüdern aufgewachsen, was in ihr einen immerwährenden Optimismus ausgebildet hatte: Nach dem Spiel ist vor dem Spiel.

Doch als sie an diesem Abend durch die Bärengasse gingen und die hundert Stufen der Heldenstaffel zur Waisenstraße 13 hinaufstiegen, war da nur Schweigen.

Wieler hing seinen Gedanken nach, erinnerte sich an den trockenen Gummibaum der früheren Amtsstube. Nicht, dass ihn die Sehnsucht nach alter Bedeutungslosigkeit durchspült hätte, eher suchte er nach Bildern für den Ehrgeiz, den er ganz offenbar aufbringen konnte und der seine Frau stolz gemacht hatte. Er suchte nach dem erfolgreichen Wieler, nach Wieler, dem Gewinner. Aus sich heraus begann er, die alten Kraftsätze zu memorieren.

Noch bevor er auf den Holzdielen des Windfangs die Schuhe von den Füßen schob, war seine Frau im Schlafraum verschwunden.

Wir wissen, dass sie am liebsten die Holzhalle verlassen hätte, so sehr quälte sie die Fremdscham beim Anblick ihres Mannes auf dem Bühnenrund. Es war mehr Höflichkeit als Liebe, die sie warten und ihm den Oberarm schubbern ließ. Nun aber brauchte sie Abstand.

Wieler, die Seele bis zum Grund wundgerieben vom Erlebten, fasste an diesem Abend den für ihn ganz und gar ungewöhnlichen Entschluss, seine Schmach zu rächen.

Hätte früher längst der doppelte Kurzgebrühte die aufpeitschende Rede seiner Frau begleitet, geschah das Wundersame einer Willensbildung aus eigenem Antrieb: Er würde ab jetzt den Preis nennen! Es dauerte ein wenig, bis er das so sagen konnte, das Zaudern war ja unverändert in ihm. Doch jedem Bergsteiger war klar, dass man im Basislager nicht ewig nächtigen konnte. Der Aufstieg zum B9 musste alsbald in Angriff genommen werden, selbst bei Schneesturm. So war es in der Küche ausgemacht. Jetzt erst recht!

Die Chefin war ihm etwas schuldig. Er würde sie leicht überzeugen können, dass der Bernauer mit seinem Blumenspleen nichts taugte. Jedenfalls nicht auf diesem Posten. Er würde ihr klarmachen, dass der Vogeldoktor sie durch Untätigkeit pfeilgerade ins Messer dieser Rassisten und Demokatieschlächter laufen ließ und nur durch seine Umsicht, er dachte: MEIN Aufpassen, eine Klage verhindert wurde, die der Chefin nachhaltig hätte schaden können. Wieler würde die Akte noch eine Weile in der Schublade liegen lassen und dann Dankbarkeit einfordern, die sich wirklich auszahlte.

Zum ersten Mal seit er mit seiner Frau Tisch und Bett teilte, machte sich Wieler an der Kaffeemaschine zu schaffen. Zwar wäre ihm nach dem Dämpfer der Sinn mehr nach Pils gestanden, aber wegen der Kohlenhydrate übte er Verzicht und produzierte umständlich einen Doppio.

Noch ein paar Herzschlagtakte mehr schadeten kaum. Es würde am Ende alles gut – wie das Wetter.

Wielers Wandlung

Na, wie war der Parteitag, kann man gratulieren?« Rosalind Weller traf in der Tiefgarage auf Wieler, der an diesem Morgen verständlicherweise nicht unter den Augen der Pförtner und der Pressemannschaft und anderer Frühaufsteher durch das große Glasportal ins Haus, sondern einfach nur in sein Büro schleichen wollte. Ausgerechnet die Weller musste es sein.

Früher wäre Wieler mit einem gemurmelten Verweis auf die Chefin und Termine über die Stufen nach oben enteilt, doch er spürte instinktiv, dass das nicht mehr ging.

Die Kampfkandidatur gegen einen 18-Jährigen zu verlieren, einen Henning mit Haaren, die aussahen wie Dämmmaterial, das zwischen Dachsparren gedrückt wurde, hatte ihn weidwund gemacht.

Natürlich hätte er nochmal antreten können auf der Vierzehn, aber das hätte sein Nervenkostüm nicht überstanden. Wielers Hader war beinahe hörbar, er malmte.

Warum bloß hatte er sich überreden lassen von der Chefin? Und von seiner Frau. Es lief doch so gut bis dahin. Sahen die Frauen nur den Aufzug nach oben, die zigtausend Euros und nicht, dass man auch hinstehen und

Fragen über sich ergehen lassen musste. Wieler machte seiner Frau keinen Vorwurf. Er selbst hätte es wissen müssen, er war jeden Tag im politischen Betrieb.

Vor allem die Chefin hatte sich schuldig gemacht, die Bewerbungsreden auf Delegiertentagen der Siegerstraßenpartei schon im höheren Dutzend hinter sich gebracht hatte. Sie hätte üben müssen, wie er mit ihr geübt hat. Eine Bewerberrede bei den Siegerstäßlern war wie die Beichte in seiner katholischen Jugend. Bekenntnisse waren gefragt, farblich eindeutige Bekenntnisse zu Straßen, zu Biotopen, zum Feminismus, zu allem, als gäbe es eine Schablone, die er über alles zu legen hatte wie bei dem Spiel seiner Kindheit, dem elektrischen Lehrmeister, wo bei der richtigen Antwort das Birnchen grün aufleuchtete.

In der Holzhalle war der verkabelte Stift zweimal rot geblieben, Wieler musste »Ich weiß nicht« sagen.

Und einmal blieb er stumm, hart wie Essstäbchen lagen seine Stimmbänder im Hals, als eine junge Frau fragte, wieso er erst jetzt in die Partei eingetreten sei und ob er nur Karriere machen wollte?

Wie vom Donner gerührt stand Wieler hinter dem Pult. Erst als die Sitzungsleitung seinen Namen laut durchs Mikrofon buchstabierte, ihn mahnend, er solle antworten, seine Redezeit sei am Ende, erst da wurde Wieler gewahr, dass er dieses Mandat nie bekommen würde. Dass sein Plan scheitern würde.

Als er sich an die Situation erinnerte, war ihm, als schwebe seine Frau über ihm, drohnengleich, so wie sie es früher tat als seine Instanz und Wegweisende. Wieler fühlte sich gesehen und erkannt. Ihn drängte es weg, weg von Rosalind Weller, die immer noch da war und seinen säuerlich verzogenen Mund bemerkte, auch sah, wie er seine Kiefer in kleinsten Amplituden gegeneinander verschob. Aber sie ließ nicht locker. Weil sie noch immer keine Antwort bekommen hatte, wiederholte sie ihre Frage.

»Ein großartiges Erlebnis«, hörte sich Wieler sagen.

Er versuchte, seine Schmach einzuhegen nach bewährter Methode, die er wieder und wieder mit seiner Frau eingeübt hatte, von der er an ebendiesem Morgen nach der Holzhalle übrigens einen Zettel vorfand, herausgerissen aus seinem schwarzen Notizbuch und neben die Siebträgermaschine gelegt, mit der Auskunft, sie brauche Abstand. Schnell schaute Wieler auf das Display seines unlängst angeschafften Armbandcomputers, vorgeblich, als habe er eine wichtige Nachricht erhalten, was stimmte und doch nicht.

»Nicht weich werden!«, stand da, daneben das kreisrunde Bild einer Frau gehobenen Alters mit blondgrauen, wild gelockten Haaren und spitzer Nase: seine Schnurpl. Es war ihre letzte Nachricht vom Vortag.

Wieler drehte sich im Weggehen noch mal um: Die Rosalind war keine Böse, dachte er in einer plötzlich aufwallenden, nach allen Seiten gierenden Anhänglichkeit.

Rosalind Weller war das nicht entgangen, denn sie konnte sich Wielers Bedürftigkeit sehr gut ausmalen. Als sie an diesem Morgen auf ihn traf, wusste sie aus dem Flurfunk ihrer Partei bereits alles, was ihm widerfahren war: die Kampfkandidatur, die Rede, die Chefin, die Schmach. Es war also nach Plan verlaufen. Sie hatte nur deshalb den Schritt verlangsamt, weil sie Wieler seinen Schmerz noch einmal spüren lassen wollte, ja, die Redenschreiberin war geradezu dankbar für die unverhoffte Gelegenheit, dem Viertelleiter Salzkristalle in die Wunde zu streuen und war deshalb freudig erregt, als sie auf ihn traf.

Dass Wieler neulich ihr Manuskript zur »Sprache als Besteck der Demokratie« wieder derart verunstaltet hatte, auch und gerade dieses, weckte in ihr noch immer einen aggressiven Impuls. Nur, um sich wichtig zu tun vor der Chefin, hatte dieser Amateur aus ihrem sensibel ausgearbeiteten Text mit dem unschlagbaren Schlüsselsatz »Das Grundgesetz ist kein Sonntagsbraten, es ist das Kommissbrot unserer Demokratie: ewig haltbar und nährend« eine uninspirierte Ansammlung platter Formulierungen gemacht – einen Nullachtfünfzehn-Phrasendreschertext untersten Niveaus. Und die Chefin, gegenüber sprachlicher Qualität eher stumpf, trug dies auch noch vor. Das verzieh sie ihm nicht.

Rosalind Weller lächelte Wieler hinterher, seine Antwort in Gedanken wiederholend. Eine gute Erfahrung, das war es ganz bestimmt.

Die Redenschreiberin glaubte ihm seine Gelassenheit nicht, sie hatte sein Gesicht gesehen, das Falsche dahinter, nicht unbedingt Lüge, aber ein faseriges Unwohlsein. Sie hielt sich zugute, jedes Flunkern in den Augen der Gesprächspartner ablesen zu können.

Wieler jedenfalls war mit Vorsicht zu genießen. Er wirkte auf sie wie ein angeschossenes Wildtier, auf eine nicht definierbare Weise unberechenbar. Außerdem sah sie, als er die Stufen nahm, dass seine Füße nicht nur in verschiedenfarbigen Socken steckten, er hatte auch unterschiedliche Schuhe an.

»Was ist mit dem Wieler? Der hat ja zwei verschiedene Socken an. Ist er dafür nicht zu alt?«

Ariane Müller-Bleibel stand neben der Redenschreiberin. Die Frauen hatten unbewusst einen Wettbewerb um die bessere Sprache ausgetragen. Doch nun schien es an der Zeit, gemeinsame Sache zu machen.

Weller sagte, statt zu antworten: »Wie wäre es mit einem Kaffee?«

Wieler diktiert

Natalie Charon wurde schon zum dritten Mal zu Wieler ins Zimmer gerufen. Sie wunderte sich nicht. Der Viertelleiter hatte so gar keine Veranlagung, sich und die Dinge zu ordnen, was zunächst wenig auffiel.

Nach zwei, drei Jahren aber begannen die unerledigten Schriftangelegenheiten die elektronischen Postfächer oder aber, materialhaft, die Papiere die Schubladen zu verstopfen. Garantiert hatte er wieder den einen Brief oder die andere Unterschrift vergessen, dachte die Sekretärin, als sie leidlich angespannt an dem Messingschild mit Nummer A1-119 vorbeiging.

Würde Wieler ihr eine weitere Lappalie abverlangen, würde sie ihm sagen, er solle zuallererst seine 2.400 ungeöffneten Mails lesen, dann müsse sie nicht immer nach vermeintlich wichtigen Nachrichten suchen. Das war aus Sicht der gelernten Bürofachfrau ohnehin eine Unart. Die Charon kannte keinen im Haus, der so wenig seine Akten las wie Wieler. Immerhin log er nicht, wenn er behauptete, er habe eine Mail nie gesehen.

Als die Assistentin das Zimmer betrat, stand neben dem Schreibtisch ein Stuhl, den sie sogleich als Neuanschaffung erkannte. Auch ein Ölgemälde hing an der Wand, das Natalie Charon für ein Erbstück hielt, so fremd und unelegant nahm sich das Motiv eines Bergsteigers am Gipfelkreuz in diesem bauhausklar gestalteten Büro aus. Dann auch noch der Wurmstich im Rahmen. Die Charon barmte, was noch alles kommen würde.

Er wolle etwas diktieren, ob sie einen Block dabeihabe, fragte Wieler und deutete auf den Stuhl, als befände er sich in Dreharbeiten zu einem alten Film.

»Diktieren? Einen Block? Bei allem Respekt, Herr Wieler, Sie machen Scherze!« Ob der Viertelchef die digitale Revolution nicht mitbekommen habe, er könne sogar selbst seinen Text sprechen und ein Umwandlungsprogramm würde, wenn er nur deutlich genug artikuliere, das Gesagte verschriftlichen. Doch Wieler bestand darauf, Charon möge mitschreiben.

So wurde die Assistentin, kaum war sie mit Rose Weller aus der Mittagspause zurückgekehrt, unversehens Verfasserin eines bemerkenswerten Schriftstücks. Soweit sie verstand, war der Inhalt weder eilig noch eigentlich Wielers Zuständigkeitsbereich. Normalerweise schrieb Dr. Bernauer an solche Adressen, allerdings sehr viel freundlicher.

Natalie Charon konnte den angeschlagenen Ton und, sagen wir, die Satzatmosphäre wohl beurteilen. Sie vertrat Bennie Wirbser regelmäßig im Vorzimmer des Oberleiters Dr. Bernauer. Der war seit Wochen krank und Wieler tat gerade so, als sei er an dessen Stelle nachgerückt, dachte die Charon ohne Arg, aber so ging es ihr nun mal durch den Kopf.

»Erwarte ich von Ihnen bis 12.5. Rückmeldung, und zwar zu den Punkten 1. Klagewegaussichten VVR, 2. Abmahnungsstatus Weller, 3. Vollzug Neustrukturierung Rechnungswesen.«

Ähnlich straff und militärisch diktierte nur die Chefin, das heißt, sie schrieb alles selbst in den Computer und Natalie Charon korrigierte die Mails, was fast so viel Zeit in Anspruch nahm, als würde sie sie diktiert bekommen wie in der guten alten, ihr allerdings gänzlich unbekannten Zeit, die der Viertelleiter nun offenbar aus reiner Wichtigtuerei aufleben lassen wollte.

Auch Wieler hatte seine Mails bis vor Kurzem selbst verfasst. Nun aber stellte er sich zum Diktat an das Fenster und hielt, wie die Assistentin beobachten konnte, dennoch den Kopf seltsam schräg nach unten, als läse er die Worte vom unteren Fensterrahmen ab.

Natalie Charon machte sich keinen Reim darauf, verließ jedoch nach einer halben Stunde das Bergsteigerbüro mit einem seltsamen Gefühl der Vorahnung.

Knödel beim Inder

Dr. Kalbmayer ließ Frau Zeller anrufen. Mit solchen Vorerkundungen hielt er sich nicht auf. Wobei ihn ein Videocall durchaus gereizt hätte, denn der Chef der Beharrlichen-Gruppe im Hohen Haus wurde, wenn ihm Unangenehmes oder sehr Gutes übermittelt wurde, weiß wie eine Kalkwand im Kloster, was sein Haar, von dem jeder wusste, dass es getönt war, noch dunkler aussehen ließ.

Kalbmayer schüttelte den Kopf, weil ihm beim Gedanken an den Gruppenvorsitzenden nicht zum ersten Mal der chinesische Volkskongress in den Sinn kam, und rief heiter »KaPee!« in den Raum.

Frau Zeller streckte den Kopf durch den Türspalt: »Soll ich doch nicht anrufen?«

Sie sah jedoch mit einem Blick, dass ihr Doktor wieder in spritziger Laune war, und das war der Chef immer, wenn irgendeine Schmutzelei im Gange war, von der er wusste und die ihm als Auslöser künftiger Verwicklungen behagte, oder die sich bereits anschickte, Früchte zu tragen.

Seine Füße lagen zudem auf der breiten Fensterbank. Kalbmayer brabbelte und lachte zum Fenster hin, als lache er mit seinem gespiegelten Ich, woraufhin Frau Zeller eilig, aber sanft die Türe wieder zuzog.

»Zeller, schnüffeln Sie wieder?«

Er war der umöglichste Vorgesetzte, den sie je hatte. Und der beste. Flugs schob sie ihren Kopf wieder durch den Türspalt, aber so sehr im Winkel, als würde sie in der Waagrechten stehen mit den Füßen auf der Fensterscheibe.

»Ich wollte nur Bescheid sagen, dass der Gruppenchef sich herzlich bedankt für den Hinweis, er lässt grüßen und anfragen, ob mit Blick auf neue Konstellationen wieder einmal ein Lunch drin wäre. Ecke Schubertstraße/Kunsthalle habe gerade ein Edelinder aufgemacht.«

Kalbmayer schielte. Frau Zeller würde absagen müssen mit einem Gegenvorschlag. Es würde wieder auf den türkischen Yufka-Papst im »Roten Träuble« hinauslaufen und Kalbmayer würde trotzdem Rostbraten und Kroketten essen. Doch warum den Gruppenvorsitzenden des Ancien Régimes verprellen?

»Ach sagen Sie doch zu, die neuen Zeiten verlangen einem manches ab, vielleicht sogar ein scharfes Linsengericht«, rief Kalbmayer ins Vorzimmer, wobei er den zweiten Halbsatz knödelig aussprach, als habe er mit einem Mal eine auf doppeltes Maß geschwollene Zunge im Mund.

»Vll sáafes Lensgiich«, schallte es aus dem Eckzimmer. Kalbmayer machte einen Inder.

279

Nun drängte es Frau Zeller endgültig in die Pause. Was für ein Spaßtag, dachte sie, und stufte es zum wiederholten Mal als Glück ein, dass in diesem Teil der Bürospange keiner von der Siegerstraßenpartei untergebracht war.

Dr. Kalbmayer neigte zu derbem Imitat ja nicht nur der Inder, sondern, ganz besonders leidenschaftlich auch der Südosteuropäer. Dann schallten durch die dünne Wand nur mehr Fantasieendungen wie »... izwitsch«, »... tiridschidsch«.

An Tagen wie diesem hätte sie alle Mühe, den Chef gegen den Vorwurf gruppenbezogenen Rassismus' zu verteidigen.

»Der GV schlägt heute Mittag vor, geht das?«, rief Frau Zeller durch die geschlossene Türe, während sie den Termin ins Kalenderprogramm eintrug.

Als ein »Bingo« des Vorgesetzten zurückkam, konnte sie endlich in die Mittagspause. Im Hinausgehen stieß Frau Zeller, noch ganz in diesen Gedanken gefangen, fast mit Dr. Bernauer zusammen, »Ist er da?«, woraufhin die gute Seele demonstrativ zu husten anfing, bis hinter der Türe Ruhe eingekehrt war, und sagte dann: »Er muss in zehn Minuten weg!«

Obst-Runde

Als Frau Zeller wiederkam, war die Tür noch immer geschlossen, sie hörte Stimmen, aber es mussten mehr sein als nur die zwei Doktoren.

»Heidebimmbamm, du wieder!«

Eckstein war inzwischen wohl auch zugegen, folgerte Frau Zeller aus dem Wenigen, was durch das gepolsterte Holz zu vernehmen war.

Was die wohl ausheckten? Ihr Mäntelchen schwang am Bügel noch ein wenig nach, da klopfte es erneut, verzagt und kaum hörbar.

Frau Zeller rief sicherheitshalber »Ja!« für den Fall, dass sie sich verhört hatte, denn aus dem Büro des Vorgesetzten tönte es erneut geräuschvoll. Mit einem Mal stand Wieler vor ihr, mit breitem Lächeln.

»So, haben Sie das schöne Wetter genossen? Meine Frau und ich waren ja am Wochenende ...«

In dieser Sekunde rief Dr. Kalbmayer: »Wird es heute noch?«

Wieler stand die Überraschung im Gesicht, als er das Triumvirat sich am Tisch ein »kleines Obst« zum Kaffee einschenken sah.

»Sooo gesund!«, tönte ein gut gelaunter Kalbmayer und hob den Arm im rechten Winkel, um sich den Klaren zu Gemüte zu führen.

Das war beileibe nicht Alltag im Hohen Haus, aber die Runde brauchte die »Vitamine«, wie Eckstein sagte, um die letzte Runde einzuläuten.

Wieler fühlte in sich die gespannte Unruhe eines Fluchttieres. Ausgerechnet heute konnte er noch nicht mit Schnurpl, seiner Frau, telefonieren. Sie war weder um neun noch um zehn, auch nicht um halb elf Uhr ans Telefon gegangen.

»Auch ein Obst?«, wieherte Kalbmayer und änderte, als Wieler den Kopf schüttelte, umgehend seinen Gesichtsausdruck. Kalbmayer beherrschte die Kunst des Atmosphärenwechsels auf beeindruckende Weise: abrupt, als habe jemand den Strom abgedreht, konnte er einen Ernst zur Schau stellen, der manchen eine Gänsehaut auf den Rücken trieb. Alle drei schauten nun zu Wieler, der inzwischen saß. Wieler schaute reihum.

»Also Folgendes«, begann Dr. Kalbmayer. »Wir alle, die wir hier sitzen, wissen, was hier getrieben wird und wir alle sind not amused, um mich sanft auszudrücken. Mir könnte es ja egal sein, wenn sich der halbe Laden zerlegt, aber ich kann nicht zulassen, dass hier ein guter Mitarbeiter nach dem anderen geht – Verzeihung ander:innen! Ich will offen sein: Wenn wir nur solche wie Sie hätten, oder wie dich – das DU nehme ich übrigens wieder zurück! –, wenn wir nur solche hätten, könnten wir den Laden dicht machen. Und jetzt raten Sie mal, zu welcher Lösung wir gekommen sind?«

»Worum geht es denn?«, begann Wieler. »Die Chefin verlangt ...«

Doch in den Gesichtern sah er längst, wie sinnlos sein Versuch war, mit der gewohnten Masche seine Autorität herbeizuzitieren. Einen kurzen Moment überlegte er, die Erinnerung an die schönen Abende in der Whiskey-Bar wachzurufen, um die drei Kollegen milde zu stimmen, aber das Glasige in deren Augen war höchstwahrscheinlich doch nicht dem »kleinen Obst« geschuldet.

Wie bei einem Stier, dachte Wieler, solche Augen haben Stiere, bevor sie auf den Torero losgehen. Einen Versuch startete er noch.

»Wegen der Panzerveranstaltung...«, hob er an und blieb unvollendet.

Denn aus Eckstein platzte es heraus: »Panzerveranstaltung, dass ich nicht lache!«

Wenn er auch etwas Anlauf brauchte, der Verwaltungsjurist, am Ende kam immer Brauchbares heraus, dachte wiederum Dr. Bernauer, der sich zurückhielt, wie unter den Kollegen abgemacht. Eckstein kam jetzt auch auf Temperatur.

»Ich sag es mal so: Ihre Leistung in diesem Hause ist erheblich anpassungsbedürftig in Bezug auf Ihr Stellenprofil und den Anforderungen, die das Haus an einen Staatsdiener auf B4 stellt. Hinzu kommt, und das ist entscheidend, dass die jüngste Panne das Büro der Chefin und damit die Institution insgesamt beschädigt haben, wobei wir bis heute nicht exakt wissen, ob hier ...«, an dieser Stelle räusperte sich Eckstein, wie dies einer tut, dem die eigene Wortwahl ungewohnt und unangenehm war, weshalb der Jurist noch einmal Anlauf nahm, »... ob hier Blödheit oder Schlampigkeit federführend war. Kurz und gut, und ich spreche auch im Namen der Halb- und des Oberleiterkollegen ...«

Nur noch zwei Wörter erreichten seine Ohren: B4 und Weckesser. Wieler wurde schwarz vor Augen. Der Champagner, das Hotel 5S-Plus, Gott: das Haus!

»Die Chefin hat.«

Die Szene war erbarmungswürdig, denn Wieler agierte wie ein Fieberkranker, der nur mehr Versatzstücke seiner Gedanken in Worte fassen konnte.

»Das Präsidium hat doch schon ...«

Wieler brach erneut ab. Wie ein UFO schwebte die Erinnerung an ihn hin, was die Chefin berichtet hatte nach der Gremiensitzung. Wieler spürte die Qual von damals, denn sie hatte ihn weder angerufen noch hatte sie sich mit der Dienstlimousine in die Waisenstraße fahren lassen, sondern ihn erst am Folgetag informiert, dass dem Ja ein Aber beigefügt worden war.

Erneut strudelten die Bausteine des ersehnten Lebens mit Schnurpl in seinem Schädel, nun nicht mehr sanft aufsteigend wie Blasen, sondern hart und schmerzhaft wie aus dem Massagestrahl im Whirlpool. Der Champagner! Das Fünfsternehotel! Oh Gott: Das Haus! Wielers Stirn wurde heißer.

Der Vorsitzende des Ancien Régime habe vor der Abstimmung über die Personalangelegenheit ein Zusatzprotokoll abgegeben, das die Zustimmung seiner Gruppe zu Wielers Höherstufung an untadeliges Verhalten des Aufzusteigenden knüpfte, referierte Eckstein in eine Stille hinein, die selbst den abgebrühten Dr. Kalbmayer Schaudern machte.

»Ich erkläre es mal für Laien«, sagte Eckstein. Sehr vereinfacht gesagt, was ihm als Volljuristen nicht leichtfalle, werde Wieler nicht das unentschuldigte Im-Café-Sitzen zum Verhängnis – gegen inspirierendes Flanieren an einem wärmenden Frühlingstag sei gar nichts einzuwenden –, aber das mit den Schmutzigen von der ASF sei grobe, gröbste, allergröbste Dienstverletzung gewesen, die leicht hätte verhindert werden können. »Wäre das Oberleiter-Büro nicht so wachsam gewesen ...«

Der Fall war von Anfang an heikel, denn die Chefin hatte sich, lauterer Absichten, aber handwerklich miserabel, gehen lassen in der Debatte über »Kosten der Remigration gebietsfremder Tierarten«. Der Vertreter der Schmutzigen zählte sie alle auf, den Sumpfkrebs, den Höckerflohkrebs, den Ochsenfrosch, den Waschbär, die asiatische Hornisse und die Wanderratte, Immigranten mithin, die den einheimischen Bewohnern alles wegfräßen.

»Hunderte Millionen kosten den deutschen Steuerzahler die illegal eingewanderten Viecher: Sie sind die Schutzpatronin des …«, tönte der Redner der Schmutzigen in ein Rumoren hinein, dass kein Debattieren mehr möglich war.

»ASF einfangen und sterilisieren«, rief es aus den Reihen, und »Maulkorb!«

Rosalind Weller steckte der Chefin einen Zettel zu mit einer Formulierung, die die Demokratieerfordernisse auch in der Tierpolitik in Erinnerung rief, doch die Chefin knipste das Mikrofon an und sagte, als hätte sie die Notiz der Redenschreiberin nie gesehen: »Gestatten Sie eine Frage, Herr Kollege?« und setzte, ohne eine Antwort abzuwarten, nach: »Jede Bisamratte und jede Nilgans schafft es, sich hier zu as-si-milie-ren, warum Sie nicht?«

Zwei Wochen später wurde die Unterlassungserklärung zugestellt, es war die Woche, in der Bernauer mit seinen Pusteln im Bett lag und Eckstein Überstunden abbaute.

Ecksteins Stirn glänzte bereits, so sehr brachte ihn der Fall auf.

»*Jede Bisamratte* – Hergottzack. Das darf man denken, nicht sagen. Dass der Anwalt der Schmutzigen darauf reagiert, kann doch nicht überraschen. Wenn schon keine Unterlassungserklärung, dann wenigstens ein Widerspruch. Und Sie verschlafen das!«

Über die Motivlage wolle er gar nicht spekulieren, wichtig sei, was hätte passieren können.

»Strafbewehrt mit 250.000 Euro Vertragsstrafe! Sind Sie noch ganz gesotten? Einfach die Abmahnung vergessen! Die Unterlassungserklärung vergessen! Den Schriftsatz vergessen! Sie hätten die Chefin ins offene Messer laufen lassen!«

Wieler rang nach Worten. Was konnten die schon wissen? Er sah von Eckstein zu Bernauer zu Kalbmayer, von Kalbmayer zu Eckstein, von diesem wieder zu Bernauer. Was war nur los?

»Ihr könnt doch nicht im Alleingang ... Das ist beschlo ...«

Kalbmayer erhob sich von seinem Ledersessel, vielleicht etwas umständlicher, als er es gewöhnlich tat, um das Ganze mit einer kleinen Inszenierung zu garnieren. Die letzten Zentimeter nach oben stützte er sich an den Armlehnen ab, lief sodann weit ausschreitend zu seinem Schreibtisch, zog leise schleifend die Schublade auf und trug ein einzelnes Blatt Papier zwischen Daumen und Zeigefinger haltend unter sechs mitwandernden Augenpaaren zum Tisch. Dort lag es nun vor Wieler.

»Ist eine Kopie«, sagte Kalbmayer wie der Ermittler in einem TV-Krimi, wenn die Möglichkeit bestand, der Delinquent könnte versuchen, das Beweisstück aufzufressen.

»Was ist das?«

»Lesen!«

Wieler überflog das Blatt und blieb in einer Zeile hängen.

»... beantragt die AR-Gruppe die Rücknahme der Höherstufung in die Besoldungsgruppe 4. Begründung wie folgt: ...«

Der innere Frieden im Hohen Haus würde durch solche Sprungbeförderungen gestört, zumal wenn sie nicht durchweg auf Leistung beruhten. Gute, verlässliche Mitarbeiterinnen (Mitarbeiter) hätten das Haus verlassen, es gebe Hinweise auf Kausalitäten, von denen die Adressatin des Antrags Kenntnis habe. Die Fürsorgepflicht gegenüber mehreren Angestellten, die der Verwaltung seit vielen Jahren in bewährter Weise gedient hätten, werde durch die nun zur Rücknahme beantragte Höherstufung verletzt.

Die AR-Gruppe wolle einen Präzedenzfall für Intimusse vermeiden. Ein solches Wort in einem Antrag zu finden, war eine Rarität. Aber der AR-Gruppenchef hatte darauf bestanden.

Wieler stockte, er formte seinen Mund und flüsterte schließlich »In-ti-musse«.

Eckstein lachte kurz und krächzend. Wielers Mund aber verschloss sich für den Rest seines Verbleibs in Kalbmayers Büro. Ihm entwich nicht einmal mehr eine Floskel, die das Wetter bedachte.

Frau Zeller hatte just in dem Moment, als Wieler sich langsam aus seinem Sessel erhob, um das Kalbmayer'sche Büro zu verlassen, geistesgegenwärtig, vielleicht aber auch, weil ihr Lauschangriff erfolgreich war, beide Türen weit geöffnet.

Notiz am Rande

Der Artikel im Lokalteil der Zeitung war gerade zwanzig Zeilen lang, eingebettet in eine lange, seitenhohe Spalte, deren Top-Nachricht die Festnahme zweier Exhibitionisten in der Damentoilette der Staatsoper behandelte.

Wäre Ecksteins Frau nicht eine begeisterte Leserin von Polizeimeldungen gewesen, hätte die Nachricht wohl erheblich später und zudem in aseptischem Amtsdeutsch den Weg in die Institution gefunden.

»War das einer von euch?«, leitete Frau Eckstein ihr morgendliches Telefonat ein. Ihr Mann, zu dieser frühen Stunde vertieft in eine rechtliche Beurteilung von Einreichungsfristen, grunzte nur, woraufhin es am anderen Ende lauter wurde.

»Hallo, Herr Paragrafenreiter, war das einer von euch?«

Eckstein legte den Stift zur Seite, er schrieb noch immer alles von Hand, weil er meinte, nur auf diese Weise sein Denken und die geeigneten Worte in annähernd sinnvollen Gleichschritt bringen zu können. Der Halbleiter nahm den Hörer ab, bevor sich sein Vorzimmer noch nach der Quelle des Gerufenen erkundigte.

»Beamter in Halbhöhe verunglückt«, wiederholte seine Frau und las ihrem offenkundig ahnungslosen Gatten vor.

Erst im Text wurde erwähnt, Indizien wiesen darauf hin, dass es sich um einen hochrangigen Staatsdiener aus der Institution handle, was darauf schließen ließ, dass der Redakteur gute Kontakte zum Polizeisprecher pflegte oder einen günstigen Moment der Langeweile erwischt hatte, wie sie an ereignisarmen Wochenenden beim Diensthabenden durchaus vorkommen können, denn üblicherweise vermerkten die Meldungen schon aus Datenschutzgründen Geschlecht und Alter, nie aber Beruf oder Herkunft.

Viel bekam der Redakteur gleichwohl nicht heraus, gerade so viel, den dürren Fakt etwas aufzupolstern und eigene Überlegungen zu einem nicht nur zeitlich, auch von den Weltbezügen her sehr weit hergeholten Fall hinzuzufügen.

»Beim Versuch, über den Eisenzaun einer leerstehenden Industriellenvilla unweit der Regierungszentrale zu klettern, ... ein Mann Ende 50 aufgespießt ... Bezüge zum Hohen Haus ... Erinnert an die Tötung des Sohnes von Romy Schneider, David, der 14-jährig...«

Frau Eckstein las langsam, als wolle sie ihrem Mann das Verstehen des Sachverhalts erleichtern. Doch dem gingen ganz andere Dinge durch den Kopf. Die »Früchte«-Runde in Kalbmayers Büro, die Rücknahme der B4, Wielers Blick, als er das Amtszimmer verließ.

»Lies das noch einmal!«

Ecksteins fast tonlose Stimme gab seiner Frau die Bestätigung. Sie kannte ihren Mann.

»Also doch!«

Eckstein legte schweigend auf und überlegte, ob etwas getan werden müsste. Offiziell wusste er von nichts, weshalb er Bernice Wirbser testweise durch die geschlossene Türe zurief: »Gibt's was Neues?«

Die 18-Zimmer-Villa, zur Stadt hin mit einem Pool abgeriegelt, lag etwas unterhalb der Staatskanzlei, in der der Große Vorsitzende zu dieser frühen Stunde die Medienlage abnahm. Rotweiße Bänder sperrten das Areal weiträumig ab. Paravents waren aufgespannt, die die Spurensicherer und Tatortreiniger, die alle Hände voll zu tun hatten, vor den Blicken der chronisch Neugierigen schützten.

Man habe unter dem Toten das Portemonnaie und den Dienstausweis des Mitarbeiters gefunden, berichtete der Beamte des Landeskriminalamtes später in einer eilig einberufen Sitzung.

Man gehe davon aus, dass es sich um den Viertelleiter handle. Aber noch sei das Labor daran, Tests zu machen. Soviel man bereits ermittelt habe, seien er und seine Frau mehrfach gesehen worden, wie sie an der zum Verkauf stehenden Villa des früheren Brausefabrikanten stehen blieben. Ob sie wussten, dass die Villa zum Verkauf stand, ob sie selbst sich bei der exklusiv vermakelnden Immobilienagentur vorstellig geworden seien, wiewohl dieses Häusle wohl etwas über dem Budget des Paares gelegen haben dürfte – dies zu beurteilen, räusperte sich der Kriminale, stünde ihm selbstverständlich nicht zu. Ganz genau ließe sich das alles zurzeit nicht rekonstruieren. Frau Wieler sei nicht erreichbar. Und, wie er höre, sei der Beamte nicht zum Dienst erschienen.

»Wann wissen wir es genau?«, fragte jemand aus der Runde, Kalbmayer oder Eckstein, jedenfalls nicht die Chefin.

Sicher sei nur, dass man den Mann über dem Zaun hängend, im Brustraum von einer Messingspitze aufgespießt, vorgefunden habe. Ein Bein, genauer der linke Oberschenkel, sei ebenfalls durchdrungen gewesen von fünf Zentimeter Eisen. Man gehe von einer Hauptschlagader aus, denn der Mann sei mit hoher Wahrscheinlichkeit sofort tot gewesen.

Es handle sich um einen Zaun, wie ihn die verehrten Anwesenden vielleicht von Bildern des Weißen Hauses kannten: schwarze Gusseisenstäbe mit aufgepflanzten Speerspitzen, die mit einer Messinglegierung überzogen und schon aufgrund ihres Anschaffungspreises einer bestimmten Klientel vorbehalten seien.

Wahrscheinlich sei der Mann abgerutscht, führte der Kriminalbeamte unter kurzen Blicken auf seinen Block aus. Es habe an dem Tag häufig genieselt, die Eisenstäbe könnten glitschig gewesen sein. Was den Mann zu diesem Anwesen getrieben hatte, wieso er diesen drei Meter hohen Zaun habe übersteigen wollen, werde, man bitte um

Verständnis, noch ermittelt. Eine dienstliche Verknüpfung, da müsse sich das Haus keine Sorgen machen, schließe die Polizei aus. Der Fall sei von besonderer Tragik.

Man hätte annehmen können oder sogar müssen, die Vorgesetzte trauere um ihren engen, den allerengsten Begleiter, breche womöglich zusammen vor Schmerz um einen, der tagaus, tagein in ihrer Nähe war, zuständig für Lob und Seelenheil und manches mehr.

Doch die Chefin sagte nur, das sei ja ganz schlimm und eigentlich der Wahnsinn, rief der Charon im Vorzimmer zu, sie solle sicherheitshalber eine Kondolenzkarte besorgen – »etwas Originelles« – und in Erfahrung bringen, wann die Trauerfeier stattfinde, wobei sie gerade wirklich viel zu tun hätte. Vielleicht könnten die Herren übernehmen?

Apropos, sie müsse jetzt los, schloss sie die Runde in der ihr eigenen, kühlen Abruptheit, die von vielen noch immer mit Authentizität einer aus dem ländlichen Raum Stammenden verwechselt wurde. Das Leben gehe weiter, sagte also die Chefin und strich sich im Aufstehen den glänzenden Baumwollchintz ihres Etuikleides glatt.

Das Netzwerk der violetten Fraueninitiativen warte auf sie. Der Polizist hatte von Tragik gesprochen. Die eigentliche Tragik kennen hier nur drei, dachte Eckstein nach der polizeilichen Unterrichtung und verließ mit seinem Halbleiterkollegen Kalbmayer und dem Oberleiter Dr. Bernauer, was bislang nie vorgekommen war, stumm das Besprechungszimmer der Chefin.

Schilderwechsel

Zeller! Zeller!« Kalbmayer klemmte mit der einen Hand das gravierte Messingschild gegen die Wand, die andere versuchte, den Kreuzschlitz in die Schraubenkappe zu führen. Frau Zeller kam in Trippelschritten auf ihren Vorgesetzten zu.

»Da sind Sie ja! Warum lassen Sie das nicht den Hausdienst erledigen?«

Kalbmayer knurrte nur »Halten!« und zog die zwei Schrauben mit wenigen Drehungen fest, trat zwei Schritte zurück und besah sein Werk: »K. Weckesser, MDg, Abt.-Leitung G3, Veranstaltungen/ Öffentlichkeitsarbeit/ Grundsatz«

Rosalind Weller legte dem derart Verewigten eine Hand auf die Schulter und hielt in feierlicher Pose ein Sektglas in die Höhe.

»Herr Ministerialdirigent! Freust du dich schon auf die Orchesterproben? Ich gönn' es dir wirklich. Wer lange sitzt, wird endlich breit oder so ähnlich. Auf dich! Ich bin besser aufgehoben in meinem Textbüro.«

Natalie Charon hörte nur Wortfetzen durch die Türe. Ihr oblag es, Wielers Büro zu räumen.

Und nun klemmte die Schublade. Den schweren silbernen Brieföffner aus ihrem Büro benutzte sie nur noch zu Zwecken wie diesen – als Werkzeug. Sie steckte die Spitze in den Spalt und drückte nach unten. Mit einem Knall öffnete sich die Lade. Hustenbonbons sprangen auf und verloren sich darin, ebenso zwei Parfumpröbchen und ein Kamm. Darunter Zettel, herausgerissen wohl aus einem kleinen Notizbuch, sowie Blätter, manche aus der Abheftung gelöst, in großer Zahl.

Jede andere hätte in gespannter Neugierde die in Kinderschrift und trotzdem unleserlich hingekritzelten Wörter zu enträtseln versucht. Natalie Charon aber ging es in diesem Moment allein darum, diese unselige Episode zu Ende zu bringen. Ihre Tage im Hohen Haus waren gezählt, hatte sie doch noch bevor das Drama mit dem Viertelleiter seinen Höhepunkt erreichte, Abwerbeversuchen nachgegeben. Nach Neujahr würde sie, auch wenn es nach den neuesten Entwicklungen nicht mehr nötig wäre, auf der durchaus attraktiven Position im Trakt des Großen Vorsitzenden anfangen.

Ihr Entschluss stand fest, seit Wieler sein Umfeld mit der verstiegenen Idee künftiger Macht und Wichtigkeit zu kujonieren begann. Sie war des Viertelleiters und seiner Spielchen mehr als überdrüssig geworden: seiner Diktate, zu denen sich Wieler wie Kalbmayer ans Fenster stellte und so tat, als inspirierten ihn Eichen und Pappeln des Stadtparks, dabei las er nur – von wem auch immer – vorgeschriebene Zettel ab.

Auch hatte sie es satt, Flüge zu buchen an Orte in Europa, die als Weiterbildung eingetragen werden mussten, und überhaupt stank ihr, dass sie die vielen Abwesenheiten mal mit einem »Internationalen Kodex-Kongress für Demokratie und Werte«, mal mit einem »Netzwerktreffen der Hannah-Arendt-Stiftungen« in Bozen zu begründen hatte, und doch genau wusste, dass es Wieler nur darum ging, abends die neue Konzerthalle oder Ausstellungen aufzusuchen, mit denen renommiert werden konnte.

Sie war es leid, Tische in hochpreisigen Lokalitäten zu bestellen, ausdrücklich mit Hinweis auf eine Funktion, die es im Organigramm der Institution gar nicht gab: CEO-Grundsatzangelegenheiten.

Am meisten aber widerstrebte Natalie Charon, die Einladungskreise für Sitzungen nach Maßgabe Wielers so auszudünnen, dass kaum mehr von Meetings die Rede sein konnte.

»Divide et impera!« Mit diesem Spruch hatte Eckstein einmal eine dieser Miniatursitzungen verlassen und Natalie Charon fragte ohne Scheu, was das heiße, woraufhin Eckstein – oder war es Kalbmayer? – wortreich über einen gewissen Machiavelli und die »Teile und Herrsche«-Methode dozierte.

»Die würden alles tun, um Rottungen zu vermeiden!«

Rottungen! Nachdem sie das Wort nachgeschlagen hatte, war ihr ein Licht aufgegangen: Vier oder fünf Leute waren für ihn also schon ein Verschwörungshaufen. Mit dem Wieler konnte es kein gutes Ende nehmen.

Allerdings wusste die wegen ihrer Diskretion gut beleu-
mundete Vorzimmerkraft bald mehr als ihresgleichen im
Amt, denn als sie nach der letzten kleinen Unterredung im
Holztafelzimmer die Espressotassen und Gebäckteller-
chen abräumte, war auf dem niederen Couchtisch der Sitz-
ecke noch ein Schreiben liegen geblieben, das sie rasch
überflog, denn die Chefin konnte toben, wenn Notizen im
Schredder landeten, die sie für wichtig erachtete.

Natalie Charon glaubte, ihren Augen nicht zu trauen.
»Verwendung W.« stand auf dem Zettel, schwungvoll mit
grünem Filzstift unterstrichen. Nach dem Doppelpunkt:
»Umweltvermessungsamt, Digitalisierung Kartierung 1862
bis 1901, Stv. Referatsleitung, A15ff. = B3?«

Es findet sich doch immer was, dachte Natalie Charon
unterkühlt, als Kalbmayer hereinplatzte, in der rechten
Hand einen Schraubenzieher, in der linken ein Glas Sekt.

»Wenn Sie nichts dagegen haben, würde ich die Kiste
mit Wielers Nachlass zu mir nehmen! Beeilen Sie sich, wir
stoßen gleich an!« Sprach's und verschwand wieder.

Natalie Charon nickte trocken. Es war ihr einerlei. Sie
stopfte die Blätter unbesehen in den großen Umzugskar-
ton zu den Stapeln uralter Vermerke und Schriftsätze, die
in Hochglanzmagazinen steckten oder unter Einkaufstü-
ten lagen.

Eckstein hatte sich mit dem Generalschlüssel Zugang ver-
schaffen müssen und dann der Charon, wie er es ausdrückte,
das Feld überlassen. Anders als Kalbmayer interessierte er

sich nicht die Spur für die Rekonstruktion der Ereignisse, deren geradezu abenteuerliche Wende wirklich niemand voraussehen konnte: Eine Woche nach Wielers vermeintlichem Ableben hatte Natalie Charon erneut den LKA-Beamten in der Leitung.

Man habe den Mann nun eindeutig identifiziert als einen gewissen Romian Benisch – ein auf Einbrüche spezialisierter Krimineller aus der Nähe von Osnabrück: »Gleiche Blutgruppe, gleiche Größe, gleiche Haarfarbe, Sehschwäche.«

Wieler sei am Leben. Man habe ihn ausfindig gemacht in der Jagdhütte eines Bekannten in den Vogesen.

»Mon Dieu!«, stöhnte Natalie Charon, als sie an das Telefonat dachte.

Damit war für sie das Kapitel Wieler aber auch beendet. Die Assistentin steckte die Deckellaschen ineinander, schob den Karton an die Türe, holte einen dicken roten Edding aus ihrer Jackentasche, schrieb DR. KALBMAYER darauf und stellte sich zu den anderen.

Die zweite grüne Flasche wartete in dem, unbestritten jeden guten Geschmack beleidigenden Weinkühler aus der Staats-Majolika, aber immerhin hielt er die Temperatur des Winzersektes hervorragend.

»Doc« Bernauer, der in Begleitung von Amann zur Runde gestoßen war, hatte sich gleichzeitig mit Frau Lasker verabschiedet, nachdem Fotos in verschiedenen Konstellationen an der neuen Weckesser-Türe aufgenommen worden waren.

Rose Weller traf auf Eckstein und Dr. Kalbmayer, der aus lauter Freude am Grande Finale selbst Hand anlegte. Das Haus war freitags um diese Zeit leer, üblicherweise, wäre hinzufügen gewesen, denn auf einmal gingen alle Köpfe nach rechts.

»Was gibt es denn hier? Ah, Weckesser. Wir stoßen andermal an. Ich muss.«

Die Stimme der Chefin surrte vorbei, sie hielt sich nicht lange auf. Ein wichtiger Parteiabend stand an, auf dem sie den Impuls »Demokratie in der Geschlechterfalle« hielt.

Der rote Longblazer aus Anilinleder und farblich passenden Pumps mussten für diesen Auftritt einfach sein! Hinterdrein eilte eine kleine blonde Person mit wippenden Mantelschößen, einen dicken schwarzen Aktenroller nach sich ziehend.

»Ah, die neue Wieler«, sagte Kalbmayer. »Sie läuft arg gebückt.«

Epilog

Alle Ähnlichkeiten mit lebenden Personen sind reiner Zufall. Ohnehin ist die Wirklichkeit oft surrealer und abwegiger, als es sich Romanautorinnen und -autoren je ausdenken könnten.

Die Autorin

Gabriele Renz, geboren in Konstanz, studierte Slavistik/ Russische Literatur und Politikwissenschaften, bevor sie 28 Jahre als Tageszeitungsredakteurin (Südkurier) arbeitete, davon 17 Jahre als landespolitische Korrespondentin in Stuttgart.

In dieser Zeit begleitete sie journalistisch nur einen Hauptbahnhof, aber gleich vier Ministerpräsidenten. Mit dem vierten, Winfried Kretschmann, tanzte sie als Vorsitzende der Landespressekonferenz den Eröffnungswalzer des Landespresseballs.

2017 der Wechsel als Pressesprecherin zum Landtag von Baden-Württemberg. Heute leitet sie die Kommunikation und Öffentlichkeitsarbeit der Architektenkammer Baden-Württemberg.

Mit Mann und zwei Kindern lebt und arbeitet sie in Stuttgart.

Geschrieben wird im Schwarzwald und am Bodensee – in jeder freien Minute.